# 우리 할머니

강준희 소설집

국학자료원

## 작가의 말

여적(餘滴)

또 설익은 도사릿글 몇 편을 책으로 엮어 강호에 내놓는다. 이로써 나는 명색은 30권이 넘는 책을 펴냈지만 이게 도무지 육니하고 참괴해 얼굴을 들 수가 없다. 되잖은 글을 세상에 내놓는 뻔뻔함이 여간 낯 두껍지 않기 때문이다. 하지만 이 글이 부개비잡혀 바라리로 씌어진 게 아니니 너름새 좋게 나설 일은 아니라 해도 바사기 굴퉁이로 살 일도 아니다 싶다. 사실 주막집 강아지처럼 나서기 좋아하는 앏은스러운 쥐알봉수들은 넉살도 좋아 냅뜰성까지 여간 아니니 못할 일이 없지만 그렇지 못한 사람이야 매나니 밥을 먹고 속이 닝닝거려도 입 다물고 참을 수밖에 없다.

이번에도 고마움을 표해야 할 분이 있어 잠깐 소개하거니와 이 분은 작년(2015)에 나온 내 소설집 <서당 개 풍월 읊다>에서도 잠깐 밝혔지만 대학에서 컴퓨터를 가르치다 정년을 한 이대훈 교수다. 이 분은 <서당 개 풍월 읊다>에 이어 이번 소설집 <우리 할머니>도

전량을 컴퓨터로 쳐주어 고맙기 그지없다. 이 교수는 이렇게 하기를 벌써 세 번째여서 내가 원고를 쓰기 바쁘게 컴퓨터로 쳐 복사까지 해온다. 그러면 나는 이를 교정 봐 이 교수에게 다시 주고 그러면 이 교수는 또 고쳐가지고 오는데 이는 작품마다 5~6회씩 반복한다.

이대훈 교수!

장히 고맙고 미안하외다. 그러고 보니 위의 글들을 나 혼자 쓴 게 아니라 이 교수와 나 우리 두 사람이 쓴 셈이구려. 허허허. 망지소조(罔知所措)할 뿐이외다.

사족(蛇足)

하루하루가 외롭고, 하루하루가 괴롭고, 하루하루가 시럽고, 하루하루가 두렵고, 하루하루가 슬프고, 하루하루가 애달프고, 하루하루가 안타깝다. 그래 나는 몽식맥(夢食貘)처럼 날마다 꿈을 꾸고

날마다 꿈을 먹고 산다. 참 어지간히 딱한 친구다.

돌아보면 톺아온 인생길이 하 기막혀 안돌이 지돌이의 돌닛길을 나라타주해 물어본다. 너는 도대체 초인(超人)이냐 치인(癡人)이냐 하우불이(下愚不移)냐고. 그리고 또 묻는다. 너는 같잖게도 산장연(山長然)하고 일민연(逸民然)하는 게 아니냐고. 허허. 아지못게라 아지못게라. 이 가슴 속의 답답한 만리수(萬里愁)는 대관절 언제쯤 걷힐거나.

그러나 인생들이여!

저 광대무변(廣大無邊)하고 지대무외(至大無外)한 우주, 그 불가사의한 세계를 한 번 생각해 보라. 그러면 인생의 고뇌, 절망, 비통, 허무 따위는 아무것도 아닐지니…….

2016년 봄 어느 햇빛 찬란한 날

어초재(漁樵齋) 몽함실(夢含室)에서

耘邨 姜晙熙 적바림.

# 차 례

# 우리 할머니

이 나라 사학계의 태두이신 한원성韓元星 박사님께서 소설을 쓰셨다. 올 해 망구이신 높으신 연세에 소설을 쓰셨으니 장하다 아니할 수 없다. 문학을 전공하셨거나 전업 작가로 소설을 쓰시던 분이라면 모른다. 아니 전업 작가로 소설을 쓰시던 분이라도 나이 여든이 넘으면 모든 것에서 손을 떼고 하루하루를 미랭시未冷尸로 보내는 게 일반적인 통념인데 박사님은 노익장을 과시라도 하듯 이 통념을 깨셨다. 이러니 이 얼마나 놀라운 일인가. 그러므로 망구에 소설을 쓰셨다 함은 작품의 성패를 떠나 커다란 사건이라 아니할 수 없다. 그런데 박사님은 이 소설 원고를 나한테 보내 나를 당황하게 만드셨다. 박사님은 전화까지 하셔서 장 선생, 이 늙은이가 소설이랍시고 되잖은 글 한 편을 끼적여봤는데 남우세거리나 안 될지 장 선생이 좀 읽고 평해주면 고맙겠다는 것이었다. 소설은 중편으로 원고지에 만년필로 또박또박 씌어졌고 제목은 '우리 할머니'였다.

나는 박사님의 원고와 전화를 받고 적이 놀라 옥고를 한 자 한 자 열심히 읽어봐 드릴 수는 있사오나 감히 평은 할 수 없사오니 이 점 양해해 주십사 했다. 그러자 박사님이

"이보세요 장 선생, 내가 많은 소설가 중에 하필 장 선생한테 졸작을 보낸 것은 장 선생과의 특별한 인연 때문이 아닙니까. 그러니 귀찮다 마시고 부디 읽고 평을 해주세요. 혹평이라도 좋습니다. 꼭 부탁드립니다." 박사님의 말씀은 곡진하고 단호했다.

나는 박사님의 말씀대로 박사님과의 특별한 인연 때문에 꼼짝을 할 수가 없었다. 박사님은 내 일등 독자셨기 때문이었다. 그러니까 지금부터 20여 년 전 나는 '보릿고개'란 제목의 민족 통한 서사장편 소설을 상, 하 두 권으로 써서 출간한 바 있었는데 박사님이 이 소설을 읽고 나를 찾아오셨다. 그때 박사님은 정년을 눈앞에 둔 시기였고 나는 아직 사십대 후반의 장년이었다.

그때 박사님은 무척 기뻐하시며 누군가에 의해 꼭 씌어졌어야 할 가장 한국적인 민족서사 장편이 장 선생에 의해 씌어졌다며 나를 부둥켜안았다. 그러며 이 소설 '보릿고개'는 민족사적 통한이자 절체절명의 애통사이므로 한국인이라면 반드시 읽어야 할 필독서라 하셨다.

이렇게 맺어진 박사님과의 인연은 일구월심 깊어져 일 년이면 몇 차례씩 안후를 여쭙고 또 만나 뵙기도 하면서 박사님을 깊이 존

경하게 되었다. 박사님은 사학은 물론 다른 방면에도 해박한 지식과 조예를 가지신 석학이셨고 인격 또한 고매하신 분이셔서 사회의 목탁으로 추앙을 받으셨다. 게다가 평생을 오직 한 길 학문에만 몰두하셔서 요즘 세상에서 좀처럼 찾아볼 수 없는 문자향文字香 서권기書卷氣가 그윽이 풍기셨다. 이러니 내 어찌 이런 박사님을 소홀히 대할 수 있으며 허투루 모실 수 있겠는가. 게다가 박사님은 또 연치도 나보다 십 오륙년이나 높은 어른이셨다. 그리고 학문이 깊고 인격이 고매하셔서 군자라 불러 손색이 없는 분이셨다.

'그래 읽어 봐 드리자.'

나는 참선하는 스님처럼 가부좌를 틀고 원고 앞에 대좌했다. 그것은 목욕재계로 신불께 정화수 떠놓고 두 손 맞비비며 비손할 때처럼 엄숙하고 진지했다.

그랬다. 나는 이령수 없는 비손질로 원고를 읽기 시작했다.

나는 할머니가 어머니시다. 아니 어머니 이상으로 애젓하고 찐더우신 분이 할머니시다. 나는 초등학교를 나와 중학교에 입학할 때까지 할머니 품에서 자랐다. 어머니는 나를 낳기만 하셨지 기르신 건 애오라지 할머니셨기 때문에 할머니는 나를 옴살 이상으로 보듬고 다독여 금아 옥아 하셨다.

이런 내가 할머니를 일주일에 한 번밖에 만나지 못하게 된 것은 읍내 중학교에 입학을 하고부터였다. 중학교는 우리 동네에서 자그마치 사십 리나 떨어져 있어 걸어 다니기엔 너무 먼 거리였다. 어린 나이로 사십 리를 걸어가 공부하고 다시 사십 리를 되짚어 걸어오는 왕복 팔십 리는 열네 살의 어린 열쭝이 부등깃으로는 감당할 수 없는 어려움이었다.

"안 되겠다. 저러다 애 잡겠다. 아범아, 수일 내로 읍내에 가 학교 근처에 귀동이 하숙 부쳐라!"

할머니는 내 본명 으뜸원 자 별성자의 원성元星을 두고도 아명인 귀할귀 자 아이동 자의 귀동貴童을 즐겨 쓰셨다. 아마도 할머니께서는 귀한 아이 귀한 손자가 마음에 더 드셔서 그런 모양이었다.

"예, 알겠습니다. 어머니 말씀대로 하겠습니다."

어린 손자가 꼭두새벽에 눈 비비고 일어나 아침도 뜨는 둥 마는 둥 산 넘고 물 건너 애면글면 사십 리를 걸어 가 공부하고 다 저녁 때 다시 사십 리를 되짚어 초주검이 된 상태로 돌아오자 할머니는 이런 손자가 가엽고 애처로워 아버지를 다그쳤다. 할머니는 내가 녹초가 된 몸으로 돌아와 저녁을 뜨기 급하게 곯아떨어지면

"에이그, 이 어린 게 얼마나 애썼으까. 그 먼 사십 리를 걸어가 공부하고 다시 사십 리를 걸어왔으니. 에이그, 에이그 딱도 하지 내 새끼."

할머니는 녹초가 돼 곯아떨어진 내 머리맡에서 연방 긴 한숨을 토하시며 끌끌 혀를 차셨다. 이러시던 할머니가 아버지에게 내일 당장 귀동이를 학교 가까운 데다 하숙시키라 명한 것은 내가 읍내

중학교 사십 리를 걸어서 통학한 지 사흘째 되는 날 밤이었다. 이날도 할머니는 땅거미가 내리고 사방이 먹물처럼 캄캄해지자 횃불을 밝혀 들고 범뛈바위까지 내 마중을 나오셨다. 범뛈바위는 우리 마을에서 읍내 쪽으로 3마장쯤 떨어진 길 가에 있는 집채만 한 바위인데 호랑이가 앞산에서 이 바위로 껑충 뛰어내렸다 해서 붙여진 이름이었다. 할머니는 어제도 그제도 이 범뛈바위에서 나를 기다리셨는데 사흘째 되는 날 밤엔 이거 큰일 났구나 싶어 내일 당장 나를 학교 가까운 곳에 하숙을 부쳐야지 하셨다. 왜냐하면 부엉이가 앞산에서 부우엉 부우엉 울었기 때문이었다. 사람들은 부엉이가 울면 그 근방 어디엔가 반드시 눈 큰 짐승(호랑이)이 있다 했고 이를 사람들은 굳게 믿고 있었다. 그래 부엉이가 우는 쪽으로는 밤마실도 가지 않았고 낮에도 그쪽으로는 나무 하러도 가지 않았다.

나는 범뛈바위에 횃불이 훤한 것을 보고 할머니를 부르며 달려갔다. 할머니는 이런 나를 "오냐 내 새끼 이제 오냐. 내 강아지." 하시며 횃불을 내려놓기 급하게 나를 담쑥 안으셨다.

이렇게 해 할머니는 다음날 아버지를 읍내에 가 하숙을 정하게 하셨고 나는 왕복 팔십 리 먼 통학 길을 걸어 다닌 지 닷새째 되는 날부터 하숙생활을 시작했다. 첫새벽에 일어나 아침도 제대로 못 먹고 사십 리 읍내까지 헐레벌떡 뛰어가 공부하고 하학하기 급하게 다시 사십 리 먼 길을 되짚어 다니는 고달픈 통학을 하다 하숙집에서 십 분이면 갈 수 있는 학교까지의 통학 거리는 참으로 쉽고 편해 날아다니는 기분이었다. 그 때는 요즘처럼 교통이 발달하지 않아 차가 아주 귀했고 길도 두메산골의 돌닛길과 돌서덜의 험한 너덜겅길이 대부분이어서 걸어 다니기도 힘들었다. 그랬으므로 버스나 트럭 같은 차는 대처에 가야 볼 수 있었고 어쩌다 산판에 나무 실어 나르는 화물 트럭의 목탄차가 가물에 콩 나듯 드나들었으나 자전거는 장에나 가야 한두 대 구경할 정도였다. 그래 사람들은 몇십 리는 으레 걸어 다녔고 백 리가 넘는 길도 당연히 걸어서 다녔다. 하지만 아무리 그렇다 해도 아직 어린 엇부루기 열네 살 소년으로서는 매일 왕복 팔십 리를 걸어서 통학한다는 건 보통 힘든 일이 아니어서 처음부터 무리였다.

학교 근방에 하숙을 정하자 나는 매주 토요일마다 집에 가서 자고 다음 날 일요일 오후 읍내 하숙으로 오곤 했는데 그 때마다 쌀을 두어 말씩 멜빵짐으로 져다 하숙집에 주었다. 하숙비였다. 그 때 한 달 하숙비는 쌀이 여섯 말이었는데, 이 여섯 말의 하숙비도 초근목피로 연명하는 봄철의 보릿고개 때는 여간 힘든 게 아니어서 자작농 아닌 소작농들은 춘궁기의 보릿고개가 태산준령보다 더 넘기 힘든 고개였다. 마름한테 사정사정해 논 몇 마지기 얻어 부치면 타작마당에서 지주 7할 작인 3할의 삼칠제 소작료를 주는데, 그러면 해토머리의 따지기때가 되기도 전에 벌써 양식이 동나 굶어 죽어도 베고 죽는다는 씨오쟁이 속의 씨앗 곡식까지 바수어 먹고 풀뿌리의 초근과 나무껍질의 목피에 목숨을 걸었다. 이러니 믿는 건 대감뿐이라고 통사정으로 매달려 하소연 할 데는 마름뿐이어서 무슨 죽을 죄라도 지은 듯 비대발괄 빌고 빌어 논 몇 마지기 얻어 부쳐 명줄을 이었다. 한데도 마름은 언제나 고자세였고 작인은 언제나 저자세였다. 자칫 마름한테 밉보여 눈밖에라도 나면 논 한 마지기 못 얻어 부치기 십상이어서 작인들은 허구한날 저두굴신이었다. 아니다. 이러고도 마음이 안 놓여 자신들은 평생 먹어 보지 못한 인삼 녹용을 구해다 바쳤고 수십 길의 석벽에 달린 석청도 목숨 걸고 따다 바쳤다. 어떤 이는 수십 길의 석벽에 밧줄을 매고 석청을 따다 아차 실수로 떨어져 죽기도 했다. 이럼에도 작인들은 위험하기 짝이 없는 석청 채집에 목숨을 걸었다. 돈을 주고도 살 수 없는 귀한 석청을 따다 바쳐 마름의 환심을 사기 위해서였다. 이는 쇠털 같이 수많은 날 거드름 부리며 곤댓짓 하는 마름이 언제 마음이 변해 논을 못 부치게 할지 몰라 취해진 조치였다. 마름 유세가 얼마나 등다락 같았으면 '마름 세도 웬만한 벼슬보다 낫다'는 속설이 생겼겠는가. 이러했음에도 마름이 다행히 우리 집은 가혹하게 굴지 않아 해마다 논 서너 마지기씩 부치게 해 주었고 인삼 녹용과 석청 따위의 귀한 물건도 바라지 않았다. 이는 짐작컨대 우리 집이 가난은 했어도 몰락한 양반의 후예 잔반殘班이라는 점과 아버지가 책상물림의 선비여서 명절과 기제사 때마다 마름네 집에 지방이며 축문을 써준 덕이 아닌가 싶었다.

그랬다. 아버지는 명절과 기제사 때마다 마름네 집에 지방과 축문을 써주었다. 이는 마름네만이 아니었다. 이때는 동네가 거의 까막눈의 판무식이던 시절이라 사람들은 거의가 어로불변魚魯不辨들이어서 아버지가 지방과 축문을 도맡다시피 써주었다. 그래 그런지 사람들은 우리 집을 '선비네 집'이라 불렀고 우리를 대하는 태도도 다른 사람들과는 달라 함부로 굴지 않았다. 아버지는 농사를 내림이나 물림으로 이어 받아 자아시自兒時부터 손에 익힌 농투성이가 아니라 나이 삼십이 가깝토록 서안書案 앞에 앉아 책만 읽던 책상물림의 선비셔서 애는 애대로 쓰고 농사는 농사대로 못 짓는 반거들충이었다. 대대로 선비나 학자 집안으로 체모를 지키던 것이 아버지 대까지 유맥儒脈은 이었으나 가세는 영락해 입에 풀칠이 어려웠다. 그래도 아버지는 한미해진 가세를 한탄하지 않고 서툰 농일을 애면글면 배우며 선민의식選民意識 한 번 가지질 않았다. 그래 나이 삼십이 다 돼 지게질을 배우셨고 산에 가 나무를 하셨으며 높은 산 양지 바른 곳에 푸새를 베어 말린 다음 그곳에 불을 질러 메물푸저리 농사를 지으셨다. 그리고 감자, 조, 옥수수, 기장 등 화전도 일구셨다. 그러며 마름한테 부탁해 논 몇 마지기 얻어 부치는 소작농이 되셨다. 이때 마름은 우리 집을 특별히 생각해 바닥이 깊고 물길이 좋은 기름진 고래실 상답 서너 마지기를 골라 아버지에게 주었고 아버지는 이를 감지덕지 받아 열심히 농사를 지으셨다. 마름으로서는 여간 큰 특혜를 베푼 게 아니었다. 왜냐하면 논을 몇 마지기라도 얻어 부쳐 소작인이 되겠다는 사람이 줄을 이었기 때문이었다. 그래서 물길 좋은 고래실논은 언감생심 바랄 수도 없고 하늘바라기 천봉답이 아니면 척박한 자갈논 몇 마지기 얻어 부치기도 하늘의 별 따기였다. 사정이 여기에 이르자 어머니도 양 팔을 걷어붙이고 봉두난발 하신 채 남의 집 길쌈을 나르고 방아품 삯바느질에 밭까지 매는 품팔이로 나섰고 할머니는 나를 당신 품에서 한 시 반 시 떼지 않고 온전히 품고 사셨다. 왜 아니 그러셨겠는가. 할머니로서는 충분히 그러실 만하셨다. 어머니가 내 위로 딸만 내리 다섯을 낳아 다섯 모두를 홍역, 마마, 호열자 같은 무서운 돌림병으로 잃었기 때문이었다. 어머니는 해산할 때마다 이번에는 아들이겠지, 이번에는 아들이겠지 하고 일구월심 하늘에 빌었으나 몸을 풀고 보면 그때마다 딸이어서 어른들 뵙기가 죄스러웠고 사람들 보기가 부끄러웠다. 그리고 세상천지 이렇듯 기박한 팔자가 어디 있으랴 싶어 전생의 업보로 여기셨다. 손이 귀한 삼대독자 집안에 딸만 내리 다섯을 낳은 데다 그 다섯 딸들마저 돌림병에 다 죽였으니 어머니로서는 전생의 업보로 여길 수밖에 없었다. 그러나 할머니는 달랐다. 할머니는 마지막 손녀 딸 다섯째가 죽자 그날로 뒤란에 칠성단을 쌓고 석 달 열흘 치성에 들어가셨다. 이대로 가다가는 집안이 절손돼 대가 끊길지도 모른다 싶어서였다.

"비나이다 비나이다. 칠성님께 비나이다. 해동 동방 조선지국 청주 한씨 저희 가문……."

할머니는 밤마다 앞개울에 나가 목욕재계 하신 후 칠성단 앞에 정화수를 떠놓으시고 간절한 이령수로 비손을 시작하셨다.

"비나이다 비나이다. 칠성님 전 비나이다. 미련한 인간이 무얼 알겠습니까 훤하면 낮이런 듯 어두우면 밤이런 듯 아무것도 모르는 축생 같은 인생입니다. 하오니 부디 칠성님께서 굽어 살피시사 손이 귀한 저희 집안에 제발 덕분 대 이을 손자 하나 점지해 주옵시면 손자 하나 점지해 주옵시면......"

할머니는 칠성단 양 옆의 대초가 다 타 사윌 때까지 천 번이고 만 번이고 이령수를 외며 비손을 계속하셨다.

할머니가 이렇게 석 달 열흘 동안 지극 정성 발원하며 칠성님께 오매불망 손자 하나 점지해 주십사 빌자 신기도 하여라 백일치성이 끝나는 날 밤 꿈에 칠성님이 현몽하셨다. 그것은 찬란한 일곱 개의 칠원성군七元星君이 할머니를 환히 비추었고 뒤이어 얼굴빛이 불그레하고 삼각수가 부얼부얼한 한 노인이 '내, 너의 정성이 하도 갸륵해 손자 하나 점지할 것이니 잘 기르도록 하라'하며 홀연히 사라졌다.

'아아, 칠성님 고맙습니다. 고맙습니다. 칠성님!'

할머니는 이 꿈을 태몽으로 단정하셨다. 뿐만 아니라 할머니는 이 태몽을 실제상황으로 받아들여 칠성님의 현화現化로 굳게 믿으셨다. 그것은 어머니의 태기가 증거해 주었다. 어머니는 신기하게도 할머니의 태몽과 거의 동시에 나를 수태하셨다. 할머니는 며느리의 뱃속에 든 아이는 틀림없이 사내놈일 것으로 믿으셨다. 그리고 큰 인물이 될 것으로 확신하셨다. 이런 할머니는 내가 태어나자마자 아버지와 상의해 내 이름을 칠성님의 칠원성군에서 둘째 글자 으뜸 원元자와 셋째 글자 별 성星자를 따 원성元星이라 지어 하늘이 낸 인물이라 하셨다. 할머니로서는 충분히 그럴만하셨다. 내가 손이 귀한 집안에 만득으로 태어난 손자인데다 영검하신 칠성님의 현몽과 함께 점지하셨으니 어찌 하늘이 낸 인물이 아닐까보냐 하셨던 것이다. 그래 할머니는 나를 쥐면 꺼질까 불면 날아갈까 애지중지 하셨고 금지옥엽이 따로 없다싶어 잠시도 내 곁에서 떠나질 않으셨다. 이런 할머니는 칠월칠석날 밤부터 칠성님께 백일치성을 드렸는데 산골의 음력 칠월 밤은 한기를 느껴 백일 가까운 시월이 되면 양력으로 십일월의 낙목한천이어서 산골 개울물에 이가 덜덜 떨렸다. 이럼에도 할머니는 매일 밤 차가운 산골 물에 목욕재계 하시고 뒤란의 칠성단에 꿇어 앉아 양 쪽에 켜놓은 대초가 다 타 사월 때까지 이령수와 비손을 계속하셨다.

"높으시고도 거룩하신 칠성님! 너무나 황공하여 뭐라 말씀 올려야 할지 모르겠습니다. 이 축생 같은 인간의 소원을 들어주신 칠성님! 칠성님의 은공은 태산보다 높고 하해보다 깊어 갚을 길이 없습니다. 칠성님! 칠성님께서 점지해 주신 우리 원성이 나가면 칙사런듯 들어오면 공자런듯 사해 팔방 이름나고 무병장수 소원성취 큰 뜻 펴게 해주옵시고......"

할머니의 이령수는 간절하고도 애절해 첫 닭이 홰를 치고 자처울 때까지 계속되셨다.

이렇듯 세상에서 당신 혼자만 손자를 가지신 듯 손자 사랑에 유난한 할머니는 나를 돌마낫적부터 품에 안고 기르셨다. 어머니는 나를 강보에 싸 안고 젖을 먹일 때만 품에 안으셨지 그 외에는 안아보지를 못하셨다. 내가 어머니 품에 안겨 젖을 다 먹으면 할머니는 으레

"아이구 우리 강아지, 이제 할미한테 와야지"

하며 나를 채뜨리듯 빼앗아가셨다. 이러다 보릿고개의 춘궁기가 되면 어머니는 곡기라곤 못 먹고 허구한날 초근목피로 명줄을 잇는 바람에 젖이 안 나와 나는 젖배를 많이 곯았다. 그러면 할머니는

"내 이럴 줄 알았다. 내 이럴 줄 알았어. 어이구 어이구!"

하시며 지난 가을 땅속 깊이 유념성 있게 갈무리 해둔 밤을 꺼내 암죽을 쑤어 먹여주셨다. 그러며 할머니는

"어이구 맙소사. 사람이 나면 먹을 것도 가지고 나온다는데 어쩌자고 이 어린 창자 하나 못 채우누 그래. 세상 천지 몸 생기면 옷도 생기고 입 생기면 먹을 것도 생겨야지, 왜 몸 입 다 생겼는데도 헐벗고 굶주리는지 원......"

할머니는 누구한테 하는 소린지 알 수 없는 허텅지거리로 고시랑대시며 내 머리만 다자꾸 쓰다듬으셨다.

이런 할머니는 내가 젖을 떼고 말을 배우고 아장아장 걷기 시작하자 나를 업다 걸리다 하시며 일찌감치 자연 속에 들게 하셨고 내가 말귀를 알아들을 대여섯 살 나이가 되자 가까운 산야로 데리고 다니시며 이것저것 많이 가르쳐주셨다. 봄이면 제일 먼저 냇가에 물오른 버드나무 가지의 껍질을 비틀어 호드기를 만들어 주셨고 통통하게 배동이 선 풀잎을 골라 풀피리도 만들어주셨다. 밭 덤불 양지녘에 이제 막 새 순이 돋은 찔레순을 꺾어주시고 진분홍빛으로 탐스럽게 핀 참꽃도 따서 내 입에 넣어주셨다. 찔레순은 물이 많고 달작지근한데다 사근사근 씹혀 먹기에 좋았고 참꽃은 달싸하면서도 쌉싸름했지만 먹기엔 괜찮았다. 할머니는 이 외에도 산야에 핀 야생화를 하나 하나 가리키며 이 꽃은 무슨 꽃이며 이 꽃은 또 무슨 꽃이라며 꽃 하나 하나마다 다 설명해주셨다. 개나리, 분꽃, 기린초, 할미꽃, 금낭화, 보금취, 개불알꽃, 조팝꽃, 산딸나무, 초롱꽃, 애기똥풀, 참나리, 나도승마, 범부채, 작은산꿩의다리 등등. 할머니는 이 많은 야생화를 어떻게 다 아시는지 놀랍고 신기했다.

붙들어 맨 듯 하늘 복판에 붙박혀 요지부동이던 봄 해가 서쪽으로 두어 발 물러서면 할머니는

"귀동아, 배고프쟈?"

하시며 저고리 고름에 차고 있던 장도칼을 풀러 무릇, 잔대, 산도라지, 산더덕 등을 캐 깎아주셨고 새 순이 자라 한창 물오른 소나무 순 송기松肌도 꺾어 장도칼로 껍질을 벗겨주셨다. 그러면 나는 송기

를 입에 물고 하모니카 불 듯 속살을 좌우로 훑어 먹는데 어찌나 달고 시원한지 맛이 무척 좋았다. 그러다 송기가 좀 더 자라 먹을 수가 없으면 할머니는 아카시아 꽃, 산딸기, 앵두, 오디 쪽으로 눈을 돌려 그것으로 내 배를 채워주셨다. 그러나 무엇보다 잊을 수 없는 것은 새파란 보릿대가 통통하게 알을 배 배동이 설 무렵 남녘에서 불어오는 훈풍에 보리밭이 굼실굼실 물결치는 맥파麥波였다. 그리고 풋풋하게 전해져 오는 구수한 보리 냄새였다.

"귀동아, 바람에 물결치는 보리가 참 보기 좋쟈? 그쟈?"

내가 들판에 아른아른 피어오르는 아지랑이를 보고 있노라면 할머니는 이런 나를 담쑥 안으시며 훈풍에 일렁이는 보리밭을 가리키셨다.

"어이구, 저 보리가 어서 패 물알이 잡혀야 풋바심이라도 해 먹을텐데 아직 팰 기미는커녕 겨우 배동만 섰으니 어느 천년에 풋바심이라도 해 먹을거나 원!"

할머니는 나를 더욱 세게 안으시며 땅이 꺼지게 한숨을 토하셨다. 그러면 나는 비로소 바람에 굼실굼실 물결치는 보리밭을 바라보며 '아!'하는 외마디 단절음을 토했다. 바람에 파도치는 보리가 너무도 보기가 좋아서였다.

"할머니, 저 새는 무슨 새여. 하늘에서 자꾸 울면서 보리밭으로 내려와"

바람에 물결치는 보리밭을 보다가 공중에서 우짖는 새소리에

고개를 들어 하늘을 볼라치면 할머니는

"오, 저 새는 노고지리라고 하는 종달새여. 저 새는 보리밭이 집이어서 새끼도 보리밭에서 치고 살기도 보리밭에서 살지."

"아, 그렇구나."

나는 할머니와 함께 공중에 떠서 들까불며 다자꾸 보리밭으로 굴러 내리는 종다리를 바라봤다. 그러면 이때 영락없이 건넛산 솔포기 밑에서 장끼가 '꿔엉꿩' 울며 푸드득 날아올랐고 뒷동산 굴참나무에서는 멧비둘기가 '부우꾹 부꾹, 부우꾹 부꾹'하며 청승맞게 울었다. 그러면 할머니는 혼잣소리로 "어이구, 저 망할 놈의 새는 왜 만날 계집 죽고 부우꾹 자식 죽고 부우꾹만 찾누 그래. 청승맞게"하시며 혀를 끌끌 차셨다. 그러나 새는 노고지리와 멧비둘기만이 아니어서 곰비임비 뻐꾸기 방울새를 비롯해 후투티, 밀화부리, 찌르레기 등이 우짖었고 곤줄박이, 지쪽새, 꾀꼬리, 휘파람새들도 예쁜 몸매에 청아한 목소리를 자랑하듯 우짖었다. 그러면 할머니는 또 혼잣소리로 "저것들은 참 좋겠다. 농사지을 걱정이 있나 보릿고개에 양식 걱정이 있나. 실컷 노래하고 마음껏 날아다니고 벌레며 열매며 배불리 먹으니 얼마나 좋을꼬"하셨다.

이러구러 봄도 늦어 보리누름이 가까웠다. 쑥부쟁이 나물죽에 송피와 칡뿌리로 명줄을 잇던 사람들은 밀이 채 여물지 않은 밀밭가에 앉아 밀서리를 해 먹었고 보리가 채 여물지도 않아 보리 이삭을 풋바심 해 보리죽을 끓여 먹었다. 그러다 보리가 다 여물어 수확을 하고 타작까지 끝나면 아낙들은 디딜방아에 보리를 찧고 대껴서 곱삶이 꽁보리밥을 지어 마당에 멍석을 깔고 식구들이 둘러 앉아 걸신들린 듯 퍼먹었다. 아, 이때의 저녁 밥맛이라니. 식구들은 물박이나 큰 대접에 꽁보리밥을 사발째 부어 호박순에 풋고추를 넣고 끓인 토장찌개와 밭으로 뻘뻘 걸어가는 상추 겉절이를 고추장과 함께 썩썩 비벼 배불리 먹고 나면 아, 세상은 온통 내 것이었다. 이때 마당가엔 모깃불이 피어오르고 옆집 외양간에서는 소의 워낭소리가 댕겅댕겅 들려왔다. 그리고 하늘엔 보석을 뿌려놓은 것 같은 별들이 금세 우르르 쏟아져 내릴 듯 반짝였고 고샅과 마당엔 반딧불이가 꽁무니에 불을 반짝이며 어지러이 날아다녔다. 그러면 나는 할머니 무릎에서 내려 멍석에 드러누운 채 하늘의 별을 쳐다봤다.

"할머니, 저 하늘의 별이 땅으로 자꾸 떨어지는 것 같애. 할머니는 안 그래?"

내가 별을 쳐다보며 이렇게 말하면 할머니는

"아이구 우리 강아지 눈에도 그렇게 보이남? 할미 눈에도 그렇게 보이는데"

하시며 할머니도 나를 따라 하늘을 쳐다보셨다.

그랬다. 이상하게도 별들은 땅으로 자꾸 줄줄 흘러내리는 것 같았다. 그런가 하면 어떤 별은 유난히 컸고 어떤 별은 또 유난히 반짝였다. 그리고 어떤 별은 불화살처럼 꼬리에 불을 달고 일직선으로 찌익 가다가 사라지기도 했다. 참 신기했다.

이렇게 신기한 하늘을 쳐다보며 상상의 날개를 편 채 하염없이 누워있노라면 할머니는 슬며시 내 고추를 만지시며

"아이구, 우리 강아지 이게 뭐여?"

하셨다. 그러면 나는 화들짝 놀라

"고추잖아. 고추!"

하고 소리쳤다. 그래도 할머니는 내 고추를 계속 만지시며

"아 참 고추지? 그럼 이 고추를 뭐할거지?"

할머니는 다 아시면서도 물으셨다. 그러면 나는

"색시 밭에 씨 할 거잖아."

하며 얼른 휘갑을 쳤다. 안 그러면 할머니는 내 입에서 색시 밭에 씨 할 거라는 말이 나올 때까지 자꾸 물으셨기 때문이었다. 나는 색시 밭에 씨 한다는 말이 무슨 뜻인지 모르면서도 할머니가 시키시는 대로 대답했다. 누에번데기만한 고추는 할머니가 만지시는 바람에 작대기처럼 빳빳해졌고 그 빳빳한 고추는 뻐근하게 아팠다.

"아이구, 색시 밭에 씨 할 우리 강아지 고추가 잔뜩 골이 나셨네."

할머니는 비로소 나를 안아 당신 무릎에 앉히시며 활짝 웃으셨다. 그러면 나는

"할머니, 옛날 얘기"

하며 건포도처럼 바짝 말라붙은 할머니의 젖꼭지를 만지작거렸다.

"아이구 이놈아 징그럽다. 바짝 말라비틀어진 할미 젖을 뭐라고 이리 만지누"

할머니는 내 궁둥이를 철썩 한 번 때리시곤

"오늘은 또 우리 강아지한테 어떤 옛날 얘기를 들려줄거나"

하시며 깊은 생각에 잠기셨다. 그러나 아무리 깊이 생각해도 이거다 싶은 이야기가 안 떠오르시면

"무슨 얘기 해줄까. 효자 얘기 해줄까 효녀 얘기 해줄까, 아니면 충신 얘기를 해줄까?"

할머니는 난감한 표정을 지으신 채 내 의중을 물으셨다. 그러면 나는

"할머니, 효자 효녀 얘긴 많이 했잖아. 충신 얘기도 많이 했구. 그러니까 내가 안 들은 얘기로 해줘 응? 할머니"

내가 할머니 치마끈을 잡고 조르면

"아이구 어쩔거나. 그럼 공주 얘기나 열녀 얘기 해줄까?"

할머니는 몸이 달아 이것저것 마구 끌어다 붙이셨다.

"효자 효녀 얘긴 많이 들었잖아. 충신 공주 얘기도 열 번 넘게 들었어. 장수 얘기와 암행어사 얘기도 엄청 많이 들었어 할머니"

"그랬어? 어이구 우리 강아지 총기도 좋지. 그럼 할미가 재미난 얘기 생각해 뒀다가 내일 얘기해줄게. 그래도 되자?"

"응, 할머니. 그 대신 재미난 얘기 해 줘야 돼."

"알았어. 할미가 아주 재미난 얘기 해줄게"

이러면 할머니는 이 시각부터 머리를 짜 창작을 하시거나 아니면 이미 들려주신 옛날이야기를 골라 살을 붙이거나 덧칠을 해 각색이나 윤색을 하셔야 했다. 옛날이야기가 다 동나셨으니 방법이 없었던 것이다.

그런데 이상한 것은 할머니가 낮엔 호랑이 이야기, 귀신 이야기, 도깨비 이야기, 달걀귀신 이야기, 이무기 이야기, 소금장수 이야기, 천년 묵은 구미호 이야기 등 아주 무서운 이야기를 해 주시다가도 밤엔 꼭 효자 이야기, 열녀 이야기, 충신 이야기, 선녀 이야기, 공주 이야기, 선비 이야기, 암행어사 이야기 같은 장하고 아름답고 훌륭한 사람들의 이야기만 해 주신다는 점이었다. 그러면 나는 이날 밤 할머니가 들려주신 이야기의 주인공이 되는 꿈을 꾸는데 효자 이야기를 듣는 날 밤엔 내가 효자가 되는 꿈을 꾸었고, 효녀 이야기를 듣는 날 밤엔 효녀와 혼인하는 꿈을 꾸었다. 그리고 선녀 이야기를 듣는 날 밤엔 선녀와 혼인하는 꿈을 꾸었고, 공주 이야기를 듣는 날 밤엔 공주와 혼인을 해 임금님의 사위 부마도위가 되는 꿈을 꾸었다. 그리고 선비 이야기를 듣는 날 밤엔 과거에 장원급제해 임금님이 손수 내린 어사화御賜花를 쓰고 삼현육각三絃六角을 잡힌 채 여봐란 듯 유가遊街하는 꿈을 꾸었다. 뿐만이 아니었다. 신나는 암행어사 이야기를 듣는 날 밤엔 「행어사 출두요」하는 소리와 함께 육모방망이를 든 포졸들이 여기저기서 튀어나와 닥치는 대로 관아를 때려 부수며 토색질한 수령 방백을 계하에 꿇려놓고 초달하는 멋진 암행어사가 되는 꿈을 꾸기도 했다. 그러면 나는 참으로 행복해 그 어린 나이에도 오늘 밤은 또 어떤 꿈을 꿀까 싶어 밤이 몹시 기다려졌다. 할머니는 개밥바라기가 이울 때까지 옛날이야기를 들려주셨는데 초저녁잠이 많은 나는 할머니의 이야기를 듣다가 잠이 들기 일쑤였다. 이야기는 재미있어 듣고 싶은데 잠은 사정없이 쏟아져 꼬박꼬박 졸았던 것이다. 그러면 할머니는

"아이구, 하늘이 내신 우리 원성 도령님께서 잠이 오시는구먼"

하시며 나를 당신 무릎에 뉘여 잠들게 한 다음 번쩍 안아다 방에 눕히셨다. 이런 할머니는 여느 때는 나를 강아지니 귀동이니 하시다가도 진지한 자리나 엄숙한 분위기면 꼭 '원성'이라 부르셨다. 칠성님께서 점지하신 큰 인물이라 믿으셨기 때문이었다. 이런 할머니의 옛날이야기는 밤이 짧은 하절기의 여름 밤 보다는 밤이 긴 동절기의 겨울밤이 훨씬 더 그윽했다. 이때는 할머니를 위시해 아버지 어머니 나 이렇게 네 식구가 화롯가에 오붓이 둘러 앉아 밤을 구워먹으며 할머니의 옛날이야기에 빠져들었기 때문이다. 이때는 말 그대로 화롯가에 앉아 정담을 나누는 노변정담爐邊情談이었다. 이런 날 밤이면 대개는 눈이 사르락사르락 내렸고 등성이 너머에서는 밤 마실 가는 사람을 보고 개가 컹컹 짖었다. 그리고 어느 집에선가는 다듬이질 소리가 전설인 양 또드락또드락 들려왔다. 그러면 할머니의 옛날이야기도 한껏 무르익어 정점에 이르렀다. 할머니는 옛날이야기를 어찌나 실감나게 잘하시는지 구연동화를 전문

으로 하는 요즘의 이야기꾼 못지않으셨다. 할머니는 연기와 연출의 일인 이역을 하시며 기쁜 장면은 기쁜 표정, 슬픈 장면은 슬픈 표정을 자유자재로 구사하셨다. 뿐만이 아니었다. 노한 장면은 뇌성벽력 같은 소리가 나왔고 미운 장면은 저주하는 표정을 지으셨다. 그리고 사랑스런 장면엔 봄바람 같은 온화한 미소와 한없이 인자하고 자애로운 표정을 지으셨다. 그러니까 할머니는 희로애락애오욕喜怒哀樂愛惡慾의 칠정七情을 마음대로 구사해 지난날 사대부나 명문가의 마님 베게 맡에서 이야기책을 읽어주던 계집종 책비册婢나 여기 저기 불려다니며 이야기책을 전문으로 읽어주던 전기수傳奇叟 못지않게 사람을 웃기고 울리셨다. 옛날 고담이나 고대소설이 거의 그렇듯 할머니의 옛날이야기도 착한 일은 권장하고 악한 일은 징계하는, 더 부연하면 착한 사람은 복을 받고 악한 사람은 벌을 받는 권선징악勸善懲惡이 아니면 우연과 요행이 많고 곡절과 사연도 많은데다 기이한 인연까지 겹쳐 기적적으로 만나는 기봉소설奇逢小說같은 내용이 주류를 이뤘다. 뿐만이 아니었다. 주인공은 아무리 큰 역경에 처해 죽을 고비를 겪어도 반드시 살아 성공해 행복하게 산다는 해피 엔드가 대부분이어서 나는 어린 마음에도 아, 사람은 착한 일을 해야 복을 받고 악한 일을 하면 벌을 받는구나 싶어 나도 착한 일을 많이 해 복을 받아야지 했다. 그래 꼭 할머니가 하라시는 대로 했고 할머니가 시키시는 대로 했다. 그러면서도 속으로 할머니는 어쩌면 옛날이야기를 그렇게도 많이 아시고 어려운 문자도 어찌 그리 많이 아시는지 그게 몹시 궁금했다. 아니 불가사의 했다.

그렇잖은가.

할머니는 낫 놓고 기역자도 모르시고 똬리 놓고 이응 자도 모르시는 까막눈의 문맹자셨는데도 그 많은 옛날이야기와 그 어려운 한자 어휘를 놀라울 정도로 많이 알고 계셨으니 어찌 궁금하고 불가사의 하지 않을 수 있겠는가. 할머니가 비천한 신분으로 태어났거나 한미한 집안에서 자라났다면 모르겠는데 할머니는 한다하는 삼한갑족三韓甲族이자 명문거족인 광산光山 김 씨 집안에서 태어나셨다. 광산 김 씨가 어떤 집안인가. 이이 율곡의 제자이며 우암 송시열의 스승인 사계沙溪 김장생金長生과 그의 아들 신독재愼獨齋 김집金集 부자가 신라에서 조선조를 통틀어 문묘文廟에 배향配享된 유일한 집안이 아닌가. 이런 집안의 규수로 자라셨으니 내훈內訓인들 오죽 철저히 배웠겠는가. 그런데 이런 할머니가 어찌하여 글은 한 자도 안 배우셨는지 알 수가 없다. 이는 짐작컨대 봉건사회에서 절대적인 권한을 가진 가부장제도의 남성우월주의가 빚은 남존여비 사상 때문이 아니었나 싶다. 그러니까 아녀자가 글은 배워서 무엇하느냐는 당대적 시대정신의 소산이 아니었나 싶다. 그렇지 않고서야 글 한 자 가르치지 않을 리가 있겠는가. 그럴 것이다. 할머니는 할아버지께 시집오시기 전 친정 할아버지나 아버지로부터 효와 충신에 대한 이야기를 많이 들으셔서 총기 좋은 어린 나이에 달달

외우다시피 하신 것에 틀림없었다. 게다가 할머니는 또 머리까지 좋게 타고나셔서 하나를 배우거나 들으시면 열 가지를 아시는 신동神童이 아니셨을까 싶다.

할머니는 내가 국민학교(지금의 초등학교)를 졸업하고 중학교에 입학하자 맨 먼저 소학小學에 나오는 출필곡 반필면出必告 反必面과 논어에 나오는 부모재父母在이시든 불원유不遠游 하며, 유필유방游必有方하라는 것부터 말씀해주셨다. 앞의 것 출필곡 반필면은 자식이 집을 나갈 때는 반드시 부모께 그 가는 곳을 아뢰야 하고 돌아와서는 반드시 돌아왔음을 아뢰야 한다는 뜻이고, 뒤의 것 부모재이시든 불원유 하며 유필유방 하라 함은 부모가 살아 계실 때는 멀리 나다니지 말 것이며, 부득이 나가게 되면 반드시 그 가는 곳을 아뢰야 한다는 뜻이다. 이런 할머니는 효자와 충신에 대해서도 말씀해 주셨는데 효자는 먼저 왕상빙어王祥氷魚와 맹종동순孟宗冬筍과 노래아희老萊兒戱와 증씨각통曾氏覺痛의 이십사효二十四孝부터 말씀해 주셨다. 이 이십사효는 부모에 대한 효가 하도 지극해 한겨울에 잉어가 잡수시고 싶다는 어머니 말씀에 알몸으로 언 강을 녹여 잉어를 잡아와 어머니를 공양해 드렸다는 왕상의 효행 이야기고, 맹종동순은 겨울에 죽순이 잡수시고 싶다는 어머니 말씀에 노심초사 하다 하늘의 도움으로 죽순을 구해 어머니를 봉양해 드린 맹종의 효행 이야기며, 노래아희는 구순의 늙으신 부모님을 즐겁게 해 드리기 위해 칠순의 아들이 색동옷을 입고 혹은 기고 혹은 넘어지고 자

빠지며 어린아이처럼 재롱을 부린 노래자의 효행이야기다. 그리고 증씨각통은 어머니의 편찮으심을 먼 데서도 효심으로 알고 달려와 지극 정성 간호해 낫게 해 드렸다는 증자曾子의 효행 이야기다. 이것이 그 유명한 이십사효 시로 원문은 다음과 같다.

왕상의 이어(鯉魚)잡고
맹종의 죽순 꺾어
검던 머리 희도록
노래자의 옷을 입고
일생에 양지성효(養志誠孝)를
증자같이 하리라.

할머니의 효 이야기는 이 외에도 많고 많아 여기서는 여남은 개만 소개하겠는데 그것은 원각경부元覺警父와 문양오조文讓烏助와 강시천이姜詩泉鯉와 곽거매자郭巨埋子와 오맹문서吳猛蚊噬와 정란각모丁蘭刻母와 백유읍장伯兪泣杖과 황향선침黃香扇枕과 동영임신童永賃身과 신도불식申屠不食이다.

그럼 먼저 '원각경부'에 대해 말해보겠는데 중국 고대에 원각이란 소년이 살았다. 원각의 아비는 원오元悟였는데 원오는 성행이 몹시 불초했다. 그는 부모에게도 불공해 아버지가 늙고 병들자 아들 원각을 시켜 그 아버지를 광주리에 담아 가지고 깊은 산속에 갖다 버리게 했다. 원각이 눈물로 말렸으나 아비는 막무가내로 듣지 않았다. 원각은 아비의 명령이라 할 수 없이 할아버지를 져다 버리기에 이르렀다. 그러나 원각은 돌아 올 때 그 광주리를 지게에 도로 얹어 지고 왔다. 이것을 본 아비는 화를 버럭 내며 그까짓 것을 흉하게 뭣하러 지고 왔냐고 나무랐다. 이에 원각은 태연하게 이 지게를 지고 와야 이 다음에 아버지도 져다 버릴 게 아니냐 했다. 원각의 이 말에 아비 원오는 자기의 불효를 뉘우치고 아버지를 다시 모셔다 효도했다는 이야기인데, 이를 후세 사람들은 '원각경부'라 불러오고 있다.

'문양오조'는 효성 지극한 문양이 돌아가신 어머니를 장례 모시는데 집이 워낙 가난해 상주 손수 무덤을 짓고 있을 때 난데없는 까마귀 떼가 흙을 물어다 주어 무덤을 만들었다는 고사에서 나온 말이며, '강시천이'는 강시라는 사람이 부모가 좋아하는 잉어를 매일 한 마리씩 구하기 위해 오매불망 축천祝天하던 중 어느 날 느닷없이 집 앞에 샘물이 솟고 그 솟은 샘물에서 날마다 잉어 한 쌍씩이 나와 어버이를 봉양했다는 데서 유래된 말이다. '곽거매자'는 곽거라는 효자가 품팔이로 어머니를 모시고 사는데 어린 아들이 어머니께 드릴 음식을 자꾸 뺏어 먹자 마침내 아들을 묻으려고 땅을 파다 황금 솥을 얻어 부자가 됐다는 설화에서 나온 말이며, '오맹문서'는 오맹이란 사람이 모기가 물어도 이를 쫓지 않고 실컷 피를 빨리게 했는데 모기를 쫓으면 그 모기가 날아가 부모님을 물까봐 일부러 자기가 불렸다 한데서 '오맹문서'란 말이 생겼다 한다. '정란각모'

는 정란의 어머니가 돌아가시자 나무로 어머니의 상을 깎아 아랫목에 모셔놓고 아침 저녁 문안 드렸다는 데서 나온 말이며, '백유읍장'은 효자 한백유韓伯兪가 회초리 치시는 어머니의 매가 전날과 달리 힘없음을 알고 어머니의 쇠약함에 슬피 울어 '백유읍장'이란 말이 생겼다 한다. '황향선침'은 황향이란 효자가 여름엔 부모의 베게맡에서 부채질을 하고 겨울엔 부모의 이부자리를 몸뚱이로 따뜻이 녹여드렸다 하여 '황향선침'이 생겼고, '동영임신'은 가난한 아들 동영이 아버지가 돌아가시자 평생 머슴을 살아주기로 하고 그 몸 판 돈으로 장례를 치렀다 하여 '동영임신'이란 말이 생겼다 한다. 그리고 '신도불식'은 신도반申屠蟠이란 아들이 부모상을 치르고도 십 년 동안 고기 한 번 안 먹고 제사 때마다 삼일 간을 울었다 하여 붙여진 말이다.

할머니의 효도 이야기는 한도 끝도 없이 많아 여기서 각설하거니와 도대체 할머니는 당신 이름도 못 읽고 못 쓰시는 분이 어떻게 그 어려운 사자성어의 한문을 발음 하나 틀리지 않고 정확히 아시는지 놀라지 않을 수가 없었다.

하지만 어디 이뿐인가.

할머니는 역대의 충신도 훤히 꿰뚫고 계셔서 고려조의 포은 정몽주, 목은 이색, 야은 길재의 삼은三隱과 단종의 복위를 꾀하다 처형된 조선조의 사육신死六臣 성삼문, 박팽년, 이개, 하위지, 유응부, 유성원과 병자호란 때 청나라에 잡혀가 죽임을 당하면서도 끝까지 항복하지 않았던 홍익한, 윤집, 오달제의 삼학사三學士도 알고 계셨다.

그러나 무엇보다 내가 잊을 수 없는 것은 할머니의 옛날이야기와 혼정신성昏定晨省이었다. 혼정신성이라 함은 밤에 부모님의 잠자리를 보아 드리며 안녕히 주무시라는 인사와, 아침에 부모님께 밤새 안녕히 주무셨느냐고 문안 여쭙는 인사를 말함인데 이를 혼성昏晨과 정성定省이라 한다. 그런데 할머니께서는 이 혼정신성을 내가 겨우 말을 배울 나이인 세 살 때부터 가르치셨다.

할머니는 밤 깊도록 옛날이야기를 하시다가도 내가 잠잘 시간이 되면 서둘러 할머니 당신께 혼정을 시키셨고 이어 아버지와 어머니께도 혼정을 시키셨다. 그리고 다음 날 아침은 또 할머니를 위시한 아버지 어머니께 신성을 하게 하셨다.

할머니가 밤마다 옛날이야기를 들려주시고 밤과 아침에 혼정신성을 가르쳐주셔서 나는 이를 서너 살 적부터 생활화 했고 이를 보고 자란 내 아들 딸은 물론 내 손자 손녀들도 당연히 해야 하는 의무로 알고 시행해 오고 있다. 일종의 격대교육隔代教育인 것이다. 이는 무엇인가? 윗물이 맑아야 아랫물이 맑고 꼭뒤에 부은 물이 발뒤꿈치로 내려가기 때문이다. 그리고 콩 심은 데 콩 나고 팥 심은 데 팥 나기 때문이다. 이는 왕대 밭에 왕대 나고 똘배 밭에 똘배 나는 법을 할머니께서 행동으로 가르쳐 주셨기 때문이다.

할머니가 하루도 빠짐없이 옛날이야기를 들려주시며 낮엔 무서운 이야기를 하시다가도 밤엔 꼭 착하고 아름답고 훌륭한 이야기만을 해주신 까닭을 나는 미련하게도 중학교를 졸업하고 고등학교에 가서야 알았다. 그것은 내가 이야기의 주인공처럼 착하고 아름답고 훌륭하게 되는 꿈을 꾸게 해 주시기 위한 할머니의 배려에서였다. 그때 할머니가 해 주시던 이야기는 저 이스라엘 어머니들이 아이들의 침대 맡에서 잠자기 전에 들려주던 이야기와 같은 교육이셨다. 이스라엘 어머니들은 또 아이들의 침대 맡에서 국가관 애국관 종교관과 함께 삶의 지혜가 듬뿍 담긴 탈무드를 읽어줌으로써 유대인 정신문화에 지대한 영향을 주었는데 이를 '베드 사이드 스토리'라 하는 것도 나는 고등학교에 가서야 비로소 알았다.

아 참, 할머니께서 해 주신 이야기 중에 하마터면 잊을 뻔 한 게 있다. 그게 무엇인가 하면 오륜행실도五倫行實圖의 효자 편에 나오는 고어도곡皐魚道哭과 시경詩經에 나오는 풍수지탄風樹之嘆이야기다. 먼저 고어도곡에 대해 말하겠는데, 공자가 어느 날 나들이를 하다가 어디서 슬피 우는 소리가 들리기로 그 소리 나는 곳을 찾았다. 그런데 그곳엔 웬 젊은이가 삼베옷을 입고 손에 칼을 쥔 채 슬피 울고 있었다. 이상히 여긴 공자가 그 연유를 물었다. 젊은이는 "저는 어려서부터 학문을 좋아해 천하를 주유하다 돌아와 보니 부모님이 돌아가셨습니다. 나무가 조용히 서 있고 싶어도 바람이 그치지 않고, 자식이 부모를 봉양하고 싶어도 부모는 기다려주지 않습니다. 저는 이제 이 세상을 하직해 부모님 섬기지 못한 죄를 씻을까 합니다." 하더니 가지고 있던 칼로 자결하고 말았다. 이것이 그 유명한 고어도곡으로 부모를 효양하려고 마음먹었을 때는 이미 돌아가 안 계심을 탄식한 풍수지탄인데 이를 수욕정이풍부지樹欲靜而風不止에 자욕양이친부대子欲養而親不待라 한다. 그리고 또 한 가지 부혜생아父兮生我 하시고 모혜국아母兮鞠我 하시니 애애부모哀哀父母여, 생아구로生我劬勞샷다. 욕보지은欲報之恩인댄 호천망극昊天罔極이 샷다가 있는데 이는 아버지 날 낳으시고 어머니 날 기르셨으니 슬프고 슬프다 부모님이여, 낳고 기르시느라 수고하셨도다. 그 은혜 갚으려 하나 넓고 큰 하늘과 같아 다함이 없다는 말이다. 그래서 이를 불승영모不勝永慕라 하기도 하는데 이는 돌아가신 부모님을 생각하니 복받쳐 오르는 설움을 참지 못함을 이름이다.

위에서 내가 말한 이야기들, 예컨대 옛날이야기, 효도 이야기, 충신 이야기, 보릿고개 이야기 등을 만일 요즘의 신세대 젊은이들이 책으로 읽거나 이야기로 듣는다면 뭐 이런 고루하고 진부한 고릿적 이야기가 다 있어. 지금이 어떤 시대인데 이런 고리타분한 이야기를 해. 하며 고개를 외로 꼴지도 모른다. 그리고 저 천구백육칠십년대까지 있어온 기막히던 보릿고개 이야기는 마치 몇 백 년 전이나 몇 천 년 전의 아득한 전설쯤으로 생각하며 초근목피로 명줄을 잇던 가난한 보릿고개가 무슨 자랑이라도 되느냐며 비아냥댈지도 모른다. 하지만 내가 지금의 젊은 세대 나이였을 때는 앞에서 말한 효도 이야기와 충신 이야기가 사람에게 있어 가장 훌륭한 가치요 덕목이었다. 그리고 무엇과도 비교할 수 없는 금과옥조金科玉條였다.

보릿고개 또한 크게 다르지 않아 무엇과도 견줄 수 없는 절체절명의 참담한 민족사요 하늘 우러러 피 토하는 통한의 애통사哀痛史였다.

내가 영유아기를 보내고 소년기를 맞을 때까지 나는 잠시도 할머니의 품을 떠나본 적이 없었다. 밥을 먹을 때도 할머니와 겸상을 했고 잠을 잘 때도 할머니 품에 안겨서 잤다. 그러던 것이 내가 중학교에 들어가고 학교 근처에 하숙을 정하자 나는 할머니의 품에서 자연히 멀어졌다. 토요일이나 돼야 집에 다니러 가 하룻밤 자고 다음 날 일요일 오후 다시 읍내 하숙집으로 가야 하니 도리가 없었던 것이다. 그리고 토요일 밤엔 숙제를 해야 했으므로 할머니와 보낼 시간이 적었다. 그래도 나는 토요일 밤은 할머니와 두어 시간 좋이 놀다가 숙제를 했다. 그러던 것이 내가 중학교 3학년이 되자 할머니와 함께 할 시간이 더 적어져 무척 안타까웠다. 중학교 1~2학년 때보다 공부할 게 많고 또 다 큰 사내자식이 허구한날 할머니 품에 안겨 산다는 게 창피했다. 중학교 1~2학년 때는

"그래, 요새는 무얼 많이 배웠어?"

할머니는 내가 중학생이 된 얼마 후 "아이 엠 어 보이"니 "아이 엠 어 걸"이니 하고 영어 교과서를 읽자 이게 장하고 신기해 내 곁에 바짝 붙어 앉으셨다.

"그게 대체 뭔 소리여. 우리 조선말하고는 딴판 다르구나."

할머니는 신기해 혀까지 내미셨다.

"응, 할머니. 아이 엠 어 보이는 나는 소년입니다 라는 뜻이고, 아이 엠 어 걸은 나는 소녀입니다 라는 뜻이야"

그러면 할머니는 참 희한한 말도 다 있다는 표정으로 고개를 갸웃거리셨다.

이런 할머니는 내가 2학년이 되자

"그럼 영어로 할아버지 할머니는 뭐라 하고 아버지 어머니는 뭐라고 하냐?"

하고 물으셨다. 나는 큰 소리로

"할아버지는 '그랜드 화더'라 하고 할머니는 '그랜드 마더'라고 해. 그리고 아버지는 '화더', 어머니는 '마더'야, 할머니"

"오, 그러냐? 그럼 이 할민 우리 원성이 그랜드 마더네"

"맞아. 할머닌 원성이 그랜드 마더야. 이제 보니 우리 할머니 천재시네. 그 어려운 영어를 단번에 하시니"

"대끼 녀석, 할미 놀리지 마"

"아니야 정말이야, 할머니는 천재야"

"그래도 점점......"

"아이 러브 그랜드 마더"

"이 녀석이 할미를 막 놀리는구나. 그건 또 무슨 소리냐. 그랜드 마더는 할머니인데 아이 러브는 무슨 뜻이냐"

"응, 그건 내 사랑이란 말이야. 그러니까 '나는 할머니를 사랑합니다.'라는 뜻이야"

"알았다. 그럼 이 할민 우리 원성이가 집에 오는 반공일(할머니는 토요일을 꼭 반공일이라 부르셨다)마다 미국 말 한 마디씩 배워야겠다. 괜찮지?"

"오케이."

"그건 또 무슨 소리냐?"

"좋다는 말이야 할머니"

"그럼 할미도 오케이다."

할머니는 내가 매주 집으로 다니러 오는 토요일만 손꼽아 기다리시며 오매불망하셨다. 그러다 토요일 아침이면 으레

"애비야, 에미야, 오늘이 반공일 맞쟈?"

하고 물으셨다. 그러면 아버지와 어머니가 동시에

"예, 오늘 원성이 오는 날입니다."

하면 할머니는 환하게 웃으시며 해가 아직 중천에 있는데도 반듯하게 가르마를 타 단정히 머리를 빗으시고 반닫이에서 새물내 나는 치마저고리를 꺼내 입기 바쁘게 범뛈바위로 내 마중을 나오셨다. 이는 매주 토요일 오후 해거름이면 어김이 없어 단 한 번 거르는 일이 없으셨다. 할머니는 매주 토요일 해거름이면 마음이 설레고 가슴이 뛰어 범뛈바위까지 단숨에 걸으셨다. 그러면서도 어쩐지 손자가 옛날 같지 않다고 느껴져 서운할 때가 많았다. 그것은 첫째 손자를 옛날처럼 품에 안을 수가 없고, 둘째 보고 싶어도 일주일에 한 번 밖에 볼 수가 없었으며, 셋째 집에 와도 잠깐만 볼 뿐 공

부 때문에 오랜 시간을 함께 할 수 없어서였다.

할머니는 옛날이 그리웠다. 손자가 젖먹이일 때는 양쪽 겨드랑이를 껴서 붙들거나 두 손을 잡고 좌우로 흔들며 두 다리를 번갈아 오르내리게 하는 부라질을 했고, 두세 살 때는 두 손을 쥐었다 폈다 하며 재롱부리는 죔죔 짝짜꿍과 왼손 바닥에 오른 손 집게손가락을 뎄다 뗐다 하는 곤지곤지 짝짜꿍도 했는데 이제는 할 수가 없었다.

어찌 부라질과 짝짜꿍뿐이겠는가.

나는 야뇨증과 밤똥 누는 버릇이 있어 허구한날 할머니가 구듭을 치르셨다. 동무들과 장난을 좀 심하게 치며 노는 날 밤엔 영락없이 요에 세계지도를 그렸다. 나는 고추가 원망스러웠다. 아니 저주스러웠다. 밤똥 누는 것 때문에 닭장에 빌고 절하는 것도 귀찮고 창피한데 여기다 오줌까지 싸니 야속했다. 초저녁엔 아무렇지도 않다가도 밤이 깊으면 이상하게 변의가 생겼다. 그러면 나는

"할머니 똥!"

하고 할머니를 쳐다봤다. 어린 소견에도 미안했던 것이다. 그리고 변소까지 바래다 달라는 뜻이었다. 그러면 할머니는 내 손을 잡고 변소까지 바래다주셨는데 그래도 나는 못 미더워 똥을 누면서도 연신 할머니를 불렀다. 뿔나고 꼬리 달린 빨간 달걀귀신 때문이었다. 그 무서운 달걀귀신이 금세 요노음 하고 뛰쳐나올 것 같아서였다.

"밤똥은 닭이나 누지 사람이 누가 눠"

할머니는 이렇게 말씀 하시며 연해 기침을 하셨다. 할머니가 지키

고 있으니 안심하고 똥을 누라는 신호였다. 헌데도 나는 안심이 안 돼

"할머니 있어?"

하고 변소 밖의 할머니를 확인했다. 그러면 할머니는

"할미 여기 있어. 어여 눠"

할머니는 대답하고 조용히 노래를 부르셨다.

'새야 새야 파랑새야
녹두밭에 앉지 마라
녹두 꽃이 떨어지면
청포 장수 울고 간다'

할머니의 노래는 슬프고 애닯았다. 할머니는 또 달이라도 휘영청 밝으면

'달아 달아 밝은 달아
이태백이 놀던 달아
저기 저기 저 달 속에
계수나무 박혔으니
옥도끼로 찍어내어
금도끼로 다듬어서
초가 삼간 집을 짓고
양친 부모 모셔다가
천 년 만 년 살고지고
천 년 만 년 살고지고'

하는 노래를 부르셨다. 그러다 어느 순간 할머니의 노랫소리가 안 들리면

"할머니 있어?"

하고 할머니를 확인했다.

"그래, 할미 여기 있어. 어여 눠"

할머니의 대답은 언제나 한결 같았다. 나는 할머니의 대답만 들으면 하나도 겁이 안 났다. 그래 뿔나고 꼬리 달린 빨간 달걀귀신이 한 번 나와 봤으면 했다. 그러나 이 생각은 잠시, 뿔나고 꼬리 달린 빨간 달걀귀신이 캄캄한 변소 속 어딘가에 숨어 있지 싶으면 그만 오금이 저려와

"할머니 있어?"

하고 다시 할머니를 불렀다. 그러면 할머니는

"할미 여기 있어. 어여 눠"

할머니의 대답은 여일하셨다.

"응. 할머니 있구나."

나는 할머니의 대답 소리에 안심을 하고 부엉이 우는 시커먼 앞산에다 눈을 주었다.

밤똥 눈다 부우엉!

부끄럽다 부우엉!

부엉이 소리는 밤똥 누는 나를 놀리는 소리 같았다. 할머니는 내 밤똥 누는 버릇이 고쳐지질 않자 마침내 나를 저녁까지 굶겨 재우

기에 이르렀고 밤만 되면 닭장으로 데려가 닭한테 절하고 빌게 하셨다. 그러나 밤똥 누는 버릇은 고쳐지질 않았다. 그래도 할머니는

"절하고 빌어. 닭이나 밤똥 누지 사람이 누가 밤똥 누냐고"

할머니는 내가 닭장 앞에 서서 닭한테 절하고 빌기를 종용하셨다.

"닭이나 밤똥 누지 사람이 누가 밤똥 노. 닭이나 밤똥 누지 사람이 누가 밤똥 노."

나는 같은 말을 몇 번이고 되풀이 하며 손을 합장한 채 절하고 빌었다. 하지만 별무효과였다. 밤똥은 시간만 되면 여축없이 마려웠다. 어쩌면 그리도 정확한지 시계 같았다. 실수로 한두 번 안 눌 수도 있고 잊어 먹고 한두 번 넘길 수도 있으련만 이는 바람일 뿐 뜻과는 상관이 없었다. 누가 밤똥 누는 것을 알아보랴. 오줌 싸고 키 뒤집어쓰고 소금 꾸러 가는 것도 창피막심인데 밤똥 누고 닭장의 닭한테까지 빌고 절을 하니 보통 일이 아니었다. 밤똥 누고 닭한테 절하는 것은 아무도 안 보니 덜하지만 오줌 싸고 키 뒤집어 쓴 채 옆집으로 소금 꾸러 가는 것은 여러 사람이 보는 것이어서 창피막심 했다.

할머니가 나와 동무가 돼 놀아주신 것 중에 어느 것 하나 소중하지 않은 게 있으랴만 내가 걸음마를 배우기 시작할 때 할머니가 해주신 '부라질'과 '죔죔 짝짜꿍 곤지곤지 짝짜꿍'은 내가 너무 어리던 돌마낫적 일이라 잘 기억이 안 나지만 그 외의 효자, 충신, 공주, 선녀, 장군, 암행어사 같은 훌륭하고 아름다운 이야기와 귀신, 호랑

이, 구미호, 이무기, 달걀귀신, 소금장수 등 무서운 이야기는 내가 말귀를 알아들을 대여섯 살 적에 들은 것이어서 기억할 수가 있다. 이 중엔 '각거리'와 '수수께끼'도 있는데 이도 결코 잊을 수 없는 일이었다. 각거리는 두 사람이 다리를 뻗어 서로 섞바꿔 끼워놓은 채 사설을 먹이며 한 번은 내 다리 한 번은 남의 다리를 때리는 놀이인데, 이 놀이는 사설의 마지막 말이 끝날 때 맞는 다리 쪽이 지는 놀이였다. 할머니는 내 다리와 할머니 다리를 섞바꿔 끼워놓고는

'이거리 저거리 각거리
천두 만두 두만두
짜악 발래 새양강
도리 김치 사리육'

하며 할머니 다리와 내 다리를 한 소절에 한 번씩 두드렸다. 그러니까 '이거리' 할 때는 할머니 다리를 두드리셨고, '저거리'할 때는 내 다리를 두드리셨다. 그런데 이기는 쪽은 언제나 내 쪽이었고 지는 쪽은 언제나 할머니 쪽이었다. 그럴 수밖에 없는 것이 각거리 놀음은 다리를 먼저 두드리는 쪽이 지게 마련인데 할머니는 번번이 할머니 다리부터 두드리셨다.

"아이구, 할미가 우리 강아지한테 또 졌네 또 졌어"

할머니는 일부러 지려고 당신 다리부터 두드려 놓곤 이렇게 말씀

하셨다. 각거리 놀이는 이것만이 아니었다. 할머니는

'한 낟데 두 낟데
은단지 꽃단지
바람의 새앙쥐
영남 거지 팔대 장군
고드레 뽕'

하는 놀이도 각거리처럼 다리를 섞바꿔 두드리며 놀아주셨고

'한나 은나 매와 때와
메기 삼촌 어디 갔니
기장 밭에 삼 따러 갔다
몇 말 땄니
닷 말 땄다
요꼼 조꼼 두더지 총'

하는 놀이도 놀아주셨다. 이도 물론 각거리 놀음과 마찬가지로 다리를 섞바꿔 끼워 놓고 두드리는 놀이였다. 할머니는 참 별 희한한 걸 다 아셨다. 할머니는 제비가 빨랫줄에 앉아 지지배배거리면 '제비 논어(論語) 읽네'하셨고, 맹꽁이가 앞 논에서 맹꽁 징꽁 울면 '맹꽁이 맹자(孟子) 읽네'하셨다. 나는 처음 이게 무슨 말인지 몰라 할머니의 설명을 듣고도 이해가 안 됐다. 그러던 것이 고등학교를

졸업하고 대학엘 가자 비로소 이해가 됐다. 제비가 지지배배 하고 우는 것은 마치 논어 위정편爲政篇에 '지지위지지(知之爲知之)요 부지위부지(不知爲不知)니 시지야(是知也)니라'하는 말과 비슷해서 생긴 말이라는 것을. 이는 '아는 것을 안다 하고 모르는 것을 모른다고 하는 것이 아는 것이다'라는 데서 유래되었는데 이 말은 공자가 제자 자로子路에게 "유(由)야 회여지지호(誨汝知之乎)인저(유야, 네게 안다는 것이 무엇인가를 가르쳐주겠다). 지지위지지요 부지위부지니 시지야니라" 했다는 것이다. 그런데 이 말이 더 유명해진 것은 조선조 명종 인조 때의 문인 유몽인柳夢寅이 중국에 갔을 때 조선 사람은 어떤 경서를 읽느냐고 묻는 중국 사람에게 농담 삼아 '우리 조선에서는 제비도 논어를 읽을 줄 안다'라고 대답한 것이 그만 인구에 회자가 됐다. 제비가 '지지배배 지지배배' 하는 것이 마치 논어의 '지지위지지 부지위부지 시지야' 하는 것과 독음이 비슷하니 그럴 듯한 이야기였다.

그런데 맹꽁이가 맹자를 읽는다는 말은 대학교에 가서도 잘 이해되질 않았다. 맹자가 어느 날 제선왕齊宣王에게 "왕께서는 혼자 풍류를 즐기시는 것과 사람들과 더불어 즐기시는 것 중에서 어느 것이 더 즐겁다고 생각하십니까?(獨樂樂 與人 樂樂 孰樂)"하고 물었다. 제선왕이 대답하기를 "그야 사람들과 더불어 즐기는 것이 낫지않겠습니까?(不苦與人)"했다. 맹자가 다시 물었다. "적은 사람과 풍류를 즐기는 것과 많은 사람과 풍류를 즐기는 일에서는 어느 편을 더 즐겁다고 생각하십니까?(與人少樂樂 與衆樂樂 孰樂)" 제선왕이 대답했다. "그야 많은 사람들과 더불어 즐기는 편이 낫겠지요(不若與衆)"

이것은 맹자의 양혜왕편 하梁惠王篇 下에 나오는 말인데, 이 말을 빨리 '독악락 여인악락 숙락?'하거나 '여인소악락 여중악락 숙락'하면 마치 맹꽁이가 맹꽁 징꽁 하는 것과 같다 하여 맹꽁이가 맹자 읽는다 라는 말이 생겼다 하는데 나는 아직도 이게 잘 이해가 되질 않는다. 그러나 이를 어거지로 갖다 붙인다면 맹꽁이가 '맹꽁'하는데서 맹꽁이 맹자 읽는다는 말이 생겼을 개연성이 짙다.

하여간에 나는 할머니와 이런 여러 가지 놀이를 하다 보면 시간이 언제 가는 줄 몰라 장대처럼 긴 봄 해도 금방이었다. 할머니와 노는 시간이 너무 재미있어서였다. 그 중에서 얕은 재미는 수수께끼도 빼놓을 수가 없다. 할머니는 수수께끼도 옛날 이야기만큼이나 많이 아셨다. 할머니는 처음엔 "앞 산 보고 절하는 게 뭐어게?" "이 산 저 산 다 잡아먹고 입 벌리고 있는 게 뭐어게?" 하고 비교적 쉬운 문제를 내시다 내가 "그까짓 거 못 맞혀? 바앙아, 아구웅이"하고 척척 맞히면 "아이구, 우리 강아지 참 잘도 맞히네"하시면서 차츰 어려운 문제를 내셨다.

"그럼 물 먹으면 주욱고 물 안 먹으면 사는 게 뭐어게?"

"부울"

"그럼 밑으로 먹고 위로 나오는 게 뭐어게?"

"대애패"

"그럼 감은 감인데 못 먹는 감이 뭐어게?"

"여엉감"

"아이구, 우리 강아지 잘도 맞히네. 이제 보니 수수께끼 박사네 수수께끼 박사!"

할머니는 감탄이라도 하신 듯 혀를 홰홰 내두르셨다. 나는 신이나 어깨가 으쓱거려졌다.

"할머니 또 해봐. 담엔 뭐여?"

나는 의기양양해 할머니를 졸랐다. 할머니가 내는 수수께끼마다 척척 맞히니 신이 났던 것이다.

"글쎄 뭘로 할까. 우리 강아지가 하도 잘 맞히니 겁이 나네"

할머니는 눈을 감고 한참을 생각하시다

"옳지. 있다. 머리 가운데 혹 난 게 뭐어게?"

하며 입가에 엷은 미소를 지으셨다. 나는 아이쿠 했다. 답이 그만 여기서 막혀서였다.

'머리 가운데 혹 난 거라니. 도깨빈가? 아니야. 도깨비는 혹이 아니라 뿔이잖아?'

나는 아무리 생각해도 머리 가운데 혹 난 게 뭔지 알 수가 없었다.

"뭐여 할머니. 머리 가운데 혹 난 게 뭐여?"

나는 할머니 치마끈을 잡고 졸랐다.

"있어. 자알 생각해 봐."

할머니는 계속 입가에 미소를 띤 채 말씀하셨다.

"할머니. 짐승이여? 혹시 도깨비여?"

나는 몸이 달아 견딜 수가 없었다.

"아아니"

"그럼 귀신이여"

"아아니"

할머니는 머리를 흔드셨다.

"그럼 뭐여 할머니. 말해 줘."

나는 그만 애성이 나 몽니 부리는 아이처럼 떼를 썼다.

"우리 집에도 있는데"

"있어? 어디?"

"부엌에"

"부엌에?"

그래도 나는 알 수가 없었다.

"알 텐데. 자알 생각해 봐. 하루 몇 번씩 쓰는 거여. 시커먼 건데 둥그렇게 생겼어"

"시커먼 건데 둥그렇게 생겼어?"

"그려. 쇠로 만들었어"

"쇠로 만들었어? 아, 솥이로구나 솥. 그지 할머니, 맞지?"

나는 손뼉을 치며 좋아했다. 그런데도 할머니는

"아닌데. 반 밖에 못 맞혔는데"

하시며 여전히 입가에 미소를 머금으셨다.

"그럼 대체 뭐여? 에이 씨!"

나는 할머니 치마끈을 잡고 마구 흔들어댔다.

"그건 솥뚜껑이지 솥뚜꺼엉"

할머니가 안 되겠다 싶으셨는지 내 머리를 쓸어내리시며 대답하셨다. 그런데도 나는 아직 애성이 덜 풀려 삐친 상태였다.

"그럼 또 내봐 어디!"

나는 삐친 상태로 할머니께 말했다. 할머니는 이런 나를 당신 품에 담쑥 안으시며

"우리 강아지한테 이번엔 어떤 수수께낄 낼까"

하시더니 아까처럼 또 한참을 생각하시다

"음, 이번엔 하늘에서 머리 풀고 춤추는 게 뭔지 맞혀 봐."

하셨다. 나는 들었다 봤다 하고

"그까짓 거 못 맞혀? 그건 연이잖아, 연!"

하며 호기 있게 말했다.

"아이구, 우리 강아지 자알 맞히네. 그럼 소리는 뽀옹하고 났는데 온 데 간 데 없는 게 뭐어게?"

"바앙구"

"그럼 지 속에 지 든 것이 뭐어게?"

나는 여기서 또 답이 막혔다. 지 속에 든 것이 것이라니. 나는 좀 전의 의기양양하던 자세와는 달리 기가 죽었다.

"에이, 뭐 그렇게 어려운 걸 다 내 할머니는"

나는 속상하고 안타까워 할머니를 책망했다. 그런데도 할머니는

"우리 강아지한테도 있는 건데"

하시며 내 바지를 가리키셨다. 그래도 나는 알 수가 없어

"나한테도 있어? 그게 뭐여? 왜 자꾸 할머닌 어려운 수수께끼만 내고 그래"

나는 심통이 나 이번에는 몸을 버르적거렸다.

"어려워? 그럼 할미가 알려줄까? 그래 까짓 거, 할미가 인심 한 번 썼다. 지 속에 지 든 게 뭐냐 하면……"

할머니는 여기서 한참 동안 뜸을 들이시다

"우리 강아지 바지 속에 자암지"

하셨다. 나는 그만 우스워 킥킥거렸다. 할머니도 우스우신지 손뼉을 치며 가가대소하셨다.

"그럼 이번엔 내가 수수께끼 낼 테니까 할머니가 맞혀 봐."

얼마를 웃다가 나는 할머니를 골탕 먹이고 싶어 이렇게 말했다. 그러자 할머니가

"응, 그래. 근데 너무 어려운 걸로 하지 말고 쉬운 걸로 내."

"알았어. 에, 위로 먹고 아래로 나오는 게 뭐어게?"

"매앳돌"

"은항아리에 금항아리 든 게 뭐어게?"

"다알갈"

"이 산 저 산 편지하는 게 뭐어게?"

"가라앙잎"

"에이, 너무 잘 맞히네 할머니. 좋아! 이번엔 할머니도 못 맞힐 걸"

나는 할머니가 척척 맞히는 게 약이 올랐다. 그래 아주 어려운 문제 하나를 생각해 냈다. 몇 달 전 할머니한테서 들은 수수께끼였는데 문제가 어려워 할머니가 잊어먹었을지도 모른다싶어서였다.

"위는 아래 같고, 아래는 위 같고, 왼편은 오른 편 같고, 오른 편은 왼 편 같고, 앞이 뒤 같고, 뒤가 앞 같은 게 뭐어게?"

나는 보나마나 할머니가 못 맞히실 것으로 믿고 의기양양 하고 있는데 할머니가

"차암빗"

하고 대번에 맞히셨다. 나는 안 되겠다 싶어 다시 문제를 냈다.

"그럼, 할머니 빨간 주머니에 노란 돈 든 게 뭔지 알어?"

나는 이번에도 할머니가 맞히리라 생각하며 에멜무지로 물었다. 그런데 할머니는 의외로

"아이구머니, 모르겠네. 빨간 주머니에 노란 돈 든 게 뭘까. 수박일까? 호박일까?"

할머니는 큰일 났다는 듯 고개를 절레절레 흔드셨다.

"할머닌 그것도 몰라? 수박이 왜 빨간 주머닌가? 호박이 왜 빨간

주머닌가?"

나는 신이 났다. 할머니가 이것도 모르다니.

"그렇지 참. 수박과 호박은 아니지. 그럼 뭐지? 참외도 아닐 테고"

할머니는 천장을 쳐다보며 난감한 표정을 지으셨다.

"할민 모르겠네. 우리 강아지가 좀 가르쳐 줘"

"좋아, 할머니. 가르쳐 줄 게. 그건 고추여 고추!"

나는 개선장군이나 된 듯 우쭐댔다.

"고추?"

"응. 고추!"

"아 참 그렇구나. 고추로구나. 고추! 그런 걸 할민 까맣게 몰랐네. 아이구, 우리 강아지 똑똑하기도 하지!"

할머니는 이러시며 자꾸 웃으셨다. 이때 할머니는 다 아시면서도 일부러 모른 척 하셨던 것이다. 한데도 나는 이걸 모르고 의기양양 기분이 좋아 고삐 풀린 망아지처럼 이리 뛰고 저리 뛰고도 모자라 방바닥을 마구 뒹굴었다. 그러면 할머니는

"아이구, 우리 강아지 잘도 노시네. 아이구 우리 강아지 신명 나셨네"

하시며 나를 안고 함께 뒹구셨다.

이렇듯 손자 사랑이 지극하신 할머니는 세상에서 당신 혼자만 손자를 가지신 듯 나를 금아 옥아하셨다. 그러시다가도 내가 잘못

을 저지르면 추호의 용서도 없으셨다. 하나 자식 귀하다고 오냐 오냐 기르면 버르장머리 없고 자기 밖에 모르는 인간이 돼 사람 노릇 못한다는 게 할머니의 지론이셨다. 그랬으므로 나는 걸음을 배우고 말을 배우고 할머니에게 혼정신성을 배우던 네댓 살 적부터 할머니의 자애로운 사랑과 엄격한 채찍 밑에서 자랐다. 그래서겠지만 내가 할머니 품에 안겨 자는 방문 옆 반닫이 위엔 싸리나무 회초리 세 개가 가지런히 놓여 있었다. 나는 할머니로부터 회초리 찜질을 여러 번 당했는데 그때마다 종아리에 피멍이 맺히도록 맞았다.

내가 할머니께 처음 회초리를 맞은 것은 각설이 때문이었다. 아니 각설이꾼이 되고 싶다고 할머니께 조르다가였다.

나는 각설이가 좋았다. 좋아도 그냥 좋은 게 아니라 무척 좋았다. 그래서 각설이꾼이 사립문을 들어서며 "어얼씨구씨구 들어간다아, 저얼씨구씨구 들어간다아"하고 마당 안으로 들어서면 나는 나도 몰래 마당으로 뛰쳐나갔다.

"작년에 왔던 각설이
죽지도 않고 또 왔네.
일 자나 한 자나 들고나 보오니
일일이 송송 야송송
팔도 기생이 춤을 춘다.
잇 자나 한 자나 들고나 보오니
이월이라 초하룻날 나이 떡이 좋을시고,

삼 자나 한 자나 들고나 보오니
삼월이라 삼짇날에 제비 쌍쌍이 날아들고,
삿 자나 한 자나 들고나 보오니
사월이라 초파일날 관등놀이가 좋을시고,
옷 자나 한 자나 들고나 보오니 오월이라 단옷날에 추천놀이가 좋을시고……"

각설이 꾼은 여기까지 한숨에 엮어 내리고는 어깨춤과 함께 절룩절룩 다리를 절며 마당을 돌았다. 각설이꾼들은 모두 네 사람이었다. 어떤 때는 세 사람이 오기도 하고 어떤 날은 두 사람이 오기도 했는데 오늘은 네 사람이었다. 나는 각설이꾼들의 각설이타령에 신명이 절로 나 어깨를 들썩였다. 그런데도 왠지 자꾸 슬퍼 눈물이 났다. 나는 그 이유를 중학교 졸업할 무렵에야 알았다. 각설이 타령엔 한과 원과 설움과 해학과 풍자와 기지가 못 배워 무식하고 못 가져 가난한 이들이 절규하듯 토해내는 한풀이 때문이라는 것을……

각설이꾼들의 타령은 다시 계속되었다.

"육 자나 한 자나 들고나 보오니
유월이라 유둣날에 유두놀이가 좋을시고,
칠 자나 한 자나 들고나 보오니
칠월이라 칠석날에 견우직녀가 좋을시고,
팔 자나 한 자나 들고나 보오니
팔월이라 한가윗날 송편 떡이 좋을시고,

굿 자나 한 자나 들고나 보오니
구월이라 구일날에 국화주가 좋을시고,
십 자나 한 자나 들고나 보오니
시월이라 시단풍에 단풍놀이가 좋을시고……"

각설이꾼들은 마당을 빙빙 돌며 구성지게 가락을 뽑았다. 그런데도 각설이꾼들은 싱글벙글 웃었다. 나는 이들의 웃음이 허무하고 공소한 웃음이라는 것도 중학교를 졸업할 무렵에야 알았다.

각설이꾼들이 마침 가을걷이가 끝난 만가마을에 오면 할머니는 어머니를 시켜 밥을 짓게 해 한 상 푸짐히 대접하는데 초근목피로 명줄만 가까스로 이어가는 흉악한 춘궁春窮의 보릿고개 때 오면 할머니는 "이를 어쩌나, 이를 어쩌나" 하시며 장독대에서 간장 한 종지를 떠 물에 타서 대접을 했다.

"으흐 이놈의 자식이 이래도오
정승 판서의 자제로
평안 감사를 마다하고
동전 한 푼에 팔려서
각설이로 나섰네"

각설이꾼들의 장타령이 고조돼 점입가경이 되면 나도 신명이 최고조에 올라 우쭐우쭐 춤을 췄다.

"찬물 동이나 마셨는지
시원 시원 잘이 한다.
기름 동이나 마셨는지
미끈 미끈 잘이 한다.
새끼 서리나 먹었는지
서리 서리 잘이 한다.
뜨물 동이나 마셨는지
걸직 걸직 잘이 한다.
시전 서전을 읽었는지
유식하게도 잘이 한다.
품바 하고도 잘이 한다.
앉은 고리는 돈고리,
서언 고리는 문고리,
뛰는 고리는 개구리,
나는 고리는 꾀꼬리.
입는 고리는 저고리,
지리구 지리구 잘이 한다.
품바 품바 잘이 한다.
한 발 가아진 까악귀이
두 발 가아진 지마귀,
세 발 가아진 통노귀이
네 발 가아진 당나귀,
먹는 귀는 아귀라
백 자나 한 자나 들고 보이면,
백만 장안 억만가에

태평가가 좋을시고,
만 자 한 자나 들고나 보이면
억조창생 만백성이
함포고복 좋을시고……"

각설이꾼은 그러나 각설이 타령만 하는 건 아니었다. 각설이 타령을 한 마당 엮어 내린 후 배부르게 대접 받거나 기분이라도 좋으면

"노마님! 노마님 댁은 복 받으실 거구만요. 암요. 문전 나그네 흔연 대접으로 활인공덕 하시는 어른이시니 틀림없이 복 받으실 거구만요."

각설이꾼 중 나이가 기중 많아 보이는 각설이꾼이 이렇게 말하며 할머니를 향해 합장 발원하듯 절을 하면 다른 각설이꾼들도 고개 숙여 합장했다.

"자, 그럼 우리, 부처님의 법력으로 이 댁에 대복 내려 만사형통 하시도록 터나 한 번 눌러드리세"

"조오치!"

"아암, 그래야지!"

"그럼 내가 지신地神 밟기 선소릴 메기겠네. 지신지신 눌리세, 왼갖 지신을 눌리세"

선소리꾼이 사설을 메기며 마당 가운데로 갔다. 각설이꾼들은 으쓱으쓱 어깨춤을 추며 마당을 밟았다.

"이 집 지은 명대목아
큰 도끼 둘러 메고
높은 산 올라가서
낙락장송 비어다가
굽은 낭구 곧게 하고
실렁 톱질 하던 적에
사모에 톱질 하고
와가 대가 집을 지어
정지구석 네 구석
방구석도 네 구석
사사십육 열여섯구
집 지은 삼 년만에
아들 낳으면 효자 충신
딸 낳으면 효녀 열녀
어루하게 나 지신아
이 댁에 대복내려
부귀 다남 길게 누려
다복 강녕 점지하고……"

각설이꾼들은 엄숙한 표정을 지은 채 원무하듯 마당을 돌았다. 그러면 할머니는

"고맙습니다. 고맙습니다"

하고 고개 숙여 합장하셨다. 지신밟기는 여기서도 끝나지 않아 한참을 더 계속했다.

"주인 주인 문 여소
나그네 손님 들어가오
어허라 나 지신아
이 집을 지을 적에
어느 대목 지었소
이 대목이오 김 대목이오
갖은 연장 다 가지고
거지 공산 치치달아
서러시면 역군들이
옥도끼를 둘러메고
명산 도솔 들어가서
공산 올라 소목 비고
만산 올라 대목 비어
굽은 낭근 등을 치고
잦은 낭근 곧게 쳐서
용의 머리 터를 닦고
닭의 머리 집을 세워
네 귀에 풍경 달고
동남풍이 건듯 부니
풍경 소리 요란하다
어허라 나 지신아
여기가 명당이라
천하 대지 양택일세"

각설이꾼들이 물러간 것은 해질 무렵이었다. 내가 할머니께 회초리 찜질을 당한 것은 이날 밤이었다.

"할머니! 나도 각설이꾼이 되고 싶어. 나 각설이꾼 되게 해줘 응 할머니!"

저녁상을 물리자 나는 할머니께 졸랐다. 각설이꾼이 그렇게 근사해 보일 수가 없었다. 옷은 비록 해지고 남루해 너덜거리는 넝마 같았고 손과 얼굴은 땟국이 줄줄 흘러 오동빛이었지만 신명지게 엮어 내리는 각설이 타령은 슬프면서도 흥이 나 어깨춤이 절로 춰졌다.

"뭐라고? 원성이 너 지금 뭐라 했어?"

할머니가 나를 귀동이 아닌 원성이라 부르며 눈을 화등잔처럼 크게 뜨셨다.

"각설이꾼이 되고 싶어. 할머니, 나 각설이꾼 시켜줘 응?"

나는 할머니 치마끈에 매달려 떼를 썼다. 그러자 이때 할머니가 벼락치듯

"너 이노옴! 뭐가 어쩌고 어째? 각설이꾼이 되고 싶다고? 각설이꾼을 시켜달라고?"

할머니의 노한 음성이 방안을 쩌렁쩌렁 울렸다. 나는 일찍이 보지 못하던 할머니의 노하심에 겁이 덜컥 났다.

"원성이 너 저기 가 회초리 갖고 와!"

할머니는 회초리가 얹혀진 반닫이 쪽을 턱짓하셨다.

"할머니이!"

나는 기어드는 소리로 할머니를 부르며 한 발 뒤로 물러섰다.

"냉큼 회초리 가져오지 못해?"

할머니의 불호령이 벼락 치듯 떨어졌다. 나는 어마지두에 회초리를 가져왔다.

"아랫 종아리 걷고 목침 위로 올라 섰!"

할머니가 무릎을 꿇으시더니 목침을 내 앞으로 밀쳐놓으셨다. 나는 어린 소견에도 이게 보통 일이 아니구나 싶었다. 그러나 할머니가 왜 이토록 노하시는지에 대해서는 잘 알 수가 없었다. 나는 할머니가 시키시는 대로 목침 위로 올라섰다.

"너 이노옴!"

할머니가 꿇어앉으신 채 내 종아리를 내리치셨다.

"아얏!"

나는 자지러지듯 소리치며 방바닥에 주저앉았다.

"일어나! 그리고 다시 목침 위로 올라 섰!"

할머니의 노한 음성이 추상같았다. 나는 다시 목침 위로 올라섰다.

"너 이놈! 할미가 왜 네 아랫 종아리를 때리는지 그 까닭을 아느냐?"

나는 말 대신 고개를 저었다.

"몰라?"

나는 고개를 끄덕였다. 할머니가 다시 내 종아리를 내려치셨다.

"아얏! 아퍼 할머니."

나는 이번에는 목침 위에 선 채 두 손으로 종아리를 감쌌다.

"너 이놈!"

할머니가 대여섯 번 연달아 종아리를 내리치셨다.

"아이구 할머니 아퍼, 아퍼 죽겠어."

나는 또 두 손으로 아랫 종아리를 감싸 쥐며 자반뒤집기를 했다. 이때 아버지와 어머니가 방으로 들어오시더니 할머니 앞에 무릎을 꿇고 용서를 비셨다.

"어머니! 원성이는 저희가 잘못 가르쳤습니다. 앞으론 이런 일이 없도록 하겠습니다. 하오니 매는 저희에게 내리시고 원성이는 용서해 주십시오."

아버지가 할머니에게 고두사죄를 하자 어머니도

"그렇습니다. 어머님! 원성이는 저희가 잘못 가르쳐 그렇습니다. 앞으론 절대 이런 일이 없도록 하겠사오니 벌은 저희에게 주시고 원성이는 너그러이 용서해 주십시오."

하고 비대발괄 하셨다. 그러자 할머니가

"아니다. 원성이를 잘못 가르친 건 너희가 아니라 나다. 내가 원성이를 밤낮없이 끼고 살며 잘못 가르쳤다. 그러니 죄가 있다면 내가 더 있고 벌을 받기로 하면 내가 받아야 한다."

할머니는 여전히 꿇어앉은 자세로 말씀하셨다. 아버지가 이런 할머니를 번쩍 안아 편한 자세로 앉히시더니

"어머니, 부디 노여움을 푸시고 저희를 벌하여 주세요."

했다. 어머니도 뒤를 이어

"예, 어머님, 어린 게 철을 몰라 그런 것이니 부디 용서해주십시오. 앞으론 이런 불상사가 없도록 하겠습니다."

어머니는 고두叩頭로써 용서를 비셨다.

"알았다. 이 어린 걸 매질하니 너희 가슴이 찢어지지? 그럼 내 마음은 편하겠느냐?"

할머니는 회초리를 땅바닥에 내려놓으시더니 나를 당신 곁에 앉히셨다.

"원성아!"

할머니는 아까와는 딴판 다른 목소리로 나를 부르셨다. 아까의 목소리는 북풍한설 휘몰아치는 매서운 칼바람이더니 지금의 목소리는 보드랍고 온화한 봄날의 명지바람이었다.

"너는 장차 학자가 될 사람이다. 세상을 가르칠 큰 학자 말이다. 그래서 나라에 큰 인물이 될 사람이다. 헌데 그런 네가 각설이꾼이 되고 싶다며 각설이꾼이 되게 해달라니 이 할미가 얼마나 기막히겠느냐"

할머니는 조용하게 말씀하시며 길게 한숨을 내쉬셨다.

"어쩔 테냐. 그래도 각설이꾼이 되겠느냐?"

할머니는 조용히 말씀하셨다. 그러나 그 조용한 말씀 속에는 무서운 초달이 숨겨져 있었다.

"아아니요"

나는 주눅 든 목소리로 대답했다.

"그럼?"

"큰 학자요."

"큰 학자?"

"예에."

나는 난생 처음 할머니께 경어를 썼다.

"틀림없지?"

"예에."

"이 할미와 언약할 수 있지?"

"예에"

"그래야지. 남자의 언약은 천금보다 귀하다. 원성이 너는 장차 큰 학자가 돼 세상을 가르치고 이 나라의 큰 들보가 돼야 한다. 너는 칠성님이 점지하셔서 하늘이 낸 사람이다. 너는 할미의 이 말을 명심하고 큰 학자가 될 사람이라는 것을 하루도 잊어서는 안 된다. 알겠느냐?"

"예에"

"됐다. 그럼. 오늘부터 너는 큰 학자다. 그리고 큰 사람이다."

할머니는 비로소 팔을 벌려 나를 안으셨다.

이날 밤.

할머니는 어디서 구했는지 돈을 주고도 살 수 없는 귀한 석청을 내 양쪽 종아리에 바르시며 독백하셨다.

"어이구, 이 늙은 게 망령 들렸지 망령 들렸어. 이 어린 몸에 어디

때릴 데가 있다고 이 지경으로 피멍 나게 때렸누 그래. 에이그, 얼마나 아플 거나 얼마나!"

할머니는 내 양쪽 종아리에 꿀을 바르시며 목울음을 터뜨리셨다. 그래도 나는 모른 척 누워 있었다. 종아리가 쑤시고 따갑고 화끈거려 몹시 아팠지만 이를 물고 참으며 자는 척 누워있었다. 이런 시간을 얼마나 보냈을까. 나는 자다 깨다 자다 깨다 하는 토끼잠을 자면서 잠이 깰 때마다 실눈으로 구메구메 할머니를 훔쳐봤다. 할머니는 그때마다 내 종아리에 꿀을 바르지 않으면 부채질을 하셨고 부채질이 아니면 호호하고 입김을 부셨다. 그러며 또 독백하셨다.

"미안하다 우리 강아지. 용서해라 이 할미를"

이날 밤 할머니는 한 잠도 안 주무시고 내 머리맡에서 밤을 새셨다. 피멍 든 내 종아리가 다 아문 것은 보름 후였다.

내가 두 번째로 할머니께 회초리 찜질을 당한 것은 국민학교(요즘의 초등학교) 2학년 여름방학 때였다. 그 날 나는 동무들과 산야를 휘지르고 다니며 해 가는 줄 모르고 놀다가 앞개울에서 미역을 감았다. 미역을 다 감은 우리는 누가 먼저랄 것 없이 얄팍하고 동글납작한 돌을 찾았다. 물수제비를 뜨기 위해서였다. 이 물수제비는 얄팍하고 동글납작한 돌이라야 수제비가 잘 떠지기 때문에 우리는 서로 그런 돌을 여남은 개씩 찾아 물수제비뜨기 내기를 했다. 물수제비는 돌도 잘 골라야 되지만 던지는 각도도 중요해 돌을 어떤 각도로 던지느냐로 성패가 좌우되기도 한다. 돌을 엄지와 검지 사이에 끼우고 몸을 오른 쪽으로 기울인 채 수면 위로 던지면 미끄러지듯 돌이 차르르르 가다 담방담방 튀는데 이 튀어가는 횟수가 많고 적고로 승부가 결정된다. 초심자들은 수제비를 뜨면 돌이 첨벙하고 가라앉지만 우리는 개울에 미역을 감거나 고기를 잡으러 나올 때마다 물수제비를 떴기 때문에 보통 예닐곱 번, 많게는 여남은 번씩 떴다. 나도 물수제비를 곧잘 떠 어떤 날은 여남은 번, 어떤 날은 예닐곱 번을 떠 1등도 하고 2등도 했다. 그런데 그날은 재수에 옴이 붙었는지 처음부터 시원찮아 서너 개가 아니면 네댓 개로 끝이 나 3등을 하고 말았다. 1등은 열 개를 뜬 명수였고 2등은 여덟 개를 뜬 지호였다. 나는 속이 상해 수제비를 더 뜨자 제의했다. 어떡하든 1등을 해야 애성이 풀릴 것 같았다. 그런데 이때 명수가

"야, 우리 고무총으로 호박 쏘기 내기하자 응?"

하며 엉뚱한 내기를 제의했다. 그러자 지호가

"호박 쏘기 내기? 그거 재밌지. 그래 하자 우리."

"원성이 넌 어때? 싫어?"

명수가 바지주머니에서 고무총을 꺼내들며 물었다.

"아니야, 좋아!"

나도 주머니에서 고무총을 꺼내들며 말했다. 고무총이라면 자신이 있었으므로 물수제비 내기에 진 분풀이를 고무총으로 설욕하고 싶었다.

"그럼 지호 넌?"

"나도 좋아."

지호도 주머니에서 고무총을 꺼냈다. 이때 우리는 고무총을 무슨 필수품인 양 주머니에 넣고 다녔다. 그러며 어떤 목표물을 정해 놓고 누가 많이 맞혀 목표물을 쓰러뜨리느냐는 내기를 했다.

우리는 개울가에 지천으로 널린 돌 중에서 공깃돌만 한 둥근 돌 수십 개씩을 주워 주머니에 넣고 보무도 당당하게 동네 고샅으로 갔다. 고샅엔 돌담이 아니면 나무 울타리가 세워져 있기 때문에 호박이 돌담과 울타리를 타고 올라 많이 달려 있었다. 우리의 목표물은 큰 호박이 아니라 동그란 애호박이었다.

"자, 시작하자!"

애호박 세 개와 거리가 정해지자 내가 고무총에 돌을 메기며 말했다. 거리는 스무 발자국 밖이었다.

"자, 그럼 내가 먼저 쏜다아!"

나는 한쪽 눈을 감고 조준을 한 다음 힘껏 고무줄을 당겼다.

탁!

명중이었다. 나는 두 번째 고무줄을 당겼다.

탁!

이번에도 명중이었다. 나는 신이 났다. 열 번을 다 쏘고 보니 일곱 번이 명중이었다. 나는 회심의 미소를 지었다. 일등은 보나마나 내 것이었다. 명수는 다섯 번을 맞혔고 지호는 고작 세 번밖에 못 맞혔다.

"또 한 번 하자!"

명수가 분한지 고무총에 돌을 메겨 잡아당겼다.

탁!

명중이었다. 그런데 바로 이때

"예끼 이 개궂한 놈들. 호박에 고무총을 쏘면 어쩌냐 이놈들아!"

하며 봉구 아버지가 고샅을 들어섰다. 우리는 너무 무서워 어마 뜨거라 줄행랑을 쳤다.

이날 밤.

나는 또 할머니의 불호령에 아랫종아리를 걷고 목침 위로 올라섰다. 회초리는 이미 대령한 채였다.

"너 이노음!"

할머니가 사정없이 종아리를 치셨다. 나는 이를 굳게 사려 물었다.

"성원이 이놈, 오늘은 왜 맞는지 그 까닭을 아느냐?"

할머니의 추달이 추상같았다.

"……예에"

나는 힘담없이 대답했다.

"왜 맞느냐?"

"……호박에 고무총을 쏴서요."

"호박에 고무총은 왜 쐈느냐?"

"……"

"왜 쐈느냐고 묻질 않느냐?"

할머니가 다시 종아리를 내리치셨다.

"누가 많이 맞히나 내기하느라구요"

"뭐어? 내기?"

"……예에"

"이놈아, 사람이 먹는 소중한 호박에다 돌 쏘기 내길하다니. 네 놈이 이러고도 사람 구실을 하겠느냐?"

할머니가 큰 소리로 꾸짖으시며 아까보다 더 세게 종아리를 내리치셨다.

"이놈아, 아무리 철부지 어린것이기로 남의 농사를 망치다니"

할머니의 노여움은 하늘에 닿는 듯했다.

"원성이 너 잘못했어 안 했어?"

할머니가 또 종아리를 치시며 물었다.

"……잘못했어요."

"잘못했지?"

"……예에"

"그럼 앞장 서. 그 댁에 가서 용서를 빌어야지. 이놈아, 세상에서 제일 귀한 게 뭐냐. 사람 목숨 다음으로 귀한 게 먹는 음식이다. 그런데 그 귀한 음식거리를 네 놈이 망쳐놨으니 이런 죄가 어디 있느냐!"

할머니는 옷매무새를 단정히 하고 나를 앞세워 분이네 집으로 갔다. 그리고는 분이 아버지한테 이 할미가 이놈을 잘못 가르쳐 이렇게 되었으니 그 죄를 용서해주십사며 무릎을 꿇었다.

"원성이 할머님! 왜 이러십니까요. 어서 일어나세요. 아이들이야 장난이 일이고 저지레가 농사 아닙니까요. 다 크느라 그렇습니다."

분이 아버지가 황망히 할머니를 일으켜 세우며 어쩔 바를 몰라 했다.

"원성이 할머님! 아이들은 저지레를 하고 저정스럽게 커야합니다. 그래야 커서 뭐가 되도 되지, 아리잠직하게 앉아 코딱지나 후비며 눈구석지에 앉는 파리 날리는 아이는 아무짝에도 못 씁니다"

분이 아버지가 되레 저두굴신 하며 할머니를 돌려세웠다. 할머니는 그러나 자꾸 뒤를 돌아보시며

"죄송합니다. 용서하십시오. 다 이 할미가 잘못 가르쳐 그렇습니다. 죄송합니다. 잘못했습니다."

만을 뇌이셨다. 나는 이런 할머니가 그만 불쌍해졌다. 그리고 가여워졌다. 그래 어린 소견에도 앞으론 할머니 속을 썩여드리지 말아야지 했다. 한 번도 아니고 두 번씩이나 종아리에 피멍이 맺히도록 회초리 찜질을 당하는 것도 싫었다.

그러나 안 되던 것이었다. 제 버릇 개 못 주고 개꼬리 석 삼 년 묵어도 황모 못 된다더니 내가 그 격이었다. 이해 가을, 나는 또 할머니로부터 심한 회초리 찜질을 당했다. 그 날은 일요일이어서 나는 동무들과 바짓가랑이에 도깨비바늘이 다닥다닥 달라붙는 것도 아

랑곳 하지 않고 개암과 으름을 따 먹으며 산천을 헤매다 저녁 때가 다 되어서야 집으로 왔다. 그런데 이때 거지 두 사람이 저녁 동냥을 나왔다. 할머니는 어머니를 시켜 저녁상을 보게 해 거지를 방으로 들게 했다.

"아닙니다요, 아닙니다요. 밥을 이 쪽박에 부어주시기만 하면 됩니다요."

거지들은 손을 홰홰 내저으며 쪽박을 내밀었다.

"그 무슨 당치도 않은 소립니까? 방에 상 차려 놨으니 어서 방으로 드세요들"

할머니가 방문을 열고 말씀하시자 거지들은

"그럼 노마님! 봉당에서 먹겠습니다요. 그렇게 해 주세요"

거지들은 한사코 사양을 했다.

"그건 도리가 아닙니다. 사람의 집에 사람이 오면 손님이고 손님은 귀한 법인데 어찌 귀한 손님을 밖에서 대접하나요. 어서 방으로 드세요"

할머니는 그에 거지들을 방으로 들게 하셨다.

"그럼 편히들 드세요. 그래도 추수와 타작이 끝난 가을이라 이렇게라도 대접할 수 있어 얼마나 다행한지 모르겠어요."

할머니는 이러시며 방문을 닫으셨다. 거지들이 마음 편하게 밥을 먹으라는 배려에서였다. 나는 이런 할머니를 도저히 이해할 수 없어 퉁퉁증을 부렸다.

그렇잖은가.

더럽고 냄새나는 거지를 방에서 밥을 먹게 하니 어떻게 이해할 수 있는가. 그것도 밥을 상에 차려 극진하게 손님 대접을 하니 더더욱이 그랬다.

나쁜 거지새끼!

더러운 거지새끼!

나는 할머니가 미웠다. 그래서 거지를 욕했다. 왜 할머니는 저런 더러운 거지새끼들한테 저렇게 잘하는지 분하기까지 했다.

“할머니이!”

나는 거지들이 할머니한테 코가 땅에 닿을 만큼 허리를 굽히고 돌아가자 볼멘소리로 할머니를 불렀다.

“오냐, 그래 우리 강아지”

할머니가 의아한 표정으로 나를 바라보셨다. 내 볼멘소리가 이상하셨던 모양이다.

“할머닌 왜 더러운 거지새끼들을 방에서 밥을 먹게 해! 왜?”

나는 너무 속이 상해 소리를 꽥 질렀다. 이때 할머니가 벼락치듯

“뭐가 어쩌고 어째? 더러운 거지새끼들?”

하시더니 횡하니 방으로 들어가시기 바쁘게

“원성이 너 회초리 가지고 이리 와!”

할머니의 노한 음성이 집 안팎을 흔들었다.

아이구, 나는 또 죽었구나!

나는 할머니가 왜 또 회초리를 가져오라시는지 그 이유를 잘 알았다. 나는 풀죽은 표정으로 회초리를 대령했다.

"아랫 종아리를 걷고 목침 위로 올라섰!"

할머니가 회초리로 방바닥을 탁탁 몇 번 치더니 내 장딴지를 사정없이 후려치셨다.

"아얏!"

나는 이를 물고 참았다. 참지 않을 수가 없었다.

"원성이 너 이놈! 오늘은 왜 맞는지 그 까닭을 아느냐?"

"예에."

"왜 맞느냐"

"거지한테 욕해서요."

"거지한테 무슨 욕을 했느냐"

"……"

"무슨 욕을 했냐니까?"

내가 대답을 안 하자 할머니의 추달이 벼락치듯 했다.

"……"

"어서 말 못해?"

할머니가 오늘은 종아리가 아닌 장딴지를 후려치시며 대갈하셨다. 나는 어마지두에

"더러운 거지새끼요"

"거지가 왜 더러우냐?"

"……"

"왜 더러우냐니까?"

할머니가 다시 장딴지를 후려치셨다.

"아이구 할머니 잘못했어요. 다신 안 그러께요 할머니."

나는 거지가 왜 더러우냐는 할머니의 물음에는 대답도 않고 두 손을 싹싹 비비며 줄항복을 했다.

"이놈아, 거지가 더러운 건 옷을 오래 입어 그렇고, 몸의 때를 자주 씼지 못해 그렇지 사람이 더러운 건 아니잖느냐. 그런데 더러운 거지새끼라니. 너 어디서 그따위 말을 배웠어. 할미가 그렇게 가르치더냐?"

"아, 아니요."

"그런데 어째서 그런 말을 함부로 쓰느냐. 거지는 사람이 아니냐?"

"아, 아니요"

"그럼?"

"사람이요"

"사람이지?"

"예에."

"임금도 사람이고 거지도 사람이다. 높은 벼슬에 있는 이도 사람이고 낮은 벼슬을 하는 이도 사람이다. 돈 많은 부자도 사람이고 돈 없는 가난뱅이도 사람이다. 그런데 똑같은 사람을 단지 가난해 거지가 됐다고 더러운 거지새끼라 욕한다면 거지가 나쁘냐 욕한 사람이 나쁘냐?"

"…… 욕한 사람이요"

"그걸 아는 놈이 거지한테 욕을 해?"

할머니가 회초리로 방바닥을 세게 몇 번 내려치시더니 내 장딴지를 사정없이 후려치셨다. 한 번 두 번 세 번. 할머니는 여남은 차례나 거푸 내 장딴지를 치시고는 나를 당신 앞에 꿇어앉게 하셨다. 나는 장딴지가 터져 피가 줄줄 흐르는 아픔을 이를 악물고 참으며 할머니의 하회를 기다렸다. 이때 아버지와 어머니가 마루에 앉았다 섰다 하시며 방안에다 대고

"어머니. 이제 그만 고정하시지요. 원성이는 저희들이 잘못 가르쳤습니다. 하오니 벌은 저희들이 받겠습니다."

"그렇습니다. 어머님. 저희가 아이를 잘못 가르쳤습니다. 벌은 저희들이 받겠습니다. 부디 노여움 푸시고 용서해 주시기 바랍니다."

했다. 어린 아들이 장딴지에 피멍 들게 맞으며 질러대는 비명 소리를 차마 더는 들을 수가 없어서였다. 할머니는 그제서야

"알았으니 물러가라."

마루 쪽에다 대고 소리를 치시더니

"원성이 너, 반성문 써 가지고 와 읽어."

하시곤 밖으로 나가셨다. 나는 할머니가 나가시자 가방에서 연필과 공책을 꺼냈다. 반성문을 쓰기 위해서였다.

반성문

한원성

나는 오늘 거지한테 욕을 하였습니다. 더러운 거지새끼들이라고 욕을 하였습니다. 그래서 할머니한테 많이 맞았습니다. 종아리에 피가 나도록 맞았습니다. 무척 아팠습니다. 나는 잘못하였습니다. 앞으로는 거지들한테 욕을 안 하겠습니다. 할머니하고 약속하였습니다. 나는 나쁜 아이입니다. 거지도 사람인데 더러운 거지새끼들이라고 욕을 하였으니 나쁜 아이입니다. 나한테 욕먹은 거지들 잘못하였습니다. 정말입니다. 끝.

이날 밤 나는 반성문을 할머니께 읽어드렸다. 아버지 어머니도 계신 자리에서였다.

"아이구 우리 강아지 반성문을 자알 썼네. 앞으론 반성문대로 할 거지?"

할머니가 나를 두 팔로 안아 당신 무릎에 앉히시며 활짝 웃으셨다. 나는 머리를 끄덕여 그렇다고 대답했다.

밤이 깊자 할머니의 치성은 여느 날보다 더 극진하셨다. 해마다 칠월 칠석날부터 시작되는 석 달 열흘 백일치성은 올 해라고 예외가 아니었다. 앞에서도 잠깐 밝혔지만 할머니는 내가 태어나기 일 년 전부터 드리기 시작한 백일치성을 지금껏 단 한 해도 거른 적이 없으셨다. 이날 밤 할머니는 가마솥에 물을 데워 큰 말양푼에다 적당히 식혀서 나를 목욕시키셨다. 그리고 당신은 앞개울에 가서서 찬물에 목욕재계 하셨다. 이때가 음력으로 시월 초승이었으니 양력으로는 십일월 중순께여서 산골 밤의 개울물은 뼈가 시릴 만큼 차가웠다. 그래도 할머니는 춥다 소리 한 번 안 하시고 버티셨다. 이날 밤 할머니는 나를 뒤란의 칠성단으로 데리고 가 정화수 앞에 무릎을 꿇려 놓고 한도 끝도 없이 절을 시키셨다.

"비나이다. 비나이다. 칠성님께 비나이다. 철부지 우리 원성이 아직도 천둥벌거숭이오니 부디 무탈하게 자라도록 보살펴 주소서. 칠성님께 입은 은혜 태산 보다 높고 바다 보다 깊사오나 바다 보다 깊사오나……"

할머니의 비손과 이령수는 한도 끝도 없이 이어졌다. 나는 백 번인지 이백 번인지 알 수도 없게 정화수에 절을 했다. 나는 그만 진력이 나고 발싸심이 생겨 몸을 좌우로 틀며 버르적거렸다. 그러자 할머니가 이를 눈치 채셨는지

"원성이는 그만 들어가거라."

하셨다. 나는 속으로 옳다구나 하면서도 냉큼 자리를 뜰 수가 없었다. 어린 소견에도 나만 들어갈 수가 없어서였다.

"어서 들어가라는데도"

할머니가 비손과 이령수를 멈추시며 말씀하셨다.

"……할머닌?"

나는 할머니가 그만 불쌍해졌다.

"할민 좀 있다 들어갈 테니 너 먼저 들어가렴."

할머니가 내 등을 밀며 말씀하셨다. 그런데도 나는 왠지 발이 잘 떨어지질 않았다.

이날 이후 나는 좀 의젓해졌다. 거지한테 욕도 안 하고 호박에 고무총도 쏘지 않았다. 나중에야 안 일이지만 이는 모두 할머니의 가르치심 덕이었다. 할머니는 비록 치마 두른 아녀자로 글자는 모르셨지만 아시는 건 많으셔서 경서에 있는 어려운 말이나 고사에 나오는 어려운 말도 많이 아셨다. 글자를 못 읽으시고 글씨는 못 쓰셨지만 발음은 틀리지 않고 정확하셨다. 경서와 고사만이 아니었다. 할머니는 사람을 대접함에 있어서도 예절이 깍듯하셔서 거지나 각설이꾼, 심지어 문둥이가 동냥을 와도 반가운 손님 대하듯 대접이 똑같았다. 절대로 쪽박에 밥이나 찬을 부어주는 법이 없고 언제나 상에 차려 방에서 대접을 했다. 보릿고개 때는 먹을 게 없어 냉수에 간장을 타 대접을 했고 그게 아니면 냉수 사발을 상에 받쳐 내놓으셨다. 이는 할머니만 그런 게 아니어서 어머니도 마찬가지셨다. 타작이 끝난 만滿 가을이면 거지나 각설이꾼에게 밥을 대접하기 때문에 미안해하지 않지만 보릿고개 때는 찬물이 아니면 물에 간장을 풀어 대접을 해야 하니 주인으로서는 여간 미안한 게 아니었다. 그래 할머니는 동냥아치들에게 냉수 한 사발이나 간장물 한 사발을 대접하는 날은 반드시 온화한 웃음을 보내셨다. 주인 되어 손님에게 냉수나 간장물 밖에 대접 못하는 미안함에 웃음이라도 선사하자는 웃음 보시布施였다. 이를 할머니는 얼굴로 베푸는 보시라 하여 얼굴 안顔 자 베풀 시施 자의 '안시'라 하셨는데 할머니는 걸인에게 물 한 사발이라도 마음 편하게 들고 가라고 웃음 보시 안시를 보내셨던 것이다.

그때는 웬 걸인이 그리 많은지 어느 한 날 밥 동냥 안 나오는 날이 없었다. 걸인도 어디 한두 사람인가. 어떤 날은 가족 단위로 대여섯 명씩 떼를 지어 몰려다니기도 했다. 그러나 동냥아치는 이들만이 아니었다. 장타령이라 불리는 각설이꾼들과 눈썹 빠지고 입 돌아가고 얼굴에 진물이 줄줄 흐르는 문둥이들도 건성드뭇 돌아쳤다. 그리고 가끔은 북을 치고 새납이라는 태평소를 불며 노래하는 풍각쟁이도 있었는데 이들은 마을 안 물방앗간이 아니면 후미진 도린곁 외딴 곳에 있는 상여막 곳집에 진을 친 채 보름이고 스무날이고 비럭질을 다녔다. 그러다 조금만 수틀리면 행짜를 놓고 심한 경우에는 집에 불까지 지르고 내빼는 바람에 사람들은 되도록 이들과 척隻지거나 원한 살 일을 하지 않았다. 한데도 걸인들은 걸핏하면 같이 먹고 살자며 불문곡직 방으로 쳐들어와 밥을 채뜨려 가거나 밥상을 통째로 들고 가기도 해 푹푹 찌는 삼복더위에도 문을 닫고 밥을 먹는 경우가 많았다. 한데도 우리 집은 추운 동절기 아닌 하절기엔 언제나 문을 활짝 열어 놓고 밥을 먹었다. 그래도 걸인들은 단 한 번 밥을 채뜨리거나 밥상째 들고 가질 않았다. 밥을 채뜨

리거나 밥상을 들고 가기는커녕 되레

"이 댁에 대복 내려 운수 대통하시고 자자손손 부귀 다복하소서"

하며 두 손 모아 축수 발원을 했다. 이는 다 할머니의 크나크신 자애와 안시와 자비심 때문이었다. 걸인들은 팔도강산 다 돌아다녀 봐도 노마님 같은 산부처님은 조선 팔도에 없다며 공수나 국궁으로 인사를 했고 그러면 할머니는

"세상에 이런, 세상에 이런……"

하시며 허리 굽혀 인사를 받으셨다. 나는 이런 할머니를 도저히 이해할 수 없어 중학교 때까지는 할머니가 야속했지만 중학교를 졸업하고 고등학교에 올라가자 할머니가 조금씩 이해되기 시작했다. 그러더니 고등학교 2학년이 되자 혹시 할머니가 대자대비한 부처나 보살이 중생을 교화하기 위해 형체를 바꿔 세상에 현화現化 현신現身하신 게 아닌가 싶기도 했다. 위로 깨달음을 얻는 상구보리上求菩提와 아래로 중생을 제도하는 하화중생下化衆生. 이를 완전히 구비하면 불도의 깨달음을 얻고 그 깨달음으로써 널리 중생을 교화한다는 큰 마음 대보리심. 할머니는 이 큰 마음 대보리심을 체현體現시키기 위해 세상에 오신 건 아닐까? 그렇지 않고서야 어찌 거지나 각설이꾼을 비롯해 살갗에서 진물이 줄줄 흐르고 눈썹이 하나도 없고 머리칼이 쑥쑥 빠진 데다 입가지 돌아가고 손발마저 굳어져 하늘이 벌을 주었다는 천형병天刑病 문둥이한테까지 웃음을 보내시며 상에 밥을 차려 방에서 먹게 하셨을까.

나는 이런 할머니가 국민학교에 입학하기 전까지는 마냥 좋기만 하더니 국민학교를 입학하자 무섭기 시작했고 중학교를 진학하자 두려워지기 시작했다. 그런데 중학교를 졸업하고 고등학교에 진학하자 할머니를 우러르기 시작했다. 아무나 할 수 없는 대자대비의 부처 마음을 가지셨기 때문이었다. 할머니는 내가 중학교에 입학하자

"아이구, 우리 강아지 중학생 되셨네. 중학생이니 이제 할미 품을 떠나 공부 열심히 해야지"

하셨다. 이런 할머니는 내가 중학교 3학년이 되기 급하게

"아이구, 우리 원성이, 벌써 호패 찰 나이가 됐네. 남자 나이 열여섯이면 장정이지 장정!"

하시며 나를 중학교 2학년 때까지 '우리 강아지, 우리 강아지'하시더니 내가 중학교 3학년이 되자 '우리 원성이'로 호칭이 바뀌었다. 그런데 나는 이런 할머니를 읍내의 고등학교를 졸업하고 서울에 있는 대학으로 유학을 떠나자 자주 뵐 수가 없었다. 그래 일주일에 한 번씩 편지로 안후를 여쭈었고 한 달에 한 번씩은 반드시 내려가 할머니를 뵈었다. 할머니가 사각모를 쓴 대학생 손자 보심을 아주 좋아하셨기 때문이었다. 나는 온갖 꽃이 다투어 피는 천자만홍千紫萬紅의 봄이면 할머니를 업고 가까운 산천으로 꽃구경을 갔고, 녹음이 꽃보다 좋다는 녹음방초승화시綠陰芳草勝花時의 여름이면 할머니를 업고 푸른 계곡에 들어 옥계수玉溪水로 발을 씻겨드렸다. 가을이 돼 단풍이 만산홍엽滿山紅葉을 이루면 할머니를 업고 단풍

구경을 갔고, 겨울이 돼 눈이 하얗게 장설하면 할머니가 나에게 들려주신 옛날이야기를 내가 책으로 읽어 드렸다. 이때는 화로를 가운데 두고 아버지와 어머니까지 화롯가에 둘러 앉으셨고 밤이 이슥하면 어머니는 밤참으로 조청에 백설기를 내놓으셨다. 나는 처음에는 춘향전, 심청전, 흥부전, 장화홍련전과 옥단춘전, 숙영낭자전, 유충열전, 홍길동전 등을 읽어드렸고, 다음으로는 금오신화, 사씨남정기, 양반전, 한중록, 구운몽, 계축일기 등 고대소설을 읽어드렸다. 그리고 마지막으로 무정, 장한몽, 순애보, 청춘극장, 운현궁의 봄 같은 근대소설을 읽어드렸다. 물론 이 많은 책을 읽어드리는데는 많은 시간이 소요돼 몇 해 겨울이 걸렸다. 할머니는 내가 책을 읽어드릴 때마다

"아이구 우리 학자님, 장하기도 하시지. 아이구 하늘이 내신 우리 학자님 훌륭도 하셔라."

하시며 내 등을 다자꾸 쓸어내리셨다. 그러면 나는 할머니를 업고 방안을 빙빙 돌곤 했다.

"아이구, 우리 원성이 등이 넓기도 하구나. 아이구, 우리 원성이 이제 헌헌장부로구나!"

할머니는 좋아서 어쩔 줄을 몰라하셨다.

"할머니! 그렇게 좋으세요?"

내가 어깨 너머로 고개를 돌려 물으면 할머니는 큰소리로

"좋다마다. 할민 이제 죽어도 여한이 없다"

하셨다. 정말이실까? 정말 할머니는 지금 돌아가셔도 여한이 없으실까?

아니다. 할머니는 내가 대학을 나오고 대학원을 나올 때까지 사셔야 한다. 아니 내가 장가를 들고 증손자를 안겨드리고 어연번듯한 대학에 교수가 되는 것을 보고 돌아가셔야 한다. 말씀을 안 하셔서 그렇지 이게 할머니의 간절한 소원이셨다. 내가, 두메산골 촌솔봉이 내가 대학교 중에서도 제일 명문이라는 최일류대학에 여봐란 듯 합격하자 할머니는 거자擧子가 과거에 장원급제라도 한 듯 덩실덩실 춤을 추셨다.

"할머니, 그렇게 좋으세요?"

나는 그때도 오늘과 같은 질문을 했다.

"좋다마다. 할민 이제 죽어도 여한이 없다"

할머니는 그때도 오늘처럼 똑같은 대답을 하셨다.

"할머니, 제가 얼른 대학교를 나와 근사한데 취직해 장가가고 증손자도 안아보시게 할게요. 그러니 조금만 더 기다리세요 할머니?"

"아이참 욕심도 많다. 할미는 원성이 네가 반듯하고 올바르게 잘 자라줘 얼마나 고마운지 모르겠다. 다 칠성님께서 돌봐주신 덕이다"

할머니는 이러시며 할머니 특유의 온화하고 자애로운 웃음을 웃으셨다.

"예, 할머니! 칠성님과 할머니 덕입니다. 할머니 은혜 하늘보다 높고 바다보다 깊습니다."

나는 한 달에 한 번씩 할머니를 뵈러 갈 때마다 할머니를 업어드리며 때로는 노래를 불러드리고 때로는 수수께끼 내기도 했다. 그러며 속으로 이렇게 좋아하시는 할머니를 한 달에 한 번씩 내려가 뵈야겠다 다짐하면서도 서울에 올라오면 학교에 가 강의 들으랴 내 공부하랴 주인 집 아이들 가르치랴 정신이 없었다. 아이들은 여중 2학년과 남고 1학년 두 남매였는데 둘 다 국, 영, 수만 집중적으로 가르쳤다. 나는 이 댁에서 먹고 자면서 딸 아이 과외비는 하숙비로 제하고 아들 아이 과외비만 받아 시골집으로 전액 송금했다. 세전지물世傳之物 없이 할머니 모시고 남의 논 몇 마지기 얻어 부치며 어렵게 사는 부모님께 조금이라도 도움을 드리기 위해서였다. 대학등록금은 내가 공부를 잘해 받는 장학금으로 학비전액이 충분했다. 그때는 교통과 통신이 발달하지 못하던 때라 시골집에 한 번 내려가려면 시커먼 연기가 하늘을 뒤덮는 증기기관차를 타고 거의 하루 종일 가야 했고 촌에서 서울로 소식이라도 전하려면 편지를 써 몇 십 리 밖 읍내 우체국까지 걸어가 부쳐야 했다. 그리고 화급한 일이라도 생기면 우체국으로 숨차게 달려가 전보를 쳐야했다.

눈 코 뜰 새 없이 바쁜 가운데도 세월은 흘러 나는 어느덧 대학교 3학년이 되었다. 3학년이 되자 1~2학년 때와는 비교도 안 될 만큼 더 바빠 하루 해가 언제 가는 줄 몰랐다. 게다가 학과가 사학과다 보니 다른 과에 비해 리포트 쓸 것도 훨씬 더 많았다. 나는 이를 사려 물었다. 이만한 어려움 쯤 이겨내지 못한데서야 어찌 뜻을 이룰 것인가. 나는 다행히 과목마다 올 A 학점을 받아 등록금 전액을 장학금으로 해결하고 중, 고등생 두 놈을 가르쳐 한 놈 과외비는 하숙비로 제하고 한 놈 과외비는 시골집에 보내드리니 이만하면 다른 고학생에 비해 고생 안 하고 공부하는 편이었다. 고학생 중에는 돌에도 나무에도 기댈 데 없는 천애고아도 있고 부모형제는 있어도 찢어지게 가난한 탓으로 신문배달 구두닦이 막노동 등을 하며 공부하는 학생도 있었다. 그리고 벌판이나 다름없는 달동네 언덕바지에 찢어진 천막이나 루핑 따위로 지붕을 해 덮고 그 위에 목침만한 돌을 여기 저기 얹어 명색만의 집 쪽방에 세 들어 살면서 생명과 같은 피를 뽑아 판 돈으로 학비를 대는 기막힌 고학생도 있었다.

나는 이런 고학생을 생각하며 더 열심히 강의를 듣고, 더 열심히 두 아이를 가르치고, 더 열심히 리포트를 썼다. 그러느라 나는 언제나 자정이 지나 새로 두 시는 돼야 잠자리에 들어 항상 잠이 부족했다. 이 바람에 나는 한 달에 한 번 할머니를 뵈러 내려가던 것이 두 달에 한 번, 어떤 때는 두 달이 넘어 내려가기도 했다.

안 되겠다. 다른 무슨 조치를 취하자. 한 달에 한 번 내려가 뵙는 것도 나를 학수고대 기다리시는 할머니로서는 그 한 달이 너무도 길어 여삼추 같으신데  두 달에 한 번 내려가 뵙다니. 할머니는 어쩌시라고. 할머니는 어떻게 사시라고.

할머니가 사시는 가장 큰 이유는 나 때문이셨다. 이 손자 원성이가 얼른 대학을 나와 장가가고 훌륭한 학자가 되거나 훌륭한 인물 되는 것을 보시는 일이었다. 이것만이 할머니의 희망이요 목표였다. 그리고 이것만이 할머니가 신앙처럼 굳게 믿으시는 칠성님의 점지와 하늘이 낸 인물 그것이었다.

그랬다.

할머니는 지금도 나를 칠성님께 백일치성을 드려 얻은 손자로 알고 계셨다. 할머니가 목욕재계로 지극 정성 치성 드려 이에 감동한 칠성님이 나를 점지하셨고 그래서 하늘이 내린 사람이라 원성이는 반드시 큰 학자나 큰 인물이 된다고 굳게 믿으셨다. 스물한 살 한창 나이에 그 몹쓸 장질부사(장티푸스)로 할아버지가 돌아가시자 할머니는 생초목에도 불붙는다는 꽃다운 나이 스무 살에 유복자 아버지를 낳으셨다. 그리고는 지금까지 그 오랜 세월을 곁눈질 한 번 하지 않고 수절하셨다. 삯바느질 삯방아 삯빨래 삯밭매기 등 삯이 되는 일이라면 진 일 마른 일 가리지 않으셨다. 이런 할머니는 밤에 주무실 때 어린 아버지를 꼭 곁에 눕히셨고 문고리는 순갈총을 두 개씩 꽂고도 마음이 안 놓여 노끈으로 몇 번씩 동여맸다. 왈패나 건달들이 불문곡직 침방해 보쌈을 해 갈지 모르고 홀아비나 혼기를 놓친 타동의 총각도 침방할지 모를 일이었다.

이렇게 하고도 마음이 놓이지 않은 할머니는 쇠털 같이 수많은 날을 가슴에 비수를 품고 사셨다. 나이 한창 팔팔한 스무 살에 청춘과부가 되자 별 사내가 다 치근거리고 집적댔다. 그런데도 할머니는 자세 하나 흐트러뜨리지 않고 의연히 반가班家의 품위를 지키시며 아버지를 서당에 보내 사서삼경四書三經을 다 읽히셨다. 그리고 아버지를 스물세 살에 어머니와 성혼시키셨다. 아버지는 여남은 살 적부터 스무 살이 넘도록 서당에만 다니셔서 사서삼경을 줄줄 외다시피 하셨지만 그 외의 것은 아무 것도 모르는 백면서생의 답답한 서치書癡셨다. 이러니 할머니가 얼마나 힘드셨고 어머니 또한 얼마나 고생이 자심하셨겠는가. 형편이 이럼에도 아버지는 책상 앞에 앉아 글만 읽으셨다. 그러다 굶기를 부자 밥 먹듯 하는 삼순구식三旬九食이 잦자 할 수 없이 마름을 찾아가 논 몇 마지기를 얻어 부치는 소작농이 되셨다.

내가 아버지로부터 할머니가 위독하시다는 전보를 받은 것은 4학년 학기 초였다.

'할머니 위독 급래'

나는 아버지의 전보를 받기 급하게 가장 빨리 떠나는 기차에 몸을 실었다. 그러며 속으로 제발 할머니가 무사하시기만을 빌었다.

할머니는 또 그놈의 몹쓸 해수병 천식이 악화되신 듯했다. 찬바람 부는 가을이면 기침을 몹시 하시며 목구멍에서 가래 끓는 소리가 그르렁그르렁 나시다 겨울이면 더 악화돼 기침을 고라지게 하셨는데 이럴 때마다 할머니는 숨을 한동안 안 쉬시다 한꺼번에 꺽꺽꺽 몰아쉬셨다. 그런데 이런 현상이 금년 겨울부터 더 심하셨다.

나는 몸이 달고 조바심이 나서 똥마려운 강아지처럼 좌불안석을 했다. 기차가 굼벵이 천장遷葬하듯 느려터져 진득하니 앉아 있을 수가 없었다.

'제발 무사하소서. 하느님 칠성님 제발 저희 할머니 낫게 해주소서. 제발 앞으로 몇 년, 제가 대학과 대학원을 나와 대학 강단에 서고 장가가서 증손자를 할머니 품에 안겨드릴 때까지만 사시게 해주소서. 하느님, 칠성님 제발 제발 비옵니다'

나는 손을 합장한 채 눈을 감고 간절히 빌었다. 이렇게 빌지 않고는 견딜 수가 없었다.

열차가 고향 역에 닿은 것은 해질 무렵이었다. 나는 출찰구를 나서자 미친 듯이 내닫기 시작했다. 그러나 얼마 못가 숨이 턱에 차올라 뛸 수가 없었다.

"할머니 조금만 기다리세요. 할머니 강아지 원성이가 갑니다. 이제 서벼루모퉁이를 돌아가니 조금만 기다리세요."

나는 숨이 차 뛰다 걷다 하며 반미치광이처럼 떠들어댔다. 그런데도 집은 아직 반도 채 못 온 상태였다.

"할머니! 제가 뛰어갑니다. 젖 먹던 힘 다 해. 할머니 강아지 원성이가 뛰어갑니다. 그러니 할머니 조금만 더 조금만 더……"

나는 기진맥진 길가에 쓰러졌다. 숨이 턱까지 찬데다 다리가 떨어져 나갈 듯 아파 도저히 더는 뛸 수가 없었다.

안 된다. 가야 한다. 빨리 가야 한다. 할머니가 어쩌면 돌아가실

지도 모른다. 아니 이미 돌아가셨는지도 모른다.

나는 이를 으깨물며 일어났다. 그리고 사생결단의 복서처럼 있는 힘을 다해 뛰었다. 아니 결전장에 나아가 죽기를 한하고 싸우는 군사처럼 비장감으로 뛰었다.

이렇게 또 얼마를 뛰었을까. 뛰다 걷다 쓰러지다 하며 죽기 기를 쓰고 사십 리 고향 마을에 다다랐을 때는 이미 땅거미가 내려 사방에 어둑발이 깔린 다음이었다.

'할머니! 부디 살아만 계세요. 할머니 강아지 원성이가 왔습니다.'

마을로 접어들어 집이 저만큼 어슴푸레 보이자 가슴이 쿵쿵 뛰며 돌 구르는 소리를 냈다.

"할머니이!"

나는 심호흡을 두어 번 크게 하고 집으로 뛰어들며 큰 소리로 할머니를 불렀다. 그러자 방문이 열리며

"왔구나! 빨리 왔구나!"

하는 아버지의 소리에 이어

"어서 들어오너라. 할머니께서 너를 기다리신다."

하는 어머니의 소리가 났다.

"할머니, 할머니는요?"

나는 방으로 뛰어들기 바쁘게 할머니부터 살폈다. 할머니는 반듯이 누워 천장에다 눈을 주신 채 미동도 하지 않으셨다.

"할머니! 제가 왔습니다. 할머니 강아지 원성이가 왔습니다. 할머니 강아지 귀동이가 왔습니다."

나는 할머니 품에 얼굴을 묻고 울부짖듯 소리쳤다.

"점심나절까지 기침을 몹시 하시고 가래도 심하게 끓더니 저녁나절이 되자 가라앉으셨다. 아무래도 임종이 가까우신 것 같다!"

아버지가 떨리는 소리로 말씀하시며 땅이 꺼지게 한숨을 내쉬셨다.

"얘야, 할머니를 한 번 불러보렴. 할머니께서 몽매에도 잊지 못할 너를 그리시느라 눈을 못 감으신 게야. 너를 보시고 가시려고."

어머니가 목울음 소리로 말씀하시며 조용히

"어머님! 원성이가 왔습니다. 원성이 온 걸 아시면 눈을 깜박여 보세요"

하셨다. 아, 그러자 할머니가 눈을 깜박이셨다.

"할머니, 저 원성입니다. 저 아시겠어요 할머니?"

할머니가 다시 눈을 깜박이셨다. 나는 이런 할머니 가슴에 얼굴을 묻고 몽니 부리듯 소리쳤다.

"할머니, 돌아가시면 안 되십니다. 할머니의 강아지 원성이가, 그리고 귀동이가 대학교와 대학원을 나와 장가를 가고 증손자를 낳아 할머니 품에 안겨드릴 날이 얼마 안 남았습니다. 칠성님이 점지하시고 하늘이 낸 큰 인물 원성이가 큰 학자가 되고 큰 인물이 될 날이 이제 얼마 안 남았습니다. 그때까지 할머니는 사셔야 합니다. 그런데 왜 아무 말씀도 못 하시고 누워만 계십니까. 예? 할머니!"

나는 할머니의 몸을 흔들고 손을 만지고 얼굴을 비비며 몸부림을 쳤지만 할머니는 아무 반응이 없으셨다. 그러던 어느 순간 할머니가

"……워, 워, 워언성아아"

하시며 모기 소리로 나를 부르셨다. 나는 순간

"예, 할머니! 어서 말씀하세요."

하고 할머니를 주시했다. 아버지도 어머니도 할머니 곁으로 바투 다가앉으셨다.

"……너어느은 부우디이 크은 하악자 크은 이인무울이 돼에……"

할머니의 말씀은 여기서 그치셨다.

"예, 할머니 아무 걱정 마세요. 할머니 말씀대로 되겠습니다. 할머니께서 칠성님께 백일치성 드려 하늘이 내신 이 손자가 어찌 큰 학자 큰 인물이 안 되겠습니까"

나는 할머니 손을 움켜쥔 채 연해 고개를 끄덕였다. 그러자 할머니가 희미한 소리로

"……그으러엄 돼에엤다. 돼에에……"

할머니의 말씀은 여기서 그치셨다.

"원성아, 할머니께서 운명하셨다."

아버지가 손으로 할머니의 두 눈을 감겨드리며 조용히 말씀하셨다.

"예? 할머니께서 운명하셨다구요?"

나는 할머니가 운명하셨다는 아버지 말씀이 믿어지질 않아 큰 소

리로 할머니를 부르고 흔들었지만 할머니는 아무 반응이 없으셨다.

"할머니이! 할머니이!"

나는 큰 소리로 할머니를 부르며 땡볕에 깨벌레 나대듯 몸부림쳤다.

"할머니! 할머니! 우리 할머니! 할머니! 할머니! 우리 할머니!"

나는 망극지통罔極之痛을 이길 수 없어 땅을 치며 울었다. 할머니로부터 받은 망극지은罔極之恩을 티끌만큼도 못 갚아 땅을 치고 울었다. 큰 학자 큰 인물 된 것을 못 보여드리고 장가들어 증손자 할머니 품에 못 안겨드린 게 한스러워 땅을 치고 울었다. 몇 년 만 더 살아계셨으면 다 보고 돌아가셨을 할머니가 그 몇 년을 못 참고 돌아가신 게 한스러워 땅을 치고 울었다.

이때 내 슬픈 호곡을 조상이라도 하는지 건넛산에서 이름 모를 밤새가

'이후후후 이후후후'

하고 울었다. 나는 할머니를 붙안고 더 크게 울부짖었다.

"할머니 할머니 우리 할머니!"

할머니의 체온은 싸느랗게 식어갔다.

## 저 놈은 참 멋진 가난한 부자 놈이다.

이름 : 석 지석石志石

나이 : 스물세 살

키 : 175cm 정도

체중 : 76kg가량

학력 : 국졸 이후 독학

가족 : 30대 이후 청상이 돼 지금껏 수절한 47세의 어머니 산중댁과 스물세 살의 아들 석 지석. 아버지는 지석이 4살 때 일본군에게 끌려가 전사함 (태평양전쟁)

사는 곳 : 아아峨峨한 도솔봉 밑 깊은 골짜기 외딴 굴피 집

직업 : 화전민火田民

성격 : 헙헙하고 늡늡하고 순진하고 단순하고 꾀가 없는 그러면서 불의와는 타협 않는 비분강개형의 시골고라리

혈액형 : 모름. 짐작컨대 O형이 아닐까 추정됨

좌우명 : 깨끗한 이름 청명淸名

사훈私訓 : 하늘 무서운 줄 알자

인생관 : 하늘을 우러러 두려움이 없고 땅을 굽어 부끄러움이 없는 부앙천지 무괴어심俯仰天地 無愧於心으로 사는 것

때 : 1950년대 후반 자유당 말기

위의 글은 얼핏 보면 석 지석이란 청년의 신상명세서 같다. 아니 신상명세서다. 그러므로 이는 얼핏이 아니라 자세히 봐도 석 지석이란 청년의 신상명세서에 틀림없다. 그것도 아주 상세히...

석 지석石志石

참 묘한 이름이다.

성도 돌 석자 석 씨인데 이름도 돌 석자가 또 들어가 있다. 그런데다 앞으로 읽어도 석 지석 뒤로 읽어도 석 지석이다. 다시 말하면 왼 쪽에서 오른 쪽으로 읽어도 석 지석이요 오른 쪽에서 왼 쪽으로 읽어도 석 지석이다. 게다가 가운데 글자가 뜻지志 자여서 석 지석 하면 누가 봐도 고집이 벽창호 같고 불뚱가지 잘 부리는 성정 같아 명세서에 적혀 있듯 영락없는 솔봉이에 시골고라리다. 여기에 살을 조금 붙인다면 돌밭을 가는 소처럼 인내심 강하고 부지런해 황해도 사람을 비유할 때 쓰는 석전경우石田耕牛같은 느낌도 준다.

석 지석!

그럼 이제부터 요즘 세상에서는 좀처럼 볼 수 없는, 어쩌면 씨가 지다시피 한 청백淸白과 지절志節, 떳떳함과 당당함을 석 지석이란 두메산골 청년을 통해 한 번 알아볼까 한다. 혹여 이 글을 읽는 이 중에 더러 '요즘 세상에도 이런 사람이 다 있나. 참 대단한 사람이야'하고 존경을 표하는 사람도 있을지 모르고 반대로 '아니 뭐 이런 덜 떨어진 머저리가 다 있어. 제 앞으로 굴러 들어오는 복을 내치다니. 그것도 팔자를 고칠만한 대복大福을 말이야'하며 경멸하는 이도 있을지 모른다.

그럴 것이다.

지절과 청백을 지켜 떳떳하고 당당하게 살고자 하는 이는 청천백일이 좋을 것이고 훼절 부정으로 떳떳지 못하고 당당지 못하게 사는 이는 어두운 밤이 좋을 것이다.

쟁반처럼 둥실 뜬 벽공의 보름달이 도솔봉 골짜기를 천길만길 내리비췄다. 골짜기는 푸른 달빛을 받아 검푸른 산주름을 겹겹으로 드러냈다. 산주름은 마치 거대한 짐승의 등때기처럼 그렇게 누워 있었다. 만뢰는 죽은 듯 적요해 이따금 들려오는 밤 짐승의 울음소리와 간헐적으로 들려오는 낭자한 풀벌레 소리 외엔 적막강산에 무주공산이었다. 지석은 방에 들어 고콜에서 시커먼 그을음을 피우며 활활 타고 있는 관솔불을 끄고 잠자리에 들었다. 내일 아침 일찍 먼 길을 떠나려면 잠을 좀 자둬야 할 것 같았다. 한데도 잠은 야속하게 오질 않았다. 그래도 지석은 전전반측 잠을 청했다.

이렇게 얼마를 애썼을까. 좋이 두어 식경은 누워 있어도 잠이 오지 않아 지석은 도로 밖으로 나와 봉당의 삿자리에 퍼질러 앉았다. 입추가 지나서인지 바깥공기는 한기를 느낄 정도로 싸늘했다. 산이 높고 골이 깊어 날씨는 평지보다 훨씬 더 빨리 추웠다.

"왜, 잠이 안 와? 낼 아침 먼 길 떠날라면 푹 좀 자야잖어?"

어머니 산중댁이 지석의 기척에 아랫방 문을 열고 밖으로 나왔다. 산중댁은 도솔봉 골짜기 산중에 산다하여 산 아래 뜸마을 사람들이 붙여준 택호였다.

"예에, 두메 촌놈이 서울 갈라니 그런지 잠이 안 오네요"

지석이 검푸른 산주름 골짜기에 눈을 주며 대답했다.

"그러겠지. 서울도 어디 보통 일로 가는 거여? 옛날로 치면 과거보러 가는 길이잖어. 낼은 우리 지석이 과거보러 큰 길 떠나는 날이구먼"

산중댁이 지석의 손을 그러잡으며 고개를 주억거렸다.

"어머니도 참. 과거는 무슨 과겁니까. 그냥 한 번 헛일삼아 가보는 거지"

지석은 대수롭지 않게 발하며 산중댁을 쳐다봤다.

"야가 지금 먼 소릴 하는 거여. 그냥 한 번 헛일삼아 가보는 거라니. 그럼 너는 이만무지로(에멜무지)로 가 본다는 거여?"

산중댁이 이게 대체 무슨 소리냐는 듯 그러잡은 손을 놓으며 목청을 높였다.

"안 된다. 니가 대체 어떻게 한 공분데 헛일삼아 가본다는 거여. 소핵교(초등학교)밖에 안 나와 사람 노릇 못한다며 30 리 밖 면 읍내까지 험한 산길을 매장 나무 져다 판 골병든 돈으로 책 사서 공부해 놓고 머? 헛일삼아 가 본다고? 니가 한 공부가 어디 아무나 할 수 있는 보통 공부여? 너는 꼭 된다. 이 에미가 안다! 그러니 맘 푹 놓고 들어가 자. 에미한텐 직성이라는 게 있다"

산중댁이 지석의 어깨를 툭툭 쳐 윗방으로 들여보내고 자신은 아랫방으로 들어갔다.

다음 날 아침, 지석은 어머니가 지어준 흰 쌀밥으로 아침을 먹자 서둘러 행장을 수습했다. 아침은 금쪽 같이 귀한 입쌀밥이어서 황송하고 죄스러워 잡곡밥처럼 만만치가 않았다. 논 한 다랑이 없는 첩첩산중이라 화전火田의 부대기 밭이 아니면 가파른 산전山田 뙈기요 그것도 아니면 극젱이의 따비밭이 고작이어서 흰 쌀밥은 일년에 서너 번 설날과 추석, 생일과 제삿날만 먹을 뿐 그 외에는 거친 잡곡밥이 주식이었다. 그랬으므로 가재 알처럼 오르르한 강조밥이 아니면 감자 옥수수 보리쌀 등이 주식이었고 사이 사이 메밀 기장 수수 귀리 등이 주식을 대신했다. 쌀은 가을에 잡곡을 내다판 돈으로 몇 말 사다 신주단지 위하듯 모셔 놓고 일 년에 몇 번 특별한 날에만 쌀밥을 먹었다.

"야이야, 가다 기차간에서 출출할 때 먹어라. 대추찰떡이다. 서울 꺼정 갈라면 진종일 걸릴 텐데……"

산중댁이 대추찰떡을 싼 손보자기를 내밀었다.

"어머니는 참. 뭐 할라고 이런 걸 다……"

지석은 어머니가 건네준 손보자기를 받아들었다. 긴긴 겨울밤, 밤이 이슥토록 공부할 때 어머니는 대추찰떡이 아니면 메밀묵을 쳐서 밤참으로 내놓으며 출출할테니 먹어라 했다.

"찰떡 꼭 먹어라! 그래야 찰떡처럼 찰싹 달라붙지. 알았지?"

산중댁이 말하며 지석의 등을 토닥였다.

"어머니, 그럼 다녀올게요. 낼 저녁 늦게나 올겁니다"

"알았다. 편한 마음으로 댕겨오너라"

"예에. 산 속에서 어머니 혼자 밤 보내시기 뭣 하시면 산 아래 반장댁에 가 주무시든가. 내려가다 말해 놀까요?"

"어데. 내가 머 산중생활 하루 이틀 했나. 아무 걱정 말고 댕겨오너라"

"예에. 그럼 저 댕겨옵니다"

"그래. 가슴 쫙 펴고 가거라. 우리 아들 서울 길은 급제길이다. 도솔봉 정기에 산신령님 영검까지 받았으니 어찌 급제하지 않을거나. 그러니 아무 걱정 말고 어여 가거라"

산중댁이 손사래를 치며 쫓다시피 지석의 등을 밀었다.

지석이 오전 열한 시 기차를 타고 서울 청량리역에 닿은 것은 오후 4 시 30 분이었다. 지석은 차에서 내리자마자 대합실로 가 시간부터 확인했다. 대합실의 벽시계는 정확히 4시 30분을 가리키고 있었다.

이제 어쩐다?

지석은 수험표에 적힌 수험장소를 다시 한 번 확인하고 그쪽 방면으로 가는 전차를 탔다. 아무래도 수험장 가까운 여인숙에 들어야 좋을 듯 싶었다.

그래, 그렇게 하자.

지석은 난생 처음 와보는 서울에 난생 처음 타보는 전차라 촌닭 관청에 잡아다 놓은 듯 어리둥절했지만 이는 두메 촌놈이 말만 들은 서울을 처음 와 보니 어찌 안 그러랴 자위했다. 지석은 우선 수험장부터 물어 물어 찾아놓고는 근처 허름한 식당에서 국밥으로 저녁을 때웠다. 그런 다음 가까운 여인숙에 들어 여장을 풀었다.(여장이라야 필기도구와 몸뚱아리가 전부였다). 그러자 이때를 기다리고나 있었다는 듯 만감이 교차하며 보름 전의 일이 주마등처럼 눈앞을 스쳐갔다. 그것은 숙운宿運이었다. 그리고 정명定命이었다.

보름 전 그날 지석은 삼십 리 밖 읍내 장에 나무를 져다 팔고 돌아오다 면사무소를 들렀다. 무슨 볼일이 있어서가 아니었다. 그냥 괜히 들르고 싶어 들렀다. 이상스레 발길이 면사무소 앞에 이르자 그쪽으로 옮겨졌다. 알 수 없는 일이었다.

'아니 이건?'

면사무소 마당에 지게를 받쳐놓고 안으로 들어가자 지석을 맞이한 건 출입문 옆에 놓인 S신문이었다. 아니 S신문에 실린 J평론사의 기자 모집광고였다. 지석은 무심히 신문을 집어 들고 모집 요강을 읽었다.

J평론사 국회출입기자 모집
자격 : 만 22세 이상 30세 미만의 신체 건강한 대한민국 남녀
학력 : 제한 없음. 시험에 합격한 자로 실력위주로 선발함
모집인원 : 남자 0명 여자 0명
시험일시 : 1959년 00월 00일 오전 9시부터 오후 1시까지
응시장소 : 서울특별시 00구 00동 00중학교 소강당
응시과목 : 국어 영어 한문 국사 상식 논문
합격자 발표 :시험일로부터 1주일 이내에 개별 통지함

1959년 00월 00일
J평론사

모집요강을 읽자 지석은 가슴부터 뛰었다. 그리고 감전이라도 된 듯 전신에 찌르르 전율이 왔다. 이상한 일이었다. 지석은 면사무소 직원에게 말해 기자 모집광고가 난 신문을 얻어 부리나케 도솔봉 골짜기 굴피집으로 달려와 깊은 생각에 잠겼다. 그러다 대오각

성이라도 하듯 결론을 내렸다. 그것은 한 번 응시해보자 함이었다.

'그래, 한 번 응시해보자!'

지석은 그동안 공부한 것이 어느 수준에 와 있는지 평가받고 싶었다. 그리고 무엇보다 학력 제한 없이 실력위주로 뽑는다는 선발 규정이 지석을 흥분시켰다. 어느 직장을 막론하고 선발 자격을 보면 학력이 고등학교 졸업이 아니면 으레 4년제 대학졸업자거나 졸업예정자로 돼 있어 처음부터 응시할 자격이 원천 봉쇄돼 가슴앓이를 했는데 J평론사에서는 뜻밖에도 학력과 상관없이 실력 위주로 국회 출입 기자를 뽑는다니 이런 절호의 기회가 없다 싶었다.

그랬다. 이는 하늘이 준 천재일우의 기회였다. 지석은 다음 날로 J평론사에 원서를 내고 그동안 공부한 것을 정리하기 시작했다. 국민학교(초등학교) 졸업 이후 십여 년간 해 온 공부였다. 시험일자가 2주밖에 안 남아 중요하다 싶은 부분만 간추려 점검키로 했다. 다행히 그동안 공부한 중고등학교 교과서와 참고서를 버리지 않아 얼마나 다행한지 몰랐다. 지석은 한숨을 몰아냈다. 내 땅 한 평 없이 대물림한 가난 때문에 할아버지와 아버지, 그리고 자신까지 3대가 숨어 사는 죄인처럼 산속에 처박혀 화전민으로 사느라 할아버지는 물론 아버지까지 학교 문 앞에도 못 가본 채 눈 뜬 장님으로 살았다. 이러다 할아버지는 약초 캐다 절벽에서 실족사하셨고 아버지는 대동아전쟁(태평양전쟁)때 일본군에게 끌려가 전사했다.

이런 지석은 산 아래 십 리 허에 있는 면소재지 국민학교(초등학교)를 졸업하자 독학을 시작했다. 낮에는 어머니 산중댁과 화전에서 일하고 밤에만 공부하는 주경야독이었다. 지석은 처음 면소재지 마을로 내려가 읍내 중학교에 다니는 중학생들에게 교과서와 참고서를 빌려 중학교 과정을 공부하기 시작했는데 중학교 2학년한테서는 중학교 1학년 교과서와 참고서를 빌려 공부했고 중학교 3학년한테서는 중학교 2학년 교과서와 참고서를 빌려 공부했다. 그리고 고등학교 1학년 학생에게는 중학교 3학년 교과서와 참고서를 빌려 공부를 했다. 고등학교 과정도 물론 이런 식으로 공부를 했는데 혼자 하는 독학이라 교과서와 참고서를 몇 번씩 읽고 썼지만 선생 없이 혼자 하는 공부여서 자주 한계에 부딪혔다. 과목 중에는 영어와 수학이 문제였는데 특히 수학이 더 문제여서 땅뛈도 못할 문제가 많았다. 지석은 안 되겠다 싶어 밤을 도와 면소재지 마을로 내려가 책을 빌려준 학생들에게 동냥공부를 했고 그래도 안 되는 문제는 토요일과 일요일을 택해 읍내 중학교 수학선생님 댁을 찾아가 사정 얘기를 하고 한두 시간씩 공부를 했다. 사례는 공부하러 갈 때마다 나무 한 짐씩을 지고 갔다. 이때는 가스는 물론 연탄도 없을 때여서 내남직없이 모두 나무가 주 연료였으므로 갈 때마다 지고 가는 나무는 월사금으로 충분했다. 수학선생님들도 어차피 나무를 사서 때야 했기 때문에 이는 서로 돕는 상생의 길이어서 누이 좋고 매부 좋은 격이었다.

이렇게 해 지석은 읍내 중고등학교의 수학선생님들에게 수학을 배운지 1년 만에 중학교 과정과 고등학교 과정을 얼추 마스터 했다. 그리고 덤벼든 것이 한문과 함께 육법이라 일컬어지는 헌법 형법 민법 상법 형사소송법 민사 소송법이었다. 한문은 옥편을 펼쳐 놓고 '가'자부터 '힐'자까지 수만 자를 몇 번이고 썼고 육법전서는 읍내의 서점을 통해 서울의 큰 서점에다 주문을 해 밤을 새워 공부했다. 이러는 틈틈이 세계문학전집을 구해 읽었고 철학 논리학 심리학 윤리학에 고전과 세계사까지 섭렵했다. 폭넓은 박람강기였다. 이러느라 농사일은 자연히 등한해 어머니 산중댁이 지석의 몫까지 두 배로 일을 했다. 지석은 이런 어머니가 민망하고 죄스러워 일을 며칠씩 몰아서 했고 공부도 며칠씩 모아서 했다. 그러자 어머니 산중댁이

"지석아, 널랑은 아무 걱정 말고 공부나 열심히 해. 그것이 에밀 도와주는 길이여. 알았지?"

하며 지석을 다자꾸 방으로 들이몰았다.

아침 일찍 자리에서 일어난 지석은 서둘러 세수를 하고 여인숙 주인에게 부탁해 따끈한 물 한 잔으로 어머니가 싸준 대추찰떡을 먹었다.

"야이야, 가다 기찻간에서 출출할 때 먹어라. 대추찰떡이다. 서울꺼정 갈라면 진종일 걸릴 텐데……"

어제 산중댁은 지석이 집을 나서자 대추찰떡을 싼 손보자기를

손에 들려주며 이렇게 말했다. 그러며

"꼭 먹어라! 그래야 찰떡처럼 찰싹 달라붙지. 알았지?"

하는 당부의 말을 잊지 않았다. 그런 대추찰떡을 어제는 입도 대지 않고 시험 당일인 오늘 아침 식사로 대신했다. 시험 전날보다 시험 당일 아침에 먹어야 효과가 있을 것 같아서였다. 지석은 심호흡을 한 번 하고 천천히 고사장으로 갔다. 고사장엔 이른 시각부터 응시자들이 백차일 치듯 몰려들더니 시험 30분 전에는 몇 백 명인지 모를 많은 응시자들이 운집을 했다. 아마 전국에서 몰려온 모양이었다. 수험생은 얼핏 봐도 3백여 명은 될 듯 했다. 그런데 이 많은 응시자들 중에 때깔 좋은 물건처럼 모두 희멀끔해 두메산골 무지렁이는 지석이 하나 뿐인 것 같았다. 그런데다 응시자들은 또 하나같이 고졸 이상 대졸 학력을 가진 사람들처럼 보였다. 지석은 혀를 홰홰 내들렀다. 그러나 기가 죽진 않았다.

그래, 한 번 해보자. 그동안 공부한 것을 한 번 검증 받아보자. 평가 한 번 받아보자!

지석은 이를 사려물고 두 주먹을 불끈 쥐었다. 시험은 첫째 시간이 국어와 영어였고 둘째 시간은 국사 한문 상식이었다. 그리고 마지막 셋째 시간은 논문이었다. 첫째 시간 국어와 영어는 답안을 쓰긴 썼는데 문제가 알쏭달쏭 헷갈려 종잡을 수가 없었고, 둘째 시간 국사 한문 상식도 헷갈리는 문제가 있었지만 한문과 국사만은 그렇지를 않아 자신 있게 답안을 다 썼다. 마지막 논문도 자신 있게 쓰긴 썼는데 알 수가 없었다. 논문 제목은 '3 · 1운동의 역사적 의의를 논하라'였는데 논문은 다른 과목과 달라 채점관의 사관史觀과 관점에 따라 점수가 달라질 수 있을 것 같아 불안했다. 불안한 것은 그러나 이것만이 아니었다. 모르긴 해도 응시생 3백여 명 중 최종 학력이 국졸인 사람은 지석이 자신뿐일 것 같아 이게 또 몹시 불안했다. 이제 주사위는 던져졌다. 루비콘 강은 이미 건넜다.

'모든 것을 운명에 맡기자. 최선을 다해 진인사(盡人事) 했으니 대천명(待天命)으로 결과를 기다리자.'

지석은 답안지를 제출하자 뒤도 돌아보지 않고 수험장을 나와 어젯밤 국밥을 사 먹던 식당으로 가 다시 국밥 한 그릇으로 점심을 때우고 쫓기듯 청량리역으로 향했다.

이로부터 닷새 후, 지석은 J평론사로부터 전보 한 장을 받았다.

> 축 합격!
> 19일까지 이력서 지참 상경 요망.
> 20일부터 근무 위계.

전보를 받아들자 지석은 가슴 속에서 우루루 우루루 돌 구르는 소리가 났다.

"아아!"

지석은 가슴에 손을 얹고 하늘을 쳐다봤다. 하늘엔 새털구름이 점점이 깔려 있었다.

아, 어느새 가을인가?

그러고 보니 어젯밤 섬돌 밑에서 '리이 리이' 애잔하게 울어대던 귀뚜리 소리를 들은 듯했다. 지석은 눈을 돌려 산 아래 골짜기 검푸른 산주름을 내려다 봤다. 가슴은 여태도 우루루 우루루 돌 구르는 소리를 내며 쿵쿵 뛰었다.

이날 밤.

어머니 산중댁은 덩실덩실 춤을 추며

"장하다 내 아들! 훌륭하다 우리 아들!"

만을 되뇌었다. 그러며

"봐라. 이 에미한텐 직성이라는 게 있다고 했지? 에민 다 알고 있었다."

산중댁은 지석을 부여안고 꺼이꺼이 울기 시작했다.

다음 날 아침. 산중댁은 일찌감치 산 아래 마을로 내려가 지석의 급제(산중댁은 아들의 합격을 급제라 불렀다)소식을 알렸다. 이 기쁜 소식을 혼자만 알고 있을 수가 없어서였다. 아랫마을 구장(지금의 이장)과 반장은 도솔봉 정기 타고 난 지석이가 온 나라 안에서 모인 대학교 졸업생들을 물리치고 장원급제했다며 잔치를 베풀었다.

"지석아, 이제 너는 이 에미 한 사람의 아들만이 아니다. 너는 이 세상의 아들이고 온 나라의 아들이여!"

상경하기 전날 밤 산중댁은 지석을 앉혀놓고 당부 말을 잊지 않았다.

"그러니께 너는 반듯하게 살아야 하고 옳지 못한 일은 하지 말아야 하고, 언제 어디서나 항상 당당하고 떳떳해야 하고……"

산중댁은 지석의 손을 그러잡은 채 주문이 많았다.

"물론 너는 심지가 굳고 곧아 오늘꺼정 그 어려운 일을 헤쳐왔지만 그래도 에미 맘은 늘 낭구(나무) 끝에 앉은 새여"

산중댁은 여기까지 말하더니 자세를 고쳐 앉아

"그리고 지석아, 하늘은 니가 하는 일을 언제 어디서고 지켜보고 기시다는 것을 잊어서는 안 된다. 한시도. 알겠지?"

산중댁은 계속 지석의 손을 그러잡은 채였다.

"예, 알겠습니다. 어머니 말씀대로 살겠습니다."

"고맙다. 에미 말을 들어줘서. 사람이 하늘에 잘못하면 빌 데도 없는 법이다"

"예. 어머니 말씀 명심하겠습니다. 그리고 어머니……"

지석이 이번엔 어머니 산중댁의 손을 감싸 쥐고 말했다. 산중댁의 손은 거칠대로 거칠어 옴두꺼비 같고 북두갈고리 같았다.

"조금만 참으세요. 서울 올라가 자리 잡히는 대로 모셔가겠습니다"

지석은 거칠대로 거친 어머니의 손을 귀한 보물 다루듯 소중히 만졌다.

“아니다. 에민 여기가 좋다. 산천초목이 다 한 식구 아니냐. 에민 여기서 살란다”

“아닙니다. 어머닌 이제 고생을 그만하셔야 합니다. 서울 같은 대도시에서 편히 좀 사셔야 합니다. 좋은 옷도 입으시고 맛있는 음식도 잡수시고 좋은 데 구경도 다니시면서요. 그러니 어머니! 조금만 기다려주세요. 자리 잡히는 대로 모시고 가겠습니다”

지석은 어머니 산중댁을 간절한 눈으로 쳐다보며 애원하듯 말했다.

“글쎄, 이 에미 걱정일랑 말어. 에민 이 도솔봉 밑 산골짝이 좋아. 에민 여기서 살 거여”

산중댁이 말하며 손사래까지 쳐댔다.

“글쎄 안 되십니다. 제가 여기서 어머니를 모시고 함께 산다면 몰라도 어머니 혼자 어떻게 이 산 속에서 사신단 말입니까? 더구나 여자의 몸으로 말입니다. 절대로 안 될 말씀이십니다.”

지석은 어머니 산중댁의 말에 반기를 들며 단호하게 나왔다.

“글쎄, 에민 이 산골짝이 좋다는데두 그러는구나. 에민 여기서 살게 해다오”

산중댁도 고집을 꺾지 않았다.

“어머니! 어머니가 늘 말씀하셨지요. 여자란 어려서는 아버지를 따르고 혼인해서는 남편을 따르고 남편이 죽은 후에는 자식을 따라야 한다구요. 그렇습니다. 그것이 우리네 여인들이 지켜왔던 길이었습니다. 이것을 세 가지 좇아야 할 길이라 하여 삼종지도(三從之道)라 했고, 세 가지 좇아야 할 옳음이라 하여 삼종지의(三從之義)라 했습니다. 그리고 또 세 가지 좇아야 할 법이라 하여 삼종지법(三從之法)이라 했고 세 가지 의탁해야 할 일이라 하여 삼종지탁(三從之托)이라 하기도 했습니다. 어머니! 어머니가 끝내 고집을 부리시고 이 산골짝에 사시겠다면 저도 서울 가는 것을 포기하고 이 산골짝에서 화전농사 지으며 살겠습니다. 그래도 괜찮겠어요 어머니?"

지석은 생각다 못해 극약처방을 썼다. 이러지 않고는 어머니 산중댁의 벽창호 같은 고집을 도저히 꺾을 수가 없었다.

"안 된다. 그건 절대로 안 된다. 니가 어떻게 공부해 얻은 자린데 그만 둬. 니가 서울 올라가 자리 잡으면 에미도 차차 너를 따르겠다. 그러니 제발 서울 안 가고 이 산골짝에서 화전농사 짓는다는 말만은 하지 마라. 알았지?"

산중댁은 지석이 서울을 안 가고 이 도솔봉 밑 골짜기에서 화전농사를 짓겠다 하자 손을 홰홰 저으며 반대했다. 지석의 말에 따르겠다는 뜻이었다.

"석지석 군! 자네 최종학력이 정말 국졸인가?"

J평론사 국회출입기자 시험에 합격한 며칠 후, 신입기자 환영 만찬이 있은 다음 날 지석은 편집국장의 부름을 받고 국장실로 갔다.

"예?"

지석은 적이 놀랐다. 지석이 자리에 앉기 바쁘게 편집국장이 생게망게한 질문을 했기 때문이었다.

"자네 최종학력이 정말 국졸이냐고 물었네"

편집국장이 믿어지지 않는다는 듯 지석을 주시했다.

"아, 예. 정말입니다"

"자네 이번 시험에 합격하리라 생각하고 응시를 했나?"

"아닙니다"

"그럼?"

"모집 규정에 학력 제한이 없어서 응시했습니다"

"자네 혹시 아이큐가 얼마인지 알고 있나?"

"예?"

"지능지수 말일세"

"모릅니다"

"모르다니. 아이큐 테스트도 안 해봤나?"

"아이큐 테스트란 말 처음 듣습니다"

"그래?"

"예"

"자네, 땔나무꾼처럼 순진한 건가, 아니면 의뭉수로 능갈치는 건가"

편집국장이 안락의자에 등을 기대며 물었다.

"그게 무슨 말씀이십니까. 저는 두메산골 깊은 산중에서 화전 일구며 땔나무꾼 노릇은 하고 있지만 의뭉수로 능갈치는 사람은 절대로 아닙니다"

"아, 미안 미안"

편집국장이 휘갑을 치듯 손사래를 쳤다.

"이번 우리 회사 국회출입기자 모집엔 전국에서 3백여 명의 응시자가 모였어. 남자 한 명 여자 한 명씩 뽑는데 3백여 명이 응시했으니 자그마치 150대 1의 경쟁이었지. 그런데 이 3백여 명의 응시자들이 거의가 고졸 이상 대졸자들이어서 국졸은 석균 자네 한 사람뿐이야. 한데 합격은 국졸인 자네가 했어. 여기자는 자네 곁에 있는 올해 대학교를 졸업한 박 선희 기자 혼자가 되고. 이러니 내 어찌 자네의 아이큐를 묻지 않을 수 있겠는가. 안 그런가?"

"……"

"이런 점으로 미뤄볼 때 자넨 천재가 아니면 수재요 수재가 아니면 준재임에 틀림이 없어. 논문과 한문과 국어는 거의 만점이야. 3백여 명의 응시자 중 자네 점수가 제일 높은 고득점이거든. 그래서 말인데..."

편집국장은 여기서 잠시 말을 멈추고 무엇인가를 생각하는 듯하더니

"우린 석 기자 자네한테 거는 기대가 자못 크네. 모쪼록 사명감을 가지고 소신 있게 해보게"

했다. 그리고는 손을 내밀어 악수를 청했다. 그러자 배석했던 정

치부장이 지석과 박 선희를 사장실로 안내해 지석은 정치부 기자로 발령이 나 국회출입을 명받았고 박 선희 기자는 편집국으로 발령이 나 내근을 명받았다.

이렇게 해 국회출입기자가 된 지석은 한동안 뭐가 뭔지 몰라 어리보기 노릇을 했다. 국회를 출입하는 선배기자가 길을 좀 터주거나 아니면 몇 달의 수습기간이라도 거친 다음 현장에 투입됐다면 모르겠는데 이건 발령 받던 다음 날 국회출입을 하라며 국회출입기자증과 명함 수백 장을 박아주니 이런 땅 팔 노릇이 없었다.

지석은 막막했다. 도대체 국회출입은 어떻게 해야 하며 국회의원들은 또 어떻게 만나 무엇을 취재해야 할지 알 수가 없었다. 정치부장은 국회의장부터 시작해 모든 국회의원들을 다 만나 인사하고 일주일에 한 사람씩 돌아가며 인물평을 쓰라고만 할 뿐 언제 어느 의원을 어떻게 만나 어떤 식으로 인물평을 쓰라고는 하지 않아 눈앞이 캄캄했다. 더욱이 J평론지는 월간지가 아니고 계간지나 격주간지도 아닌 주간지였으므로 일주일에 한 사람의 국회의원을 밀착취재해 종횡록의 인물평을 써야 한다니 보통 어려운 일이 아니었다. 게다가 원고의 분량도 만만치 않아 자그마치 2백자 원고지 80장 분량이어서 웬만한 단편소설 한 편 분량이었다. 그러므로 여간한 필력이 아니고는 감당키 어려웠다. 그런데 이 감당키 어려운 일을 경륜과 필력을 인정받은 정치부장이 사뭇 써오다 필력은 물론 실력도 제대로 검증 안 된 신출내기 석 지석을 편집국장이 전격 발

탁, 파격인사를 단행하는 바람에 사내에 잠시 지각 변동이 일어났다. 지석은 아직 열쭝이 부등깃의 햇병아리여서 J평론사로서는 대단한 모험이었다. 이럼에도 편집국장이 J평론사가 사운을 걸다시피 한 중대한 기획물을 지석에게 맡긴 것은 지석이 고득점으로 합격한 탓도 있지만 무엇보다 새 술은 새 부대에 담자는 의도가 농후한 듯싶었다.

나중에야 안 일이지만 J평론의 기사는 의원들의 인물평인 종횡록이 모든 기사 중에서 단연 압권이어서 의원들한테 인기가 대단했다. 그래서겠지만 의원들은 J평론지에 인터뷰 해 인물평 한 번 내기를 고소원했다. 지석은 정치부장이 쓴 의원들의 인터뷰 기사 수십 편을 읽고 의원들의 인물평 서너 편을 습작으로 써서 편집국장에게 인정받아 바로 의원들의 인터뷰 기사 인물평을 쓰기 시작했다. 의원들의 생리란 언론에는 약하고 인터뷰에는 혹해 지킬박사와 하이드 씨가 되기 예사였다. 의원들은 화를 내다가도 인터뷰하는 기자 앞에서는 선량한 사람으로 탈바꿈해 양두구육羊頭狗肉이 됐다. 왜 안 그렇겠는가. 표정관리와 임기응변에 난든집이 된 이들이고 보면 그때 그때 카멜레온처럼 변하는 거야 식은 죽 먹기였다. 표리부동으로 연기를 포장해 근사한 기사가 나가면 표가 쑥쑥 올라가는데 뉘라서 이런 인터뷰를 마다하겠는가. 자신의 인터뷰 기사가 근사하게 나간 J평론지를 몇 천부 사서 자신의 선거구에 보내보라. 그러면 이런 선거운동이 없어 표가 장대비에 도랑물 붇듯 쑥

쑥 불어난다. 그러니 어느 국회의원이 이를 싫어하겠는가.

지석은 선임기자의 소개로 J평론사에서 그리 멀지 않은 곳에 하숙을 정하고는 국회에 가 살다시피 했다. 첫날은 겁도 나고 무섭기도 해 국회 앞에서 용만 쓰다 끝내 국회를 못 들어갔다. 권총 차고 금테 모자를 쓴 경위가 국회 정문 양쪽에 한 사람씩 떡 버티고 서 있어 겁이 나서였다. 그랬는데 다음 날 용기를 내 경위에게 프레스 카드를 보였더니 아 글쎄 새파란 애숭이 지석에게 거수 경례를 붙이는 게 아닌가. 지석은 속으로 화들짝 놀라며 국회출입기자가 참 세긴 세구나 했다.

촌닭 관청에 잡아다 놓은 듯 어리마리해 비사기 노릇을 하던 지석이 국회출입 몇 달이 되자 제법 촌티를 벗고 세련돼 갔다. 출근만 하면 국회에 나가 살다시피 하며 여러 의원들과 안면을 트고 너스레를 하는 사이 저도 모르게 땟물과 촌티가 벗겨진 것이다. 이럼에도 또 지석은 아금받거나 되알지지 못해 애바르고 재바르게 간사위질을 못했고 엉너릿손으로 발밭고 이악스레 처신을 못해 매주 한 차례씩 삿된 일로 심한 곤욕과 곤혹을 치렀다. 그것은 매주 한 번씩 나가는 의원들의 인물평 기사 때문이었다. 아니 인물평 기사를 잘 써 달라는 로비 때문이었다. 이는 말이 좋아 로비지 막후교섭이었다. 아니 더 솔직히 말하면 돈으로 매수하는 뇌물공작이었다. 지석은 맨 처음 인터뷰한 K국회의원이 자기 비서를 시켜 고마움의 표시라며 사례 봉투를 건네 왔을 때 이 무슨 천부당한 일이냐며 정중히 거절했다. 그러자 곧 두 번째 봉투가 사신私信과 함께 전해졌다.

석 기자님!

사례가 약소한 것 같아 좀 더 넣었습니다. 양복에 구두도 맞춰 신으시고 하숙비도 미리 내세요. 일 년치 하숙비는 될 겁니다. 국회를 출입하는 인텔리 기자가 작업복에 다 떨어진 군화를 신다니 말이 됩니까? 더욱이 장래가 촉망되는 약관의 석 기자님께서 말입니다. 그럼 부디 소납笑納하시고 잘 좀 써주시기 부탁드립니다.

지석은 K의원의 사신을 읽자 견딜 수 없는 모욕감에 몸을 떨었다. K의원은 지석이 봉투의 돈(수표)이 적어서 퇴자를 놓은 것으로 안 모양이었다.

"비서님! 가셔서 의원님께 말씀드리세요. 자꾸 이러시면 이런 사실까지 인물평에 쓰겠다구요!"

지석은 비서가 보는 앞에서 편지를 찢어 공중에 날려 버렸다. 수표가 든 봉투는 거들떠보지도 않은 채였다.

매주 한 차례씩 보도되는 의원들의 인터뷰 기사는 예상외로 민감해 신경을 곤두세웠다. 그도 그럴 것이 인물평 기사가 어떻게 나가느냐에 따라 해당 의원 선거구에 표심이 좌우되기 때문이었다. 그래서겠지만 어떤 의원은 서울 장안에서 제일간다는 반도호텔에서 저녁식사를 하자 했고 어떤 의원은 비서를 시켜 화신이나 신신백화점에서 양복 티켓과 구두 티켓을 끊어 보내기도 했다. 한데도 지석은 이를 모두 거절, 되돌려보냈다. 그러자 의원들이 노골적으로 반발하며 '기브 앤드 테이크다', '좋은 게 좋은 거다', '다 오는 정 가는 정인데 너무 빡빡한 게 아니냐' 하기도 했다. 그런가 하면 어떤 의원은 "거, 석 기자님. 산골 소년처럼 너무 순진합니다. 처음엔 다 그런 겁니다. 이제 세상을 좀 배우셔야지"하며 비아냥대기도 했다. 그래도 지석은 막무가내로 거절했다.

이렇게 또 몇 달이 흘렀을까. 비서를 시켜 금품을 보내던 의원들이 무슨 소문을 들었는지 방법과 수단을 바꿔 접근을 시도했다. 그것은 우체국을 통한 전신환電信換을 하숙집으로 직접 보내기 시작한 것이다. 지석은 이도 물론 받는 즉시 해당 의원에게 되돌려보냈다. 지석이 정체불명의 거한에게 테러를 당한 것은 이 무렵이었다. 퇴근을 하다가였다. 밖에서 저녁을 먹고 느지감치 하숙집으로 돌아오는 골목길에서였다.

"당신 석 지석이지? 당신 왜 그리 까불어. 하룻강아지 범 무서운 줄 모르고 말이야!"

큰길에서 벗어나 가로등이 없는 골목길로 들어서는데 난데없는 거한 두 사람이 나타나 지석의 오른쪽 턱을 후려쳤다. 지석은 예기치 못한 공격에 나가  떨어지며 일순 테러로구나 했다.

"당신들 누구야?"

지석이 오뚝이처럼 일어나며 상대를 쏘아봤다. 그러나 가로등이 없는 골목이라 상대의 얼굴은 식별할 수가 없었다.

"너 이 새끼, 우리가 누구면 어쩔래? 귀때기에 핏기도 안 가신 새파란 산골 촌놈이 어디서 겁대가리 없이 까불어? 야 이새꺄, 여기가 어딘 줄 알어?"

두 거한이 지석의 명치를 한 차례씩 후려쳤다. 지석은 자리에 꼬꾸라지며 명치를 움켜잡았다.

"너 이 새끼 앞으로 조심해. 돈 안 받아처먹고 네 놈 쓰고 싶은 대로 쓸 모양인데, 이놈아, 국회의원이 너 같은 송사리 한 놈 무서워 할 짓 못할 것 같으냐?"

두 거한이 지석을 앞뒤에서 막아선 채 윽박질렀다.

"도대체 당신들 누구야? 누구의 사주를 받은 비열한 프락치들이야?"

지석이 당당히 맞서며 대거리를 했다.

"경고하겠는데, 너 까불지 마라. 자꾸 까불면 쥐도 새도 모르게 죽을 수도 있어. 네 놈 하나 해치우는 건 일도 아니니까"

거한 하나가 이 말과 함께 지석을 담벼락으로 밀어붙이자 다른 거한이 쇠파이프로 지석의 어깻죽지를 내려쳤다. 지석은 어깻죽지를 맞으면서도 부사리처럼 거한을 들이받았다. 그리고는 거한을 번쩍 들어 메다꽂았다. 어려서부터 도끼로 나무를 패고 괭이로 땅을 파던 힘이 요긴하게 써 먹힌 것이다.

정치 프락치에게 예상치 못한 테러를 당하자 지석은 그날부터 1주일 동안 병원신세를 졌다. 쇠파이프가 다행히 어깻죽지를 쳤으니 망정이지 머리를 쳤더라면 어찌 될 뻔했는가. 그리 되었더라면 뇌진탕으로 죽었거나 아니면 식물인간이 됐을지도 모를 일이었다.

지석은 모골이 송연했다. 1주일에 한 번 발행되는 J평론지에 자신이 인터뷰한 기사를 잘 써달라며 뇌물을 준 국회의원이 그 뇌물을 받지 않은 지석에게 앙심을 품고 테러를 감행한 치졸성에 지석은 정치 허무와 정치 환멸을 느꼈다. 아니 정치 불신과 정치 회의까지 생겼다. 새파란 기자 따위가 의원님이 잘 좀 써달라며 사례까지 하면 고맙게 생각하고 잘 써드릴 일이지, 어디서 건방지게 사례금을 되돌려 보내느냐며 지석을 국회의사당 뒤로 끌고 가 폭행한 테러사건이 또 생기자 지석은 이제야 말로 파사현정破邪顯正의 정론정필正論正筆로 예봉을 휘둘러야겠다 결심했다. 그러려면 강항령强項令 같은 강직과 올곧음의 대의멸친大義滅親 정신으로 정론정필 해야 된다 싶었다.

그래, 그렇게 하자!

시퍼런 비판정신으로 선善, 악惡, 미美, 추醜, 시是, 비非, 곡曲, 직直, 의義, 불의不義, 정正, 부정不正을 가려내자. 그리하여 엄정한 자세로 춘추필법을 구사하고 불편부당한 자세로 동호직필을 구사하자!

두 번째 테러를 당하던 날 밤, 지석은 오징어 한 마리와 소주 한 병을 사가지고 하숙으로 와 자작, 자음하면서 바람벽에 써 붙인 좌우명 '깨끗한 이름 청명(淸名)'과 사훈 '하늘 무서운 줄 알자'를 쳐다봤다. 그러며 천사만려千思萬慮하기 시작했다. 하숙에 들던 날 써 붙여 놓고 아침 저녁 쳐다보며 인생훈人生訓으로 삼는 금언들! 금언은 그러나 이것만이 아니어서 하늘을 우러르나 땅을 굽어보나 부끄러울 게 없다는 '부앙무괴(俯仰無愧)'도 써 붙여 놓았고, 춘추시대 진나라의 사관 동호董狐가 권력의 위세에도 굽히지 않고 사실대로 직필한 대의멸친의 서릿발 같은 '동호직필(董狐直筆)'도 써 붙여 놓았다. 그리고 조선조 세종조와 중종조 때 선비 김 계행의 좌우명 내 집에 보물은 없다. 보물이 있다면 오직 청백뿐이다 라던 「오가무보물(吾家無寶物) 보물유청백(寶物惟淸白)」도 써 붙여 놓고 금언으로 삼는 터였다. 김 계행은 아호도 좌우명에 걸맞게 '보백당(寶白堂)'으로 지어 평생을 깨끗이 살았는데, 지석은 이도 바람벽에 써 붙여 놓고 인생훈으로 삼는 터였다.

깨끗한 이름 청명淸名!

지석이 깨끗한 이름 청명을 좌우명으로 삼은 것은 확고한 신념이 있어서였다. 그것은 석지석石志石이란 이름 세 글자를 더럽히지 말자 함에서였다. 이름이란 고관대작이나 명문거족만 중요한 게 아니어서 필부나 촌맹, 무학에게도 소중한 것이다. 그러므로 이름을 더럽히지 않고 사는 것, 다시 말하면 청명으로 깨끗이 사는 것을 지석은 가장 잘 사는 것으로 규정, 이를 신념이자 지론으로 삼은 것이다. 몸의 때는 목욕으로 지울 수 있고 옷의 때는 세탁으로 지울 수 있지만 이름의 때는 목욕이나 세탁은 물론 죽어서도 지워지지 않음을 알고 있어서였다. 이는 역사가 준엄하게 증명하고 있는 바 그 대표적 인물이 여말의 포은圃隱 정몽주, 목은牧隱 이색, 야은冶隱

길재 등 삼은과, 단종의 복위를 꾀하다 실패, 포락지형으로 처참하게 죽임을 당한 성삼문, 박팽년, 이개, 하위지, 유응부, 유성원 등 충신 사육신死六臣, 그리고 병자호란 때 중국 청나라에 잡혀가 끝내 항복하지 않다 처형당한 홍익한, 윤집, 오달제 등의 삼학사三學士가 그들이었다. 역사는 또 이름을 더럽혀 그 오명을 천추만대에 전할 국적國賊이자 을사오적乙巳五賊인 박제순, 이지용, 이근택, 이완용, 권중현 등의 매국노들도 기록하고 있다.

지난날의 지사나 선비들은 이름을 목숨보다 더 소중히 여겨 깨끗한 이름 청명을 최고의 가치로 알았다. 때문에 이름이 욕되거나 더럽혀지면 자신은 물론 부모 형제를 포함한 가문이 망하는 것으로 단정, 자결로써 속죄를 했다.

뿐만이 아니었다. 이름이 더럽혀짐은 곧 임금을 속인 기군망상欺君罔上과 나라에 누를 끼친 죄인으로 단정, 스스로 목숨을 끊기도 했다.

어찌 지사나 선비뿐이겠는가. 여항 저자의 한낱 이름 없는 필부匹夫나 필부匹婦도 이름이 욕되고 더럽혀지면 자결로써 속죄한 게 비일비재했다. 그러므로 지사나 선비 또는 관원에 있어 깨끗한 이름은 하늘 바로 그것이었다. 그런 만큼 이름 더럽힘은 죽어 마땅한 일이었다. 이렇게 볼 때 나라의 통치권자는 모름지기 깨끗한 권력자로서의 청권淸權이 돼야 하고, 나라의 녹을 먹는 공직자는 깨끗한 관원으로 청관淸官이 돼야 하며, 재산가 부자는 권력과 밀착해 정경

유착으로 돈을 벌 게 아니라 자기 노력으로 깨끗하게 돈을 버는 청부清富가 돼야 한다. 그리고 선비라 일컬어지는 학자나 문필가는 사문난적斯文亂賊으로 곡학아세曲學阿世하지 않는 깨끗한 이름의 청명으로 이름을 지켜야 한다. 그런데 요즘의 세상 꼴은 어떠한가? 한 나라를 좌지우지하는 지도자들은 이름 더럽히기에 혈안이 돼 온통 오명 투성이다. 그러고서도 방귀 뀐 놈이 성내듯 되레 큰소리쳐 참회와 반성이라고는 도무지 찾아볼 수가 없다. 적반하장도 이쯤 되면 언어도단이다. 하기야 이렇듯 뻔뻔한 사람들이니 그 많은 재산을 불법 탈법으로 축재하고도 혼자 깨끗한 척 했겠지.그러기에 송사宋史에서 여회呂誨는 본시 크게 간사한 신하는 그 아첨하는 수단이 매우 교묘하므로 흡사 크게 충성된 신하처럼 보이는 법이라 했을 것이다. 이를 역사는 대간사충大奸似忠이라 하는데 이런 자들이 우리 역사에는 부지기수로 많았다. 수양대군(세조)을 도와 영의정을 두 번씩이나 지내며 온갖 영화를 다 누렸던 한명회는 지금의 한강변 압구정에 '鴨鷗亭'이라는 호화로운 정자를 짓고 '젊어서는 나라를 위해 충성을 다하고, 늙어서는 자연에 누워 편안한 삶을 누린다'는 청춘부사직青春扶社稷에 백수와강호白首臥江湖의 시판을 걸어놓고 위세를 뽐냈다. 때에 야시野詩의 반항아로 유명한 김시습이 이를 보다 못해 도울 부扶자 대신 망亡할 망자를 쓰고 누울 와臥자 대신 더러울 오汚자를 넣어 '젊어서는 나라를 망치더니 늙어서는 자연을 더럽히는구나 하고 질타했다.

그렇다.

깨끗하게 사는 것. 다시 말하면 이름을 더럽히지 않고 사는 것. 이것을 지석은 가장 잘 사는 것으로 규정했다. 가난을 파는 사람은 돈에 팔리기 쉽고 애국을 파는 사람은 적에게 팔리기 쉽듯, 이름을 지키며 사는 사람은 한때는 적막할지 모르나 이름을 더럽히며 사는 사람은 영원히 처량하다. 그러니 어느 쪽을 택할 것인가. 깨끗한 이름으로 떳떳하고 당당할 것인가, 더러운 이름으로 추악하고 부끄러울 것인가. 이는 한 번 죽어 영원히 살 것인가, 영원히 죽어 한 번 살 것인가 와도 같은 청명정신과도 직결된다 할 수 있다. 한데도 지석의 이같은 청명정신은 썩어문드러지는 오명으로 말미암아 번번이 네뚜리 당했다. 의원들의 끈질긴 뇌물 공세와 이를 거부하는 지석의 끈질긴 배척공세가 매주 한 차례 주중행사처럼 첨예하게 부딪혔기 때문이었다.

'아, 돈 안 받기가 돈 받기보다 더 어렵구나!'

지석은 이때 돈이면 귀신도 통한다는 동양의 전가통신론錢可通神論과 돈 앞에서는 귀신도 웃긴다는 서양인들의 돈 신神을 떠올려 돈의 무소불능無所不能을 생각했다. 돈의 힘이 얼마나 대단하면 한서漢書에서조차 유전자생有錢者生에 무전자사無錢者死라 하여 돈 있는 사람은 살고 돈 없는 사람은 죽는다 했겠는가. 이는 그러나 우리에게도 적용돼 돈 있는 사람은 죄가 없고 돈 없는 사람은 죄가 있다는 유전무죄有錢無罪 무전유죄無錢有罪가 공공연히 떠돌아다닌다. 이는 특히 소송 문제로 법정에 섰을 때 더욱 힘을 발휘해 돈의 위력을 나타내고 있다. 그러기에 17세기 영국의 철학자 베이컨은 '돈은 최선의 종이요 최악의 주인이다'했을 것이고, 2천 기백 년 전에 사마천은 '사기史記'에서 '나보다 열 배 부자면 그를 시기하고, 백 배 부자면 두려워하고 천 배 부자면 고용당하고 만 배 부자면 노예가 된다'했을 것이다. 톨스토이도 '전쟁과 평화'에서 '아아, 돈, 돈! 이 돈 때문에 얼마나 많은 슬픈 일이 이 세상에 일어나고 있는 것일까?' 하며 장탄식을 했다.

지석은 속으로 조용히, 그러나 힘 있게 '어머니'를 불렀다. 그리고 연이어 '자애自愛'와 '극기克己'를 뇌었다. 이 세 낱말 어머니 자애 극기만이 행여 생길지도 모를 자신의 사악한 마음을 억제시켜 탐함에서 구제해줄 지도 모른다 싶어서였다.

사람의 마음이란 사특하기 짝이 없어 금품을 보면 욕심이 생기고 욕심이 생기면 견물생심으로 탐하는 마음도 생기게 마련이어서 저도 몰래 굳센 의지가 약해지고 맑은 지혜가 어두워지며 청렴한 마음이 타락해 일생을 망치게 된다. 그러므로 탐하지 않는 마음을 보배로 삼는 것만이 진세塵世를 초월할 수 있는 유일한 길이다.

그래, 그렇다.

지석은 좌전左傳 양공襄公 15년조에 나오는 몽구蒙求란 책의 자한사보子罕辭寶를 떠올렸다. 화는 탐하는 마음보다 더 큰 것이 없다는 화막화어탐심禍莫禍於貪心을. 어느 날 송나라의 한 엽관배가 청렴하기로 이름난 대부 자한에게 보옥을 바쳤다. 자한은 그러나 이 보옥을 받지 않았다. 그러자 엽관배가 “나리, 이 보옥을 감정사에게 감정시켰더니 최상품의 보옥이라 하였습니다. 그래서 이 보옥을 나리께 드리는 것입니다”했다. 이에 자한은 “나는 탐내지 않는 것을 보배로 삼고 그대는 보옥을 보배로 삼으니 그대가 나에게 보옥을 주면 우리 두 사람은 모두 보배를 잃게 되네. 그러니 서로 자기의 귀한 보배를 가지고 사는 것이 옳지 않겠는가”하며 물리쳤다.

옳거니! 지석은 무릎을 쳤다. 자한은 참으로 청백한 관리였다. 관리에게 탐내지 않는 것 이상의 보배가 어디 있겠는가. 눈앞에 나타나는 모든 현상은 족한 줄 알면 선경仙境이요 족한 줄 모르면 속경俗境이다. 그러기에 노자老子에서도 만족할 줄 모르는 것보다 더 큰 불행이 없고 얻고자 하는 것보다 더 큰 허물이 없다 했을 터이다.

그렇다. 진실로 그렇다. 조선조 선조 때의 학자 귀봉龜峰 송익필은 ‘족부족足不足’이란 시에서 ‘부족하더라도 넉넉하게 생각하면 매사에 넉넉하고, 넉넉하더라도 부족하게 생각하면 항상 부족하다’는 부족지족매유여不足之足每有餘, 족이부족상부족足而不足常不足이란 시를 지었을 터이다. 저 후한의 양진楊震이란 사람도 대단한 바 있어 많은 이들의 추앙의 적的이 되었었다. 양진은 해박한 지식과 청렴으로 유명해 관서공자關西公子란 칭호를 들었다. 그가 동래東萊 태수로 부임하다 창읍昌邑이란 곳에서 하룻밤을 쉬게 되었다. 이때 창읍 현령 왕밀王密이 밤이 깊자 은밀히 양진을 찾아갔다. 뇌물을 바치고 승진을 하기 위해서였다. 왕밀은 양진이 혼자임을 알고 가지고 온 금괴를 내놓았다. 그러자 양진이 "나는 그대를 청렴한 관리로 알고 있는데 그대는 나를 부패한 관리로 보고 있군!"하고 왕밀을 나무랐다. 이에 왕밀이 잠시 주위를 살피더니 "나리, 지금은 한 밤중입니다. 그러므로 아무도 모르고 또 보는 이도 없습니다. 그러니 안심하시고 받으십시오" 했다. 그런 다음 금괴를 양진에게 가까이 밀어 놓았다. "아무도 모르다니. 그리고 아무도 보는 이가 없다니. 하늘이 알고 땅이 알고 그대가 알고 내가 아는데 어찌 아무도 아는 이가 없다고 하는가. 그대는 천지天知 지지地知 여지汝知 아지我知의 사지四知도 모르는가?" 양진이 왕밀을 꾸짖으며 당장 이 방에서 나가라 소리쳤다.

지석은 미망에서 깨어나듯 한숨을 쉬며 조선조 성종 때의 청백문신 손순효孫舜孝를 떠올렸다. 의정부 종일품 우찬성右贊成으로부터 시작해 동부승지同副承旨, 도승지都承旨, 지중추부사知中樞府事, 좌참찬左參贊, 판중추부사判中樞府事 등 숱한 벼슬을 살다 낙향, 집이 너무 가난해 조반석죽도 어려웠던 그가 임종 때 자식들에게 남긴 유언은 조선 역사 518년을 통틀어 손순효한테서만 들을 수 있는 기막힌 말이었다. "너희들은 잘 듣거라. 우리 집은 초야에서 일어났고 이 애비 또한 벼슬을 살다 초야로 돌아왔다. 그래 가진 것이라곤 아무 것도 없어 없는 것을 물려줄 뿐이다. 그러나 이 애비 가슴 속에 더러운 것이라곤 티끌만큼도 없다. 그러니 너희도 부디 이 애비처럼 살아라!" 손순효는 이 말을 끝으로 가슴을 가리키며 눈을 감았다. 참으로 경개耿介하고 조대措大한 개결고사介潔高士의 유언이요 누구도 흉내 낼 수 없는 지고지순의 천의무봉이어서 옷깃을 여미지 않을 수 없다. 적이나 하면 아니 세상사람 사는 식대로 하면 가난이 몸서리나고 지긋지긋해서라도 자식들에게 하는 유언만은 부디 재물 많이 모아 잘 살라할 것인데도 손순효는 그런 속되고 삿된 유언 따위는 하질 않았다.

조선조 영조 때의 청백리 류정원柳正源은 여러 고을의 원을 지냈지만 고을을 떠날 때는 언제나 채찍 하나뿐이었다. 성종 때의 청백리 이약동李約東도 제주 목사로 있다 그곳을 떠날 때 채찍 하나만 들고 떠났다. 그러다 이 채찍도 이 섬 제주의 물건이라 하여 관아의 다락에다 놓고 왔다. 태조에서 세종에 이르기까지 4대에 걸쳐 35년이나 벼슬길에 있던 정승 류관柳寬은 비가 새는 집에서 왕이 하사한 일산을 받고 살았다. 그러며 걱정하기를 "이 비에 우산 없는 집은 어이할꼬"했다. 곁에 있던 부인이 "우산 없는 집은 다른 방도가 있겠지요"했다. 가히 부창부수다운 수작이었다. 명종 때의 청백리 박수량朴守良이 죽자 임금은 그의 무덤에 글씨 한 자 없는 백비白碑를 내렸다. 너무도 청렴하게 살아 비에 글씨를 쓴다는 게 오히려 더럽다 여겨서였다. 지석은 이 외에도 조대한 청백리가 조선조에만 217명이나 녹선돼 일일이 열거 못함이 아쉬웠지만 자식들에게 가난을 물려주면서까지 이 애비 가슴 속에 더러운 것이라곤 티끌만큼도 없으니 너희도 부디 그렇게 살라고 유언하던 손순효의 청백정신만은 높이 기리지 않을 수 없어 이리 거양한 것이다. 은일隱逸한 숲에 영욕榮辱이 깃들 수 없듯 고매한 고사高士에게는 나물밥 먹고 물마시고, 팔을 베고 누울지라도, 즐거움이 그 가운데 있으니, 불의로 얻은 부귀는 나에겐 뜬 구름 같다는 안빈낙도의 생활철학이어서 저 후한의 중장통仲長統이 '낙지론樂志論'에서 개선부입제왕지문재豈羨夫入帝王之門哉라 하여 '어찌 제왕의 문에 듦을 부러워하랴'던 명구가 가슴을 쳤다.

그럴 것이다. 아니 그렇다. 이들은 당족이비우堂足以庇雨로 집은 비나 가리면 족했고, 식족이충장食足以充腸으로 밥은 창자나 채우면 족했으며, 의족이폐신衣足以蔽身으로 옷은 몸이나 가리면 족했을 터이다. 그렇지 않고서야 어찌 적빈의 애옥살이 속에서 안빈낙도의 생활철학이 나올 수 있었겠는가. 이는 안빈安貧을 낙도樂道로 삼아 군자절君子節하지 않고는 절대로 불가능한 일이다.

사서의 하나인 대학大學에 보면 노魯나라 대부 맹헌자孟獻子가 관직에 있는 이 마땅히 계돈우양鷄豚牛羊을 길러서는 안 된다 했다. 까닭인즉 닭, 돼지, 소, 양은 백성이 길러서 이익을 삼는 바이므로 이미 나라로부터 녹을 먹고 백성으로부터 받듦을 누리면서 계, 돈, 우, 양을 기르는 것은 백성들과 경제 다툼을 하는 것이기 때문에 관직에 있는 이 마땅히 삼가야 된다는 것이었다. 노나라 재상 공의자公儀子도 초야에 묻혀 있다 환로宦路에 나가는 날 나물 밭에서 아욱을 뽑고 베 짜는 직부織婦를 내보냈다. 일찍이 명예를 얻으려는 자 조정朝廷으로 가고 잇속을 얻으려는 자 저자(市)로 가라했는데 이것이 유명한 조명시리朝名市利이다.

채근담菜根譚에는 '사람이 자칫 시장바닥의 거간꾼으로 전락하면 깨끗이 살다 더러운 구렁텅이에 떨어져 죽는 것만 같지 못하다 했고, 시경에서는 탐관(貪官)과 오리(汚吏)는 망국지상(亡國之像)이어서 썩은 관리는 나라 망치는 장본(張本)이라 했다. 대저 사람이 부패해 더러워지는 것은 두 가지가 있는데 하나는 돈에 눈이 멀어 노예가 되는 것이고 다른 하나는 권력에 빌붙어 굴신하는 것이다. 대학이라는 책의 팔조목(八條目)에는 격물(格物) 치지(致知) 성의(誠意) 정심(正心) 수신(修身) 제가(齊家) 치국(治國) 평천하(平天下)가 있고 수렵에 있어 낚시질로는 고기를 잡되 벼리 달린 그물로는 고기를 안 잡는다 했다. 새 짐승을 잡음에 있어서도 나는 새는 주살로 쏘되 잠자는 새는 쏘지 않는다 했다. 이것이 논어의 유명한 조이불망익불사숙(釣而不網弋不射宿)이다.

콧대 높기로 유명한 프랑스인들은 창녀와 국회의원, 그리고 고급 공무원을 백해무익한 존재로 매도해 국가 발전에 저해 요인이 되기 때문에 일고의 가치도 없는 무용지물에 다름 아니라는 극단론까지 펴고 있다. 그래서인지는 몰라도 세기의 석학이요 부조리 문학의 선구자였던 실존주의 작가 겸 사상가인 알프레드 카뮈는 '정치란 거짓말을 어떻게 해야 그럴 듯하게 할 수 있고 정치인은 어떻게 해야 국민이 곧이듣고 잘 속아 넘어가느냐를 연구하는 사기 집단이다' 라고 극언까지 했다. 그래서 그는 이 구역질나는 '사기집단'에 평생 동안 단 한 번의 투표도 안 했는지 모른다.

신은 죽었다며 신의 존재를 부정, 신이 만일 필요하다면 내가 신이 되어 주마고 독설한 독일의 초인철학자 니체도 '정치인은 쓰레기와 같다'라고 했고 막스 베버는 정치인을 가리켜 '좋은 관료는 나쁜 정치가다'라고 했다. 시성詩聖이라 일컬어지는 괴테도 '나는 정치인을 미워한다. 왜냐하면 그것은 기백만의 인민을 불행과 참혹에 빠뜨려 괴롭히기 때문이다'했고 고대 희랍의 희극작가 아리스토파네스는 '오늘날 정치를 하는 것은 이미 학식 있는 사람이나 성품이 바른 사람은 아니다. 불학무식한 깡패들에게나 알맞은 직업이 정치다'라고 했다. 그런가 하면 유태인에게는 '한 가지 거짓말은 거짓말이고 두 가지 거짓말도 거짓말이다. 그러나 세 가지 거짓말은 정치다'라는 속담이 있는데 이는 정치가 얼마나 거짓말을 잘 하고 정치인이 얼마나 거짓말을 밥 먹듯 했으면 세기의 석학들이 이런 말을 했겠는가.

노魯나라의 실권자 계강자季康子가 공자에게 정치를 물었을 때 '정치란 바름 곧 정正이니 그대가 솔선해 몸을 바르게 하고 거느리기를 바로 하면 누가 감히 바르게 따르지 않고 행하지 않겠는가' 했는데 이게 논어의 그 유명한 자솔이정 숙감부정子帥以正 孰敢不正이다. 경공景公이 정치를 묻자 공자는 '정치란 군군신신부부자자(君君

臣臣父父子子)니 임금이 임금의 도리를 다 하고, 신하가 신하의 도리를 다 하고, 애비가 애비의 도리를 다 하고, 자식이 자식의 도리를 다 하면 된다'고 대답했다. 이에 애공哀公이 물었다. '어떻게 해야 백성이 복종합니까?' 하고. 그러자 공자는 '곧은 사람을 등용하여 굽은 사람 위에 앉히면 백성들은 심복할 것이요, 굽은 사람을 등용하여 곧은 사람 위에 앉히면 백성들은 불복할 것이다' 라고.

남송南宋의 대충신 악비岳飛는 문신文臣은 불애전不愛錢 하고, 무신武臣은 불석사不惜死 해야 한다 했다. 이는 무슨 뜻인가? 글 하는 신하 문사文士는 돈을 사랑(좋아)해서는 안 되고, 싸우는 신하 무사武士는 목숨을 아까워해서는 안 된다는 뜻이다. 관원이나 벼슬아치들이 승진을 하면 백성들은 승관발재昇官發財라 하여 고운 눈으로 보지를 않았다. 벼슬이 오르면 재물도 그만큼 더 생겨 발재를 하기 때문이다. 발재에는 물론 엽관배들이 바리바리 싣고 오는 뇌물도 많았지만 자리(벼슬)를 이용해 가렴주구와 토색질로 백성들의 고혈을 빨아 먹는 가정苛政과 혹정酷政이 민초들을 못 살게 했다. 여기서 우리는 작자 미상의 '춘향전'만 봐도 그 시대의 부패상을 알 수 있다. 관리가 얼마나 부패했으면 이몽룡이 암행어사가 돼 거지꼴로 남원관아에 나타나 탐관오리의 대명사로 알려진 사또 변학도의 생일잔치에 금준미주천인혈金樽美酒千人血, 옥반가효만성고玉盤佳肴萬姓膏, 촉루낙시민루락燭淚落時民淚落, 가성고처원성고歌聲高處怨聲高라는 풍자시를 지었겠는가.

그렇다면 이 시의 내용은 무엇인가? 금단지에 담긴 아름다운 술은 일천 사람의 피요, 옥소반에 놓인 좋은 안주는 만백성의 기름이다. 촛불의 물이 덜어질 때 백성들의 눈물 떨어지고, 노랫소리 높은 곳에 원망 소리 높다. 이는 부패할 대로 부패한 당시의 관료사회를 기막히게 꼬집은 촌철살인의 절륜한 풍자시다.

한국판 민약론民約論이라 할 수 있는 다산茶山의 '목민심서(牧民心書)'에 보면 민이토위전民以土爲田 이이민위전吏以民爲田이란 말이 나온다. 백성들은 토지를 밭으로 삼는데 이속吏屬들은 백성들을 밭으로 삼는다는 뜻이다. 목민심서는 또 이속들은 백성의 살갗을 벗기고 골수를 빠개내는 것을 밭갈이로 여기며 머리 수를 세어 훑어내는 것을 가을걷이(추수)로 여기는 것이 습성처럼 돼 있다고도 했다. 그러므로 이속들을 단속하지 않고는 도저히 백성을 다스릴 수 없다고도 했다. 구실아치들이 백성을 얼마나 못 살게 굴었으면 이런 말이 나왔겠는가.

왕희지王羲之는 '비인부전(非人不傳)'이라 하여 사람됨이 합당하지 않으면 예禮나 도道를 전하지 말라 했고 인도의 국부國父 간디는 인간이 무너지고 사회가 파괴되는 7가지 요인을 말했는데 그것은 첫째, 원칙 없는 정치(신념) 둘째, 노동 없는 부富 셋째, 양심 없는 쾌락 넷째, 인격 없는 교육(지식) 다섯째, 도덕 없는 경제(윤리 없는 기업) 여섯째, 인간의 존엄성이 무시된 과학 일곱째, 희생 없는 신앙(종교)을 들었다.

중국 은殷 나라의 초대왕인 탕왕湯王이 왕위에 올라 천하를 다스리자 몇 년은 시화연풍時和年豊 하고 강구연월康衢煙月해 격양가擊壤歌 소리 드높았다. 그래 백성들은 이게 다 어진 임금의 덕이라 하여 탕왕을 성군으로 높이 기렸다. 그런데 몇 해가 지나자 가뭄이 들기 시작해 온 천하가 타들어갔다. 탕왕은 애가 타 천지신명께 기원, 점을 쳤다. 그랬더니 산 사람을 제물로 바쳐 기우제를 지내야 한다는 점괘가 나왔다. 탕왕은 그렇다면 내가 제물이 되겠다며 기꺼이 흰 상복을 입고 제단에 올랐다. 백성들은 이런 탕왕 앞에 무릎을 꿇고 호소했다. '임금님이시여! 어찌하여 이 어린 백성들을 버리시나이까. 군주 없는 백성이 무슨 소용이옵니까. 바라옵건대 저희 백성이 제단에 올라 제물이 되겠사오니, 임금님께서는 부디 저희 간절한 소원을 받아 들이사 제발 제단에서 내려오소서!' 백성들은 눈물로 호소했지만 탕왕은 듣지 않았다. 듣지 않을 뿐만이 아니라 오히려 '무슨 소리들인고. 백성을 위해 기우제를 올리는데 어찌 백성을 제물로 삼는단 말인고. 내 덕이 부족해 하늘이 재앙을 내리시니 내가 제물이 되는 게 열 번 당연하도다. 그러니 얼른 섶에 불을 붙여 나를 태우라!' 했다. 그러며 탕왕은 마음 속으로 스스로를 문책했다.

첫째, 나는 백성을 위해 올바른 정치를 해 왔는가. 둘째, 나는 백성들에게 충분한 일자리를 마련해주었는가. 셋째, 나는 지금 백성보다 호화롭게 살고 있지 않은가. 넷째, 후궁이나 왕자 공주가 너무 설치고 있는 것은 아닌가. 다섯째, 뇌물 등 부정부패가 횡행하고 있지나 않은가. 여섯째, 간악한 자들의 고자질을 믿고 그릇된 인사를 해온 것은 아닌가. 탕왕은 눈을 감고 깊이 자책했다. 이를 후세 사람들은 '탕왕의 자책육사(自責六事)'라 부르고 있는데 요즘 통치자나 정치인들에게 들려주고 싶다. 이 여섯 가지를 뱃속에 넣어 실천할 수만 있다면 강제로라도 정치인들 입을 벌려 넣어주고 싶다. 아참, 잊을 뻔했다. 기우제의 제물로 제단에 오른 탕 임금은 어찌 됐을까. 백성을 위해 기우제의 제물이 되겠다는 탕왕의 호소에 백성들은 눈물을 흘리며 섶에 불을 붙였다. 아, 그런데 참 신기도 하다. 갑자기 하늘이 머흘거리며 비를 퍼붓기 시작했다. 이 비가 노아의 홍수를 방불케 한 그 유명한 대우방타大雨滂沱였다.

국회의원들은 도대체 누구인가. 국민의 대표로써 선량選良들인가. 법을 만들어 나라 살림을 사는 일꾼들인가. 그것도 아니면 국해의원國害議員인가, 국회의원國膾議員인가, 국회의원國賄議員인가, 국회의원國獪議員인가.

태공망太公望의 병서삼략 하략下略에 보면 청백한 선비는 작록爵祿으로 얻을 수 없고, 절의節義 있는 선비는 형벌이나 위엄으로 위협할 수 없다 했다. 국회의원을 포함한 모든 공직자들은 냉면한철冷面寒鐵 정신으로 공직에 임해야 한다. 냉면한철이 무엇인가? 공평하고 정직해서 권세를 두려워하지 않는다는 뜻이다. 이 말은 중국 명나라 때 주신周新이란 사람한테서 나온 말인데, 주신은 아무리 권력 있고 지위 높은 사람일지라도 잘못이 있으면 주저없이 탄핵했다. 그래서 권세가들이 '냉랭한 얼굴이 차고 쇠같이 굳세다'하여 주신의 별명을 '냉면한철'로 불렀다.

조선조 때 관리들의 녹봉(요즘의 봉급)은 형편없어 웬만한 벼슬아치는 한 달에 쌀 다섯 말 오두미五斗米에 불과했다. 이 녹봉은 식록食祿이라 하기도 하는데 매달 주는 게 아니라 석 달에 한 번씩 1년에 네 번 주어 사맹삭四孟朔이라 불렀다. 생각하건대 정치인에게 지조가 생명이고 교육자에게 양심이 생명이라면 여타의 공직인에겐 청렴이 생명이다. 그런데 우리는 공직자들의 청렴보다는 부정을 더 많이 보아왔다. 부정은 여러 가지가 있지만 그중 대표적인 것은 축재다. 축재를 부정한 방법으로 했을 때 그것은 도둑질이다. 도둑질 빼놓고는 다 해 먹으라 한 것은 도둑질이 인간행위 중 가장 나쁜 것에 속하기 때문이다. 옛 도둑들은 도둑질을 할망정 도도삼강盜道三綱이란 것을 지켜 과부와 고아, 효자와 열녀, 신당神堂과 절간 것은 훔치지 않았다. 이것이 도도삼강이다.

우리는 땀 흘리지 않고 번 돈을 불한금不汗金이라 한다. 또 그런 무리를 가리켜 불한당不汗黨이라 한다. 그리고 양심의 가책을 받고 흘리는 땀이나 떳떳지 못한 짓을 할 때 흘리는 땀을 한출첨배汗出沾背라 한다. 얼마나 양심의 가책을 받으면 땀이 다 나겠는가. 불한당을 풀이하면 '땀을 흘리지 않는 무리'란 뜻으로, 남의 것을 힘들이지 않고 거저 빼앗는 무리를 일컬음이다.

통치자나 정치하는 이들에게 '비옥가봉(比屋可封)'보다 더 좋은 말은 없을 것이다. 어찌 나라살림을 맡고 있는 이들 뿐이겠는가. 다스림을 받는 백성에 있어서도 이 비옥가봉은 선정의 극치다.

그렇다면 비옥가봉이란 무엇인가?

옛날 요순堯舜시대 때 사람들이 모두 착해서 집집마다 표창할 만했다는 뜻으로, 나라에 현인賢人이 많음을 이를 때 비옥가봉이라 한다. 공자가 노나라 정승으로 석 달 동안 정치를 할 때 저자에 소나 돼지를 팔러가는 사람이 각통질을 하지 않았고 길에 떨어진 물건을 줍는 이가 없었다. 이를 도불습유道不拾遺 또는 노불습유路不拾遺라 했는데 이도 역시 선정의 극치에서만이 가능하다.

큰 재주나 높은 학문이 있음에도 이를 세상에 팔지 않은 채 이름 없이 묻혀 사는 것은 지인至人의 경지에 다다른 일민逸民만이 가능한 도광양덕韜光養德이다. 심장이불시心臟而不市도 이와 비슷해 재주를 감춰 놓고 팔지 않을 때 쓰이는 말이다. 도회韜晦라는 말도 크게 다르지 않아 재능과 지위와 학문과 형적을 감춰 남이 모르게 하는 것을 도회라 한다. 노자에 보면 대교약졸大巧若拙이란 말이 나온다. 진정으로 재주가 많은 사람은 자신을 뽐내지 않아 겉으로 보면 마치 어리석고 치졸한 사람처럼 보인다는 뜻이다. 노자에는 또 대직약굴代直若屈과 대변약눌大辯若訥이란 말도 있는데, 이는 크게 곧은 사람은 마치 굽은 것 같고, 크게 말 잘하는 사람은 마치 말더듬이와 같다는 뜻이다. 그렇다. 이는 우선 매와 호랑이를 보면 알 수 있다. 독수리를 제외한 모든 조류의 천적이요 공포의 대상인 매(수지니,

산지니, 육지니, 재지니, 송골매, 해동청, 보라매)는 사납기 짝이 없는 맹금류인데도 사냥을 하기 위해 나무 위에 앉아 있는 것을 보면 흡사 꾸벅 꾸벅 조는 것 같고, 공포의 대명사로 불리는 백수의 왕 호랑이도 뭇 짐승이 볼 때는 어슬렁 어슬렁 걸어가는 모양이 마치 무슨 병에 걸린 듯 비영거려 만만해 보이기 십상이다. 그래서 이를 육도삼략六韜三略에서는 응립여수鷹立如睡 호행사병虎行似病이라고 해 매가 앉아 있는 모습은 마치 꾸벅 꾸벅 조는 것 같고, 호랑이가 걸어가는 모습은 흡사 병든 것 같다 했다.

하지만 진정 그러한가?

매는 진정 졸고 있고, 호랑이는 진정 병들어 있는가? 아니다. 매는 조는 것처럼 보이고, 호랑이는 병든 것처럼 보일 뿐이다.

'바른 말 곧은 소리의 신념 있는 한 사람은 이익과 아첨 밖에 모르는 아흔 아홉 사람에 맞먹는 사회적 역량이다'라고 말한 J.S밀의 명저 '대의정치론(代議政治論)'은 정치하는 이 꼭 읽어야 하고 정치 교과서라 할 수 있는 맹자, 대학, 논어도 정치하는 이 반드시 읽어야 할 필독서다. 그리고 사기史記의 상군열전商君列傳에서 조양趙良이 상앙商鞅에게 말한 천인지낙낙千人之諾諾과 일사지악악一士之愕愕도 알아야 한다.

그렇다면 천인지낙낙과 일사지악악이란 무엇인가? 천인지낙낙이란 천 명이나 되는 많은 사람이 옳고 그름을 따지지 않고 무조건 강자 편을 들어 목낭청睦郞廳이처럼 이래도 '예' 저래도 '예'하며 비위나 맞추는 용렬 비겁함을 말함이고, 일사지악악이란 한 사람의 올곧고 결곧은 선비가 그른 것을 그르다면서 불의 부정을 질타 규탄 단죄하고 나서는 것을 말하는 것으로, 이는 천 명의 아부하는 상분지도嘗糞之徒가 한 사람의 바른 말 하는 곧은 선비의 직언만 같지 못하다는 뜻이다. 맹자에서는 정치의 근본을 인의仁義에 두고 위정자는 백성의 즐거움으로 제 즐거움을 삼는다 했는데 이를 낙민지락자藥民之樂者라 했다.

뿐만이 아니다. 맹자는 출호이자 반호이出乎爾者反乎爾라 하여 네게서 나온 것은 네게로 돌아간다 했고 천시자아민시, 천청자아민청天視自我民視, 天聽自我民聽이라 하여 하늘은 백성의 눈과 귀를 통해 보고 듣는다 했다.

어디 또 이뿐인가? 맹자에서 위정자는 마음대로 불러내지 못할 사람을 스승으로 삼아야 한다고도 가르치고 있다. 맹자의 정치 철학이 워낙 방대해 여기서는 몇 가지 예만 들었으나 이를 한 마디로 줄인다면 인仁으로 정치를 하면 능히 적이 없다가 되는데 이것이 부국군호인 천하무적夫國君好仁 天下無敵이 된다. 그러므로 위정자가 '대학'이나 '맹자'의 가르침대로만 한다면 칸트가 말한 '목적의 왕국'이 부러울 게 없고 플라톤이 말한 '이상국'도 부러울 게 없으며 모어가 말한 '유토피아'도 부러울 게 없다. 대학이나 맹자에서 부르짖은 요체는 말하자면 플라톤의 '이상국'과 칸트의 '목적의 왕국', 그리고 모어의 '유토피아'같은 이상적 완전주의로 도덕정치의 표본이라 할 수 있다. 역경易經이라는 책에 보면 '이귀하천 대득민야(以貴下賤 大得民也)'란 말이 나오는데, 이 말은 귀한 지위에 있는 사람이 겸허한 자세로 낮은 데로 내려가 백성들의 뜻을 구하면 크게 백성을 얻는다는 뜻이다.

어느 날 섭공葉公이 공자에게 정치를 물었다. 그러자 공자는 '가까운 자가 기뻐하고 먼 데 있는 자가 찾아오게 하는 것'이라 했다. 정도전鄭道傳도 그의 삼봉집三峰集에서 '강토가 아무리 넓다 하더라도 한 집안처럼 보여야 하고, 백성이 아무리 많다 하더라도 갓난아이처럼 사랑해야 한다'했다.

백성은 이식以食이 위천爲天이다. 다시 말하면 백성은 먹는 것을 하늘로 삼는다 이 말이다. 사마천도 '사기'에서 왕자이민위천王子以民爲天, 이민이식위천以民以食爲天이라 했는데 이 말은 왕, 즉 통치자는 백성을 하늘처럼 위하고 백성은 먹는 것을 하늘로 여긴다는 뜻이다. 이를 좀 더 부연하면 임금에겐 백성이 가장 소중하고 백성에겐 먹는 게 가장 소중하다는 뜻이다. 그러므로 백성은 나라의 근본이요 군주의 하늘이다. 또 그러므로 임금은 백성을 하늘처럼 여겨 통치를 해야 나라가 바로 서고 백성이 마음 놓고 살 수가 있다. 그래서 백성은 곡간이 차야 예절을 알고 이식以食이 족해야 영욕榮辱을 안다 했다. 그리고 위에 있는 자가 절도를 지키면 육친(六親. 부, 모, 형, 제, 처, 자)이 굳게 결합되고 나라를 다스리는 데 지켜야 할 네 가지 원칙인 사유(四維. 예, 의, 염, 치)가 흔들려 풀어지면 나라는 망한다 했다.

"석 기자! 나 좀 보자구. 요 앞 다방 '약속' 있지? 그리 나와!"

막 출근을 해 어제 취재한 L의원의 인물평을 쓰려는데 정치부장이 말하며 앞장 서 나갔다.

"예, 부장님!"

지석은 쓰려던 인물평을 덮어두고 정치부장의 뒤를 따랐다.

"그래, 할 만한가? 어려움이 많지?"

다방에 들어 자리에 앉자 정치부장이 담배를 뽑아들며 물었다.

"암. 어려움이 많겠지. 초년병에다 서울 생리에도 어두울 테니..."

정치부장은 자문자답하며 씨익 한번 웃었다.

"헌데 석 기자는 행운아야. 의원들의 종횡록 인물평은 우리 J평론사의 간판 기사여서 실력과 필력을 고루 갖춘 노련한 기자가 쓰는 건데, 석 기자는 그런 과정 하나 거치지 않고 바로 등용됐으니 행운도 이런 행운이 없어. 그렇다고 석 기자가 실력과 필력이 없다는 건 결코 아니야"

정치부장은 얼굴에 묘한 웃음을 흘리며 담배에 불을 붙여 물었다.

"자. 차 들게"

주문한 커피가 나오자 정치부장은 커피 몇 모금을 홀짝홀짝 마시더니

"석 기자!"

하고 결심한 듯 지석을 불렀다.

"예, 부장님"

지석은 긴장한 채 정치부장을 쳐다봤다.

"자네, 그 동안 사장님과 편집국장님 찾아뵈었나?"

"예?"

"사장님과 국장님께 인사드렸냐 말일세"

"인사라시면?"

"허허 이 사람 한 밤중이구먼."

정치부장이 답답하다는 듯 담배를 빽빽 빨았다.

"자네, 인사가 뭔지도 모르나?"

정치부장이 정색을 하며 지석을 훕떠봤다.

"인사는 매일 아침 드리는데요"

"아이구 이 답답아. 매일 아침 드리는 그런 인사 말고"

정치부장은 속이 타는지 다시 담배를 빽빽 빨았다.

"…그럼 무슨 인사를 말씀하시는지…?"

지석이 의아한 표정으로 정치부장을 정시했다.

"자네 정말 몰라서 묻나? 이거야 원 순진한 건지 미련한 건지 아니면 모르쇠로 일관해 능청을 떠는 건지. 하기야 깊은 산속에 처박혀 화전민으로만 살았다니 세상 물정에 어두워 이쪽 세계를 모를 만도 하지"

정치부장은 야릇한 웃음을 입가에 흘리며 고개를 주억거렸다.

"부장님! 부장님의 말씀을 저는 도통 이해할 수가 없습니다. 순진은 뭐고 미련은 또 뭔가요. 그리고 물정에 어두워 이쪽 세계를 모를 만도 하다 하셨는데, 이쪽 세계란 어딥니까. 제가 지금 몸담고 있는 세계를 말씀하시는 겁니까?"

지석이 정색을 한 채 다잡아 물었다. 정치부장의 말이 점점 알 수 없는 미궁 속으로 들어갔기 때문이었다.

"그러네. 석 기자 자넨 아직 산골 소년처럼 순진해 잘 모르는 모양인데 세상살이엔 인사라는 게 있어. 특히 상하 구별이 엄격한 직장에서나 조직사회에서는 인사가 필수지. 자네, 자연계의 세 가지 법칙알지? 환경에 잘 적응하는 생물은 살아남고 그렇지 못한 생물은 도태된다는 적자생존과, 생활 조건에 적응하는 생물은 생존하고 그렇지 못한 생물은 저절로 사라진다는 자연도태, 그리고 약한 자는 강한 자에게 잡아먹힌다는 정글의 법칙인 약육강식 말일세. 그런데 이는 자연계의 법칙만 그런 게 아니어서 세상의 법칙도 그렇거든. 그래서 인간들은 이를 그럴듯하게 포장해 관행이나 관습 또는 불문율이라는 미명을 붙여놓고 살지. 이는 나를 비롯해 내 선임들, 그 윗분들도 다 그렇게 살았어. 그래서 관행이 된 거지"

정치부장의 장광설은 합목적성을 띤 채 그럴듯하게 전개되었다.

"그러므로 직장의 하급자가 선임자나 상급자에게 인사함은 그것이 금품이든 물품이든 혹은 그 밖의 다른 무엇이든 미풍이야. 그런데 이런 도리요 미풍을 부라퀴 같은 인간들이 뇌물이니 비위니 하며 문제 삼으니 문제일세. 아, 오는 정 가는 정인데 이게 아름다우면 아름다웠지 어찌 부정이니 뇌물이니 하며 문제 삼는단 말인가. 안 그런가, 석기자?"

정치부장은 싱글싱글 웃으며 얄밉도록 말을 잘했다. 교언영색이었다. 아니 견강부회였다.

그랬다. 정치부장의 말은 합리화에 정당화요 이치에 안 맞는 말을 억지로 끌어 붙여 자기에게 유리하게 꾸며대는 견강부회였다.

이날 이후 지석은 노회한 정치부장의 말을 곰곰이 생각했다. 그리고 면밀히 분석했다. 그러자 직장 상사에게 주기적으로 금품은 물론 향응도 제공해야한다는 결론에 이르렀다. 그러니까 정치부장은 기다리고 기다려도 지석으로부터 이렇다 할 소식이 없자 마침내 지석을 다방으로 불러내 마각을 드러내기 시작한 것이다.

이제 이 일을 어쩐다?

지석은 퇴근하는 길로 바람벽에 써 붙인 좌우명 '깨끗한 이름 청명'과 사훈私訓 '하늘 무서운 줄 알자'를 바라보며 또 천사만려千思萬慮하기 시작했다.

그래 그렇게 하자!

지석은 오랜 사려 끝에 직장 상사와 선임자들을 초청, 만찬을 가지기로 했다. 진작에 생각 못한 바는 아니었지만 어떻게 해야 할지, 어떻게 하는 것이 합당한 처사인지 몰라 미적미적 오늘에 이른 것이다. 지석은 그러나 식사와 함께 술이 따르는 향응으로만 끝나고 그 이상의 것, 예컨대 현찰이나 수표 또는 고액의 상품권 같은 티켓은 선물하지 않기로 했다. 식사와 함께 술을 대접하는 것 까지는 인사가 되지만 그 이상의 것, 예컨대 수표나 현찰 고액의 상품권 같은 티켓은 순수한 선물이라기보다 불순한 뇌물 같아 도저히 용납이 되질 않았다.

"여봐, 석 기자. 어젠 잘 먹었어. 헌데, 다른 건 없었어?"

만찬이 있은 다음 날 지석이 출근을 하자 정치부장이 지석의 곁으로 쭈뼛쭈뼛 다가와 귀엣말로 물었다.

"다른 거라니요?"

지석이 의아해 부장을 쳐다보자 부장이

"아니야, 아니야"

하며 얼른 자기 자리로 가 앉았다. 지석은 이런 부장을 한동안 응시하다 부장한테로 다가가

"부장님, 차 한 잔 하시지요. 요 앞 다방 '약속'입니다"

하고 앞장 서 나왔다. 아니야 아니야 하며 휘갑을 치던 부장의 태도가 석연찮아서였다. 아니 다른 건 없었느냐고 묻던 부장의 말이 많은 의혹을 제기해서였다.

"부장님!"

자리에 앉자 지석은 부장을 똑바로 쳐다봤다.

"아까 사무실에서 하신 말씀은 무슨 뜻입니까?"

"사무실에서 한 말이라니?"

부장이 무슨 소리를 하느냐는 듯 딴청을 피웠다.

"부장님께서 여봐 석 기자 어제 저녁은 잘 먹었어. 헌데 다른 건 없었어? 하시던 말씀 말입니다. 다른 건 무얼 의미하는 겁니까 부장님?"

"응, 그거 아무 것도 아니야"

부장이 심상찮은 분위기를 눈치챘는지 말을 얼버무렸다.

"부장님, 부장님께서 하신 말씀은 아무 것도 아닌 게 아닙니다. 그게 무슨 뜻입니까?"

지석이 다그쳤다. 그러자 정치부장이

"여봐, 석 기자! 지금 자네 나한테 따지는 건가?"

하고 얼굴을 붉혔다.

"따지는 게 아니고 여쭤보는 겁니다"

"그게 그거 아닌가. 넌 지금 나한테 따지고 있어! 건방지다고 생각하지 않나?"

정치부장이 주먹으로 다탁을 내리쳤다. 사품에 컵의 물이 쏟아져 바닥으로 떨어졌다.

"너, 앉을 자리 설 자리도 모르고 기고만장 까부는데, 넌 똥 오줌도 구분 못 하냐?"

정치부장이 뜨는 소처럼 식식거리며 담배에 불을 붙여 신경질적으로 빨았다.

"아니 부장님! 왜 이리 화를 내십니까. 제가 무슨 잘못이라도 했습니까?"

지석은 과민 반응을 일으키는 정치부장이 제 발이 저려 그렇구나 싶어 속으로 피식 웃었다.

"경고하는데 자네 앞으로 까불지 마. 알았어? 사장님과 국장님이 근본도 없는 산골 촌놈을 쓸만하다 여겨 오냐 오냐 하시니까 눈에 보이는 게 없는 모양인데, 아무리 그래도 그렇지 뭐가 똥이고 뭐가 된장인 줄은 알아야지. 촌년이 아전서방을 하면 날 샌 줄을 모른다더니 자네가 꼭 그 격이야"

정치부장은 제 성질을 못 이기는 부사리처럼 감때가 사나웠다. 지석은 이쯤 되면 다른 무슨 베거리나 드레질을 하지 않더라도 정치부장의 속내를 알 만하다 싶어 다음 말을 기다렸다. 정치부장은 교묘한 말로 남을 꾀어 상대방의 속마음을 말하게 하는 연사질은 하지 않았지만 앞 뒤 가리지 않고 말하는 직설 때문에 속엣말을 다 뱉아 놓았다.

"석 기자, 잘 들어. 이왕 말이 났으니 말 좀 해야겠어"

정치부장이 숨을 한 번 크게 들이마시더니 입을 열었다.

"석 기자 자네, 독불장군식으로 살지 마. 세상을 어우렁더우렁 살아야지 그따위 독불장군으로 살다간 큰 코 다쳐. 알아?"

정치부장이 작심한 듯 말하며 지석을 훕떠봤다.

"아니 부장님! 무슨 말씀을 그렇게 하십니까. 큰 코 다치다니요?"

지석이 부장의 어투가 심상찮다 싶어 정색을 하고 물었다.

"석 기자! 난 말이야, 속은 안 그러면서 겉으로만 그런 척 남의 비위를 맞추는 노랑소리꾼이나, 겸손치 못한 놈이 겸손한 척 야비다리치는 놈은 싫어. 그리고 줏대없이 흐리멍텅한 코푸렁이도 질색이야. 이는 물론 석 기자가 그렇다는 건 아니야. 석 기잔 오히려 이런 것들과는 거리가 멀지. 그런데 그런데 말이야..."

정치부장은 여기서 말을 멈추고 또 담배를 뽑아들었다.

지석이 얼른 다탁 위에 놓인 성냥을 그어대며

"말씀하십시오."

하자 부장이 담배를 힘차게 몇 번 빨더니

"석 기자, 자네 혹시 전목일구란 말 아나?"

하며 엉뚱한 말을 했다.

"전목일구요?"

"잘 모를 거야. 전목일구란 밭전(田), 눈목(目), 날일(日), 입구(口)를 말함인데 이게 조직사회의 체계도와 같은 거야. 처음의 입구 네 개 밭 전자는 국장이고, 그 다음 입구 세 개 눈목 자는 부장이고, 그 다음 입구 두 개 날일 자는 계장이고, 맨 마지막 입구 하나는 본인이야. 그러니까 이를 거슬러 올라가면 나로부터 시작해 차장, 부장, 국장이 되는데 상납이랄까 진상이랄까도 이런 순으로 해야 하네. 가능하면 주기적으로 말이야"

정치부장은 이제야 어렵사리 할 말을 했다는 듯 히물히물 웃었다. 순간 지석은 불덩이 같은 무엇이 불끈 명치를 치받았다.

“부장님! 지금 그걸 말씀이라고 하십니까? 부하 기자한테?”

지석이 큰 소리로 말하며 의자에서 벌떡 몸을 일으켰다.

“그러니까 지금 부장님의 말씀은 인물평을 잘 써주는 대가로 의원들한테 돈을 받아 상사들한테 진상하라는 말씀 아니십니까?”

지석이 선 채로 컵의 물을 벌컥벌컥 들이켰다.

“전 못 합니다. 아니 안 합니다. 제가 혹여 그렇게 한다 해도 부장님께서 젊은 놈이 똑바로 살라며 호통 질타로 바른 길을 인도해주셔야 하실 분이 어떻게 장래가 구만리 같은 어린 후배에게 부정과 타락부터 가르치십니까. 실망했습니다. 절망했습니다. 언론이 이렇듯 스스로 썩어 타락한다면 이런 언론은 누가 통제합니까. 다른 건 다 썩어도 언론과 교육과 종교만은 썩지 말아야 합니다. 왜 그런지 아시잖습니까. 마지막 보루, 마지막 교두보가 언론 교육 종교이기 때문입니다. 부장님! 누가 뭐래도 저는 제 신념대로 쓰겠습니다. 이는 제가 독불장군이거나 기개가 남다르거나 의협심이 강해서가 아닙니다. 이는 제 좌우명인 청명, 곧 깨끗한 이름을 더럽히지 않기 위해섭니다. 부연하면 떳떳하고 당당하기 위해섭니다. 그러니 제발 의원들 돈 뜯어 상납하라는 말씀은 말아주십시오. 매화는 눈 속에 피어도 그 향기를 팔지 않고, 국화는 낙목한천에 피어도 오상고절을 잃지 않습니다.”

지석은 이 말을 끝으로 발길을 돌려 다방을 걸어 나왔다.

이 일이 있은 후 지석은 정치부장에게 인간적 실망과 함께 말할 수 없는 비애를 느껴 하루 하루가 괴로웠다. 정치부장은 지석을 뜨악하게 대하다 못해 사갈시蛇蝎視하기까지 했다. 그리고 이 사갈시는 점점 더 불편한 관계로까지 발전해 숯과 얼음처럼 화합할 수 없는 빙탄氷炭의 불상용不相容이 되었다. 이럼에도 지석은 한결같은 자세와 논조로 의원들의 인물평을 썼고 어떠한 압력에도 굴하지 않은 채 추상열일秋霜烈日 같은 필봉을 휘둘렀다.

이렇게 또 몇 개월이 흘렀을까.

처음에는 의원들이 지석에게 인터뷰 기사가 너무 가혹하다며 좋은 게 좋은 법이니 그렇게 삽시다, 석 기자님! 하는 식으로 은근히 압력을 넣더니 최근엔 대놓고 석 기자! 털어 먼지 안 나오는 놈 있소? 자꾸 그러면 곤란하오. 하며 겁을 주기도 했다. 그러더니 급기야는 비중 있는 중진의원들이 편집국장과 사장한테 직접 전화를 걸거나 친히 찾아와 경고성 발언을 하고 가기도 했다. 그것은 예컨대 귀지의 젊은 석 기자가 직설 직필로 인터뷰 기사를 거침없이 써서 읽는 이로 하여금 통쾌하게 카타르시스를 느끼게 하는 모양인데 이는 젊은 기자의 기개와 용기와 영웅심은 높이 살지 모르나 자칫 체제 비판과 함께 의원들의 명예훼손이 위험 수위를 넘어 필화사건으로 비화될 소지도 배제할 수 없으니 조심하라는 통보였다.

뿐만이 아니었다. 논조가 계속 강경일변도로 나오면 석 기자를 다른 부서로 인사조치 하든가 아니면 인물평을 쓰지 못하게 하라는 압력도 있었다. 사태가 여기에 이르자 사장이 지석을 비롯한 정치부장과 편집국장을 불러 대책을 숙의했다. 사장은 석 기자가 계속 체제 비판과 의원들 인물평을 강경일변도로만 쓴다면 자칫 폐간이라는 극단 처방이 내려질 지도 모르니 비판 수위를 몇 단계 낮춰 쓰는 게 어떠냐 했다. 그러며 사장은 강하면 부러지는 게 만고의 진리요 부드러움이 강한 것을 이기는 이치 또한 만고불변의 진리니 인터뷰 기사나 정치 평론은 부드러운 물처럼 쓰는 게 좋겠다 했다. 그러며 노자老子에서 말한 상선약수上善若水를 예로 들어 가장 좋은 것은 물 같은 것이어서 물을 세상에서 으뜸가는 선의 표본으로 본 까닭이라 했다. 물은 순리대로 높은데서 낮은 데로 흐르며 앞에 장애물이 있으면 돌아서 흐르고 사방이 막혔으면 흐름을 멈추고 낙차가 심하면 빨리 흐르고 물길이 높으면 그 자리에 그대로 있지 않은가. 그러면서도 결국 모든 것을 다 이기지 않은가 했다. 그러니 석 기자는 가장 좋은 것은 물 같은 것이라는 상선약수 정신으로 의원들의 인물평과 정치비판을 써주면 좋겠다는 것이었다. 대쪽 같은 논조와 칼날 같은 비판만이 능사는 아니니 부드러움이 강함을 이긴다는 상선약수 정신을 한 번 보여주는 게 좋을 것 같다 했다.

사장은 원만주의자였다. 지석도 이런 사장의 원만주의를 지지는 하면서도 전적으로 찬동하진 않았다. 지석은 어느 편인가 하면 옳음을 위해서는 휘거나 굽는 것보다 차라리 부러지는 게 낫다는 논리였다. 그랬으므로 지석은 돌로 계란을 치건 계란으로 돌을 치건 깨어지는 쪽은 언제나 계란인데도 계란이 옳다 싶으면 열 번이라도 계란으로 돌을 치는 사람이었다. 이는 지석이 어떤 일에 옳다는 확신이 서면 누구에게 얽매이거나 흔들리지 않고 확고한 의지로 밀고 나아가는 척당불기倜儻不羈 정신과 질풍경초疾風勁草 정신 때문이었다. 그리고 이는 또 지석이 비리와 손잡지 않고 부정과 타협하지 않으며 부조리와 악수하지 않는 강직한 선비정신의 소이연에서 비롯된 것이었다. 그러나 이날의 대책회의는 결국 수의 열세로 지석이 3대1이 되는 바람에 앞으로 의원들의 인터뷰 기사나 쟁점화 되는 정치기사는 비판 수위를 낮춰 상선약수 정신으로 써야 된다는 결론으로 회의를 마쳤다.

그리고 이날 밤. 정치부장은 술이나 한 잔 하자며 지석을 가까운 목로주점으로 이끌었다.

"석 기자! 거두절미 하고 단도직입적으로 말하겠는데, 석 기자, 생활철학 좀 바꿔"

술이 한 순배 돌자 정치부장이 밑도 끝도 없이 말했다.

"생활철학을 바꾸라니요. 그게 대체 무슨 말씀이십니까 부장님?"

지석이 의아해 정치부장을 쳐다보자

"이것 봐. 석 기자, 인생 좀 살아보니까 좋은 게 좋은 거 드라고. 아, 의원들 기사 잘 써주면 누이 좋고 매부 좋고 도랑 치고 가재 잡잖아. 시퍼런 기자정신? 좋지. 직설 직필? 그것도 좋아! 그런데 말야..."

정치부장이 술잔을 비워 지석에게 권하며 의미 있게 웃었다.

"그 결과로 돌아오는 건 불이익이야. 모난 돌이 정 맞는 법이지. 그래서 내 부탁하는데 한 몇 년 눈 딱 감고 굴절해. 그러면 일 년에 집 한 채 값은 얌전히 생길 테니. 언론사라는 데는 바람 잘 타는 데라서 언제 어떤 바람에 날아갈지 모르는 데야. 그러니 기회 포착 잘해 힘 있는 정치인들 꼬드겨 이권에도  개입하고 기사 잘 써줘 바터제로 기브 앤드 테이크도 하란 말이야!"

정치부장은 여기까지 말하고 지석의 손을 덥석 끌어 잡았다. 그러더니

"지석아! 넌 내 막내 동생 같아 그러는데 넌 너무 순진해. 하기야 자연 뿐인 산 속에서 잔뼈가 굵었으니 왜 안 그렇겠어. 천의무봉이지. 난 너의 그 가식 없는 천의무봉을 얼마 전까지 오해한 채 표리부동하게 봤어. 왠지 알어? 어린 게 이중인격으로 의뭉스럽게 엄펑소니 하는 줄 알았거든. 헌데 겪어보니 내가 오해였어. 너는 순수한 자연 그대로야. 사람의 손길이 한 번도 닿지 않은 처녀림 같은 무위자연 말이야. 네가 앞으로 잔뼈 굵은 산속에서 살아간다면 모를까. 도시에 나와 산다면 생활방식을 바꿔야 해. 안 그러면 살 수가 없으니까. 아니 요즘은 산속에 살아도 현실을 직시해야 돼!"

이날 지석은 정치부장과 밤 늦도록 통음을 하다 통금이 임박해서야 하숙으로 돌아왔다. 그리고 다음 날 회사에 나가 일주일간의 휴가를 얻어 도솔봉 골짜기로 어머니를 뵈러 갔다. 어머니 품을 떠나온 지 10개월만이었다. 이 10개월 동안 지석은 산 밑 뜸마을 반

장을 통해 한 달에 두 번씩 어머니께 안부편지를 보냈고 그러면 반장은 어머니를 대신해 답장을 보내왔다. 어머니는 낫 놓고 기역자를 모르고 똬리 놓고 이응자도 모르는 까막눈이었으므로 이렇게 하지 않고는 달리 안부를 여쭐 방법이 없었다. 어머니 품을 떠나 서울로 오자 지석은 한 파수도 되지 않아 어머니가 궁금해 밤잠을 설쳤고 이것 저것 벌여놓은 산전일이 눈에 밟혀 걱정이 태산이었다. 맨발에 봉두난발한 어머니가 부윰한 신새벽부터 어둑발이 내리는 땅거미 때까지 몸을 도끼삼아 쓰며 코에서 단내나게 일하는 모습이 곡두처럼 자꾸 나타나 일이 도무지 손에 잡히질 않았다. 마음 같아서는 어머니한테 달려가 일을 거들고 싶었으나 이는 마음만 간절할 뿐 실행할 수가 없었다. 길이 워낙 멀어 주말에 내려간다 해도 가고 오는 시간을 빼면 어머니를 도와 일할 수 있는 시간이 없었기 때문이었다. 여기다 또 일주일에 한 번씩 의원들 인터뷰하랴, 종횡록의 인물평 쓰랴, 쟁점화 되는 정치 기사 쓰랴 정신이 없었다.

지석이 일주일간의 휴가를 얻어 며칟날 몇 시 기차로 가겠다는 편지를 뜸 마을 반장을 통해 어머니께 보내자 어머니는 먼 삼십 리 기차역으로 지석이 마중을 나왔다. 지석은 열 달 만에 뵙는 어머니가 하도 반가워 역 광장 흙바닥에서 넙죽 큰절을 했고 어머니는 이런 지석을 "어서 오너라. 지석아!" 하며 양 팔을 벌려 얼싸 안았다. 그러자 지석이 어머니를 번쩍 둘러업고 제자리걸음을 빵빵 몇 바퀴 돌더니 역 광장 앞에 있는 중국집으로 들어갔다. 그런 다음 자장면 두 그릇에 탕수육 한 그릇을 주문하고는 사가지고 온 한복 치마 저고리 한 벌과 꽃고무신 한 켤레를 내놓았다.

"자, 어머니! 이 옷 한 번 입어보세요. 신발도 신어보시구요"

지석이 어머니를 일으켜 세워 몸빼바지 위로 한복을 입혔다. 그리고 꽃고무신을 신겼다.

"야아, 옷과 신발이 자로 잰 듯이 딱 맞네요 어머니. 참 신기하네"

지석이 싱글거리며 두어 발 물러서서 어머니의 태를 살폈다.

"아이구, 우리 어머니 이제 보니 선녀 같으시네. 야아, 우리 어머니 시집가셔도 되겠네!"

지석이 수선을 떨며 어머니를 번쩍 안고 맴을 돌았다.

"에이그 망측하게도 못할 소리가 없구나. 헌데 이 비싼 걸 뭣하러 사왔어. 날만 새면 농투성이로 땅만 파는데 이 옷 언제 입고 이 꽃신은 또 언제 신어. 보는 사람도 없는데……"

어머니는 그러나 옷과 신발이 마음에 드는지 자꾸 만지고 쓰다듬었다.

"왜 보는 사람이 없어요. 읍내 장날 이 옷 입고 이 신발 신으시고 장 구경 가시면 되잖아요. 그리고 어머니, 이 봉투는 어머니 용돈이니 장날 뜸마을 아주머니들 모시고 가 맛있는 점심 사 잡수세요. 점심 값은 꼭 어머니께서 내셔야 합니다. 그런데 어머니, 걱정거리가 하나 생겼어요. 어쩌지요 어머니?"

지석이 용돈이 든 봉투를 어머니 손에 쥐어드리며 눈을 찡긋했다. 순간 어머니가 눈을 휘둥그레 뜨며

"걱정거리, 그게 뭔데?"

하며 지석이 앞으로 바투 다가앉았다.

"예, 그게 무엇인가 하면요. 우리 어머니가 하도 예뻐 남자들이 줄줄 따라다닐 것 같아서요."

지석이 싱글싱글 웃으며 어머니를 놀렸다.

"원 녀석도 싱겁긴 참. 에민 괜히 가슴이 철렁 했잖아."

어머니가 얕은 한숨을 내쉬며 지석을 향해 주먹을 을러멨다.

"그러셨어요?"

"그럼!"

중국집에서 나온 지석은 어머니와 앞서거니 뒤서거니 30 리 먼 도솔봉 골짜기를 추어올라갔다. 그러다 어느 순간 지석이 어머니를 둘러 업고 걸으며 그때 한창 유행하던 가요 '사나이 결심'을 불렀다.

> '사나이 가는 길 앞에 웃음만이 있을소냐
> 안심하고 가는 앞에 가로 막는 폭풍이 어이없으랴
> 푸른 희망을 가슴에 움켜 안고 떠나 온 정든 고향을
> 내 다시 돌아올 때 열굽이 도는 길마다 꽃잎을 날려 주리라'

이 노래 '사나이 결심'은 지석이 서울 J평론사로 시험 보러 갈 때

도 불렀고 서울살이에 심한 갈등을 느껴 번민할 때도 이 노래 '사나이 결심'을 불렀다.

이 노래만이 아니었다. 지석은 속상하는 일이 생기면 후렴처럼 '인생수첩'이란 가요도 불렀다. 일종의 자위였다.

> '가도 가도 아득한 인생길 눈보라 길에
> 정들면 타향도 좋더라 친구도 사귈 탓이지
> 굽이굽이 고생굽이 서로 돕고 의지해
> 부귀영화 바랄 것이냐 인정으로 살아가잔다'

열 달 만에 도솔봉 골짜기로 어머니를 뵈러 온 지석은 그날부터 작업복으로 갈아입고 팔을 둥둥 걷어붙였다. 숫돌에 낫을 갈아 양지 바른 비탈산의 푸나무를 베어 말렸고 우죽 말린 졸가리를 모탕 위에 놓고 손도끼로 때기 좋게 두어 뼘 나우 잘라 부엌에 쳐쟁이기도 했다. 그리고 곰비임비 다가올 추수와 타작마당 때까지 가려둘 콩 팥 따위의 잡곡 낟가리 얼룩이(곡식 단을 말리기 위해 만들어 놓는 시렁장치. 움막처럼 만들기도 하고 곧은 나무를 원추형으로 세워 칡이나 새끼 따위로 동여매기도 함)도 화전가에 만들어 놓았다. 지석은 이러고도 마음이 안 놓여 이것 저것 일거리를 찾았고 반장을 비롯해 뜸마을 사람 모두를(모두라야 다섯 가구) 읍내 식당으로 초청해 한 턱 얌전히 대접했다. 그런 다음 어머니가 추수와 마당질의 힘든 일을 하지 않도록 해달라며 어머니 몰래 반장한테 미리 여러 날의 놉을 정해 품값을 넉넉히 선불하기도 했다.

일주일간의 휴가를 마치고 돌아온 지석은 한동안 정신 차릴 수 없이 바빴다. 지석에게 있어 일주일간의 휴가는 휴가가 아니라 안팎곱사등이의 중노동이었다. 휴가 기간 내내 어머니를 도와 목구멍에서 단내가 나도록 일을 한데다 휴가를 마치고 돌아오자마자 밀린 일이 덜미를 눌렀기 때문이었다. 그런데도 지석은 마음이 홀가분했다. 이는 무엇보다 휴가 기간 동안 어머니의 일을 도와드린 데다 추수와 함께 마당질까지 미리 놉을 사 놔 큰 힘을 던 때문이었다.

지석이 일주일 동안 도솔봉 골짜기 어머니한테로 가 휴가 아닌 중노동으로 휴가를 때울 때 지석의 데스크에는 K의원으로부터 여러 통의 전화가 걸려왔었다. K의원은 지석이 J평론지에 맨 먼저 인터뷰해 종횡록의 인물평을 쓴 60대의 중진의원이었는데 맨 처음 인터뷰한 인연 때문인지 각별히 친한 사이가 됐다. K의원의 개인사무실은 P동에 있었고 지석은 시간이 날 때면 국회 내의 K의원 사무실보다 P동의 개인사무실을 자주 들렀다. 이는 K의원 쪽이 더 선호하는 편이어서 시간만 났다 하면 지석의 데스크로 "석 기자 차 한 잔 어때?"가 아니면 "석 기자 소주 한 잔 괜찮아?"하고 전화를 걸어왔다. 그러면 지석이 득달같이 "예 좋습니다. 의원님."하고 질풍처럼 달려가 통금시간이 임박해서야 헤어졌다. 물론 다는 아니지만 상당수의 의원들은 권위를 부리고 위엄을 앞세워 자신의 정치적 이득과 손실을 미리 계산하고 나서야 만나도 만나는데 K의원은 이런 게 거의 없어 좋으면 그냥 좋고 싫으면 그냥 싫은 단순형의 성격이어서 꾀까다롭질 않았다. 그리고 무엇보다 지석과 K의원은 요즘 말로하면 코드가 잘 맞는 편으로 의기투합이 잘 됐다. 한 사람은 풍우설한을 다 겪은 60대 노 정객이요 한 사람은 젖비린내 나는 20대의 애송이 기자여서 처음부터 갭이 생겨 숯과 얼음처럼 잘 어울리지 않을 것 같은데도 두 사람은 나이를 초월한 망년우忘年友처럼 자주 만나 혹은 차를 마시며 인생을 토로하고, 혹은 소주를 마시며 세상을 이야기 했다. 그리고 더러는 또 동東의 양서洋西 시時의 고금古今 사상에 대해서도 준론을 폈다.

"석 기자! 우리 혹시 전생에 무슨 기막힌 인연이 있었던 건 아니었을까? 안 그렇고야 만날 때마다 어찌 이리 유정한가. 마치 피붙이 육친처럼 말이야"

어느 날이던가, K의원이 이렇게 말하며 지석의 어깨를 툭 쳤다. 지난 겨울의 어느 날이었다. 그날 지석은 P동에 있는 K의원 개인 사무실에서 모처럼의 망중한을 즐기며 차를 마시고 있었다. 그러나 이 말은 K의원이 이날 처음 한 말은 아니었다. 지석이 의원들 중 K의원과 제일 먼저 인터뷰를 해 인물평을 썼는데 그 때도 K의원은

"석 기자! 우리 전생에 무슨 대단한 인연이 있는 것 같은데 어찌 생각하시오?"

하며 연기설緣起說을 들고 나왔다. 국회의원회관에서였다.

"글쎄올시다. 저도 어쩐지……"

K의원이 전생에 대한 연기설을 들고 나오자 두 사람은 급격히 친해져 지석은 무시로 K의원의 사무실을 드나들었고 K의원은 이런 지석을 옴살처럼 살뜰히 다독였다.

이렇게 되자 두 사람은 자연스레 사생활에 대한 이야기가 나왔고 가족이며 신상에 대한 이야기도 자주 주고받았다. 이러던 어느 날이었다.

"석 기자, 어때. 우리 소주 한 잔 하는 게? 내일이 주말이고 또 할 말도 있고……"

50대의 늦깎이 초선의원으로 아직 매스컴 한 번 타지 못한 S의원이 딱해 지석이 인터뷰를 자청해 인물평을 쓰려는데 K의원으로부터 전화가 걸려왔다.

"거 좋지요. 헌데 어쩌지요 의원님? 오늘은 데스크에서 밤을 새워서라도 어느 의원님 인터뷰 기사를 써야할 것 같습니다. 죄송합니다. 의원님."

"아니야 아니야. 오늘만 날인가 뭐. 내일도 있고 모레도 있잖아."

K의원은 시원시원 말하며 며칠 후에 만나자 했다. 거지가 도승지 불쌍타더니 지석은 왠지 자꾸 S의원이 무룡태처럼 느껴져 도와주고 싶었다. 능력은 없고 그저 착하기만 한 사람 무룡태. 지석은 S의원을 볼 때마다 저런 사람이 어떻게 국회의원이 됐나 싶어 연민의 정을 느꼈다. 국회의원이 되려면 악바리가 돼 재바르고 영악하

고 이악하고 야차 같던가, 아니면 사박스럽고 애바르고 되알지고 오달져 두억시니 같던가 그것도 아니면 얼렁수로 간사위질 잘하고 엉너릿손으로 부라퀴 노릇 잘해 양두구육의 표리부동한 이중인격자가 되는 등 이중 다만 몇 가지만이라도 난든집의 재주를 가지고 있어야 하는데 S의원은 아무리 봐도 위에서 열거한 조건(재주)은 하나도 못 갖춰 무능하고 착하기만 해 보이는 사람이었다. 이럼에도 S의원이 중상모략 시기 질투 흑색선전 데마고기가 난무하는 이전투구泥田鬪狗의 아사리 봄판 같은 국회의원선거전에 단기필마單騎匹馬로 뛰어들어 야당이라는 절대 불리한 조건에서도 예상을 뒤엎고 당선됐으니 이는 엉너리로 어벌쩡 재주 부려 당선된 수단꾼 국회의원보다는 비록 재주 없어 수단 못 부리는 S의원이 훨씬 순수하다 싶어 뽑았는지도 모를 일이었다.

"석 기자! 우리 오늘은 허심탄회하게 말해 보자구. 그러려면 실오라기 하나 걸치지 않고 말해야 하네. 알겠지?"

K의원이 술잔을 비워 지석에게 권하며 말했다. K의원의 P동 사무실에서였다.

"석 기자! 자네 최종학력이 정말 국졸인가?"

K의원이 진지한 표정으로 물었다. 그런 K의원은 어디 한군데 빈틈이 없어 보였다.

"그렇습니다."

"그래?"

"예! 이는 벌써 세 번째 물으시는 질문이십니다."

"세 번째?"

"그렇습니다."

"세 번째라, 세 번째라!"

K의원은 고개를 주억거리며 독백하듯 되뇌었다.

"그렇다면 석 기자!"

"예, 의원님!"

"왜 내가 세 번씩이나 물었을까. 같은 질문을?"

"예?"

"왜 내가 세 번씩이나 물었겠느냐 말일세. 자네의 학력에 대해서"

"글쎄 그게 저는……"

"국졸밖에 안 되는 사람이 뭘 그렇게 많이 알아. 좌우명과 사훈도 남다르고. 하기야 그쯤 되니까 대학 나온 몇 백 명의 경쟁자들을 물리치고 국졸로 여봐란 듯 합격했겠지. 자네 공부 더 하고 싶지 않아?"

K의원이 마도로스파이프에 담배를 재여 물며 말했다.

"공부라시면?"

지석은 공부라는 K의원의 말에 눈이 번쩍 띄여졌다.

"대학에 적을 둔다든가 아니면 그에 상응하는 졸업장을 갖는다든가 하는……"

"저는 고등학교 졸업장이 없어 대학 진학을 못했고 대학교 졸업장이 없어 대졸자 모집의 직장에 응시를 못 하다가 마침 J평론사의 학력 불문 기자 모집이 있어 응시 합격했습니다. 이로써 저는 지날 력歷자의 학력學歷 아닌 힘력力자의 학력學力을 인정받았다고 생각합니다. 그러므로 저는 세상에서 흔히 말하는 학력 콤플렉스 따위는 없습니다.

"그래, 참 훌륭한 정신이지. 그리고 존경 받아 마땅한 정신이야. 그런데 말이야 석 기자!"

K의원이 회전이자를 한 바퀴 빙그르르 돌리더니 말을 이었다.

"난 자네가 아까워. 아까워도 너무 크게 아까워. 그래서 말인데, 대학에 적을 두거나 대학졸업장 하나 만들면 어떨까. 자네가 원한다면 당장 희망하는 대학 희망하는 학과 졸업장을 만들어 줄 수 있어. 어떤가, 그리할 텐가?"

K의원이 조심스레 말하며 지석의 눈치를 살폈다.

"저, 의원님!"

지석이 무겁게 입을 열었다.

"아, 알았네. 그만두게."

K의원이 황급히 지석의 입에 손가락을 갖다 댔다.

"나는 지금 자네가 무슨 말을 하려는지 다 알아. 그러니 아뭇소리 말고 듣기나 하게. 그래줄 수 있겠나?"

K이원이 의자에서 일어나 주위를 두어 바퀴 도는가 하더니 다시 의자에 앉으며 말을 이었다.

"나는 자네가 아까워 못 견디겠네. 나는 자네가 매주 쓰는 의원들의 인물평 종횡록을 한 번도 안 빼고 다 읽고 이밖에도 핫 이슈로 다루는 정치기사도 다 읽으며 해박한 지식에 감탄하고 있네. 젊은 사람이 어찌 그리 고사에 밝은지 동서양의 박람강기한 박물학에 혀를 내두르고 있어. 헌데 국회의원 거개가 자네의 일등 독자야. 자네를 지켜보는 눈이 아주 많아!"

K의원은 마도로스파이프를 빨다 소파 주위를 서성이다 하며 좌불안석 했다.

"어떤가. 이번 기회에 주간지서 일간지로 옮기는 것이. 자네만 좋다면 내 책임지고 옮겨주지. 국회출입 기자에서 경무대 출입기자로 말일세. J신문 주필과 K일보 사장이 자넬 욕심내고 있어. 경무대에서도 자넬 탐내고 있고……"

K의원은 아까처럼 또 마도로스파이프를 빨다 소파 주위를 서성이다 하며 좌불안석 했다.

"석 기자! 기회란 그리 많지 않아. 사람이 평생에 딱 세 번의 기회가 온다는데 그 첫 번째와 두 번째는 이미 왔어. 무학력의 국졸로 대졸자를 물리치고 J평론사에 합격한 게 그 첫 번째고 지금 내가 만들어주려는 천재일우의 기회가 그 두 번째야 기회야. 기회는 붙잡아야 해. 그러므로 어떤 일의 성패는 기회를 잘 포착하느냐 못 하느냐에 달려 있지. 석 기자, 자네 장자(莊子) 소요유편(逍遙遊篇)에 나오는 '도남(圖南)'이란 말 알지? 붕새가 날개를 펴고 남명(南冥)으로 날아가려고 한다는 뜻으로, 웅대한 일을 계획하고 있음을 비유적으로 이르는 도남 말일세. 이는 어느 곳에 가서 큰 사업을 해보겠다는 계획을 비유적으로 말할 때 '도남의 날개'라 하는데 이 말은 남쪽을 향해 벌리려는 붕새의 날개라는 뜻 아닌가."

K의원은 여기서 잠시 눈을 감았다 뜨며 무엇인가를 깊이 생각하는 듯 하더니 말을 이었다.

"북해(北海)에 곤(鯤)이라는 큰 고기가 있는데 그 크기는 몇 천 리가 되는지 알 수가 없네. 이 고기가 화해서 붕鵬이라는 새가 되는데 이 붕새의 등은 그 길이가 또 몇 천 리가 되는지 알 수 없어. 이 새가 한 번 날아오르면 그 날개는 하늘을 덮은 구름처럼 보이지. 이 새는 바다에 물결이 일기 시작하면 남쪽 바다로 옮겨 가려하는데 이 남쪽 바다는 천연의 못이지"

K의원이 여기서 잠시 말을 멈추자 지석이 득달같이 말을 받았다.

"이상한 것들을 기록한 제해(齊諧)라는 책에 보면 이렇게 씌어 있지요. 붕새가 남해로 옮겨가려는 때는 날개가 물 위를 치는 것이 3천 리에 미치고, 회오리바람을 일으키며 날아오르는 것이 9만 리에 이르고 여섯 달을 계속 난 다음에야 쉰다고 했습니다. 여기서 도남(圖南)이니 붕익(鵬翼)이니 붕정만리(鵬程萬里)니 하는 말이 생겼지요."

"여보게 석 기자!"

"말씀하십시오 의원님."

"사람이 세상을 살아가는 데는 여러 가지 방법이 있지"

"그럴테지요"

"자네처럼 고생하며 공부해 지식을 얻은 곤이지지(困而知之)도 있고 정석대로 배워 앎에 이르는 학이지지(學而知之)도 있으며 배우지 않고도 스스로 깨달아 아는 생이지지(生而知之)도 있지. 이는 예컨대 예수나 불타 같은 성인으로 인류의 영원한 스승 같으신……"

K의원은 여기서 또 잠시 말을 멈춰 무엇인가를 생각하더니

"여보게 석 기자!"

하고 지석의 손을 덥석 잡았다. 그런 K의원의 목소리는 비장하기까지 했다.

"사람에겐, 더욱이 젊은이에겐 기개(氣槪)가 있어야 하고 지조(志操)도 있어야 해. 그리고 청백(淸白)과 결기(潔己)도 있어야 돼. 그러나 이에 못지않게 타협도 할 줄 알고 협상도 할 줄 알고 세상과 적당히 악수도 할 줄 알아야 해. 이게 세상사는 법이지. 아니 지혜지. 그런데 석 기자는 기개와 지조와 청백과 결기만 대단하게 생각했지, 세상을 사는 법, 그러니까 지혜에 대해서는 별 관심이 없는 것 같아. 내 그래서 부탁하거니와……"

K의원은 그러잡은 지석의 손을 더욱 세게 그러잡으며 말을 이어나갔다.

"아뭇소리 말고 내가 시키는 대로 하게. 그러면 자네는 언필칭 말하는 출세가도를 달릴 수 있어. 그렇지 않고 기개니 지조니 청백이니 결기니만 찾고 현실을 외면한다면 자네의 전정(前程)은 험한

형극의 가시밭길이 아니면 사력(砂礫)의 돌닛길이 됨을 명심해야 하네. 자네가 아무리 실력이 뛰어나고 능력이 출중해도 객관적으로 인정받지 못하면 아무 짝에도 쓸모가 없네. 우선 J평론사의 입사 시험만 해도 그렇잖은가. 모집 규정에 다행히 학력 불문이었으니 망정이지 만일 고등학교나 대학 졸업자를 원했다면 자넨 아무리 뛰어난 실력을 가졌다 해도 시험 칠 자격조차 부여되질 않았어. 젊은이에겐 기개가 있고 지조가 있고 청백이 있고 결기가 있어야 돼. 훌륭한 정신이야. 그런데 이 훌륭한 정신이 언제부터인가 지조가 밥 먹여 줘? 절개가 곗돈 부어 줘? 하는 망국적 언어로 타락하고 말았네.

여보게 석 기자!

내 자네한테 부탁하니 제발 현실을 똑바로 보고 살게나. 대학에 적을 두거나 아니면 무슨 학과가 좋겠는지 말하게. 국어국문학과? 정치외교학과? 아니면 신문방송학과? 이런 것들이 맘에 안 들면 검정고시를 봐 대학에 진학하면 되겠군. 자네 실력이라면 고검은 물론 대검도 단번에 합격할 수 있어. 그리 되면 금상에 첨화 아닌가. 아니 그리 되면 내 자네를 우리 딸 옥희와 함께 미국으로 유학 보낼 수도 있어. 자네 우리 딸 옥희 봤지? 그놈은 우리 집의 무남독녀 외동딸인데 올해 대학교 2학년으로 심성이 착하고 공부도 곧잘 해. 앞으로 우리 삼호물산 후계자지!"

K의원은 여기까지 말하고는 마도로스파이프에 다시 불을 붙여

빽빽 빨았다. 방안은 일순 보랏빛 자연紫煙이 모락모락 피어올랐고 그 피어 오른 자연에서는 향기로운 담배 냄새가 방안 가득히 메워졌다.

"어떤가, 석 기자! 자네 어느 대학의 무슨 학과가 좋겠나?"

K의원이 안락의자를 뒤로 젖혀 몸을 최대한 편하게 하더니 다시 말을 이었다.

"내가 보기로 자넨 사학과가 아니면 국문과, 국문과가 아니면 정외과, 정외과가 아니면 신방과가 적성에 맞는 것 같은데. 어떤가. 그런가? 탄백하게 한 번 말해보게."

K의원이 안락의자에서 소파로 내려앉으며 말했다.

"예, 알겠습니다 의원님!"

지석이 K의원 앞으로 바투 다가앉았다.

"의원님께선 혹시 법지불행(法之不行) 자상정지(自上征之)란 말을 알고 계십니까?"

지석이 조용히 말하며 K의원을 똑바로 쳐다봤다.

"법지불행 자상정지? 또 그놈의 고사성어인가?"

"그렇습니다. 법이 제대로 행해지지 않는 것은 윗사람이 먼저 법을 어겨 지키지 않기 때문이라는 뜻이지요."

"그 말은 저 진(秦)나라의 상앙(商鞅)이 한 말이 아닌가?"

"그렇습니다. 의원님께서 저를 아껴주시는 점은 황공무지해 몸둘 바를 모르겠습니다. 그러나 의원님!"

"말하게!"

"논어의 옹야편(雍也篇)에 보면 행불유경(行不由經)이란 말이 있지요. 이 말은 길을 가는데, 지름길로 가지 않는다는 뜻이지요. 지름길은 거리로는 가깝지만 여러 가지 문제가 따를 수 있는 올바르지 못한 길이지요. 우리가 무슨 일을 할 때 정당한 방법을 쓰지 않고 우선 급한 대로 편법을 쓰게 되면 항상 뒷탈이 따르기 마련이지요. 설사 뒷탈이 없다 해도 그것은 정당한 일이 될 수 없으므로 해서는 안 되지요. 이 말은 공자의 제자 자유(子游)가 무성(武城) 고을 장관이 되었을 때 공자가 무성으로 가서 자유를 보고

"네가 훌륭한 일꾼을 얻었느냐?" 하고 물었습니다. 이에 자유가

"담대멸명(澹臺滅明)이란 사람이 있사온데 다닐 때 지름길로 가지 않고 공적인 일이 아니면 일찍이 제 방에 들어온 일이 없습니다. 하고 대답했습니다. 이런 그는 공적인 사무가 아니면 장관의 방에 가지 않았는데 이는 그가 얼마나 자기 일에 충실했는가를 보여준 예라 할 수 있습니다. 공자는 이런 담대멸명을 제자로 삼았습니다. 담대멸명은 공자의 제자 가운데 얼굴이 가장 못생긴 사람이었습니다. 얼굴을 보고 사람을 택할 수 없다는 것을 공자는 담대멸명을 예로 들어 말한 적이 있습니다.

"의원님!

감사합니다. 그러나 저는 의원님의 크신 홍은을 받아들일 수가 없습니다. 죄송합니다!"

"그래?"

"예!"

"후회할텐데도?"

"후회하지 않습니다."

"자신 있나?"

"자신 있습니다"

"세상 사람 모두가 편법을 써 쉽게 살려고 하는데 왜 자네는 자청해서 어렵게 사려하는가?"

"의원님"

"말하게"

"의원님은 법을 만들고 법을 지키시는 국회의원이십니다. 그러므로 누구보다도 바르게 모범적으로 사셔야합니다. 그런데 그런 의원님께서 스스로 법을 어겨 대학졸업장을 만들어주신다니 어찌 이런 걸 받을 수 있습니까. 제가 대학교 졸업장이 없어 장래 진로가 막막해 의원님 바짓가랑이를 붙들고 늘어지며 제발 대학교 졸업장 하나 만들어 주십사고 울며불며 애걸복걸해도 의원님께선 젊은 놈이 떳떳하고 당당히 살라며 귀뺨이라도 후려치며 호통 치셔야 하십니다. 헌데 의원님께서는 저의 뜻과는 상관없이 범법 탈법 위법 불법을 자행하려 하고 계십니다. 실망입니다. 아니 절망입니다. 저는 이런 의원님을 존경할 수 없습니다."

지석은 얼굴이 벌겋게 상기돼 있었다. K의원이 이런 지석을 말없이 지켜보다 무겁게 입을 열었다.

"이보게 석 기자!"

"예, 의원님"

"자네 말을 들으니 저 전국시대 초楚나라의 시인이자 정치가였던 굴원屈原이 생각나는군. 온 세상이 다 흐려 있는데 나만이 홀로 맑고(擧世皆濁我獨淸), 뭇 사람이 다 취해 있는데 나만이 홀로 깨어(衆人皆濁我濁醒)있어 쫓겨났다는 굴원이 말일세"

"예. 굴원은 초나라 회왕(懷王) 웅괴(熊槐)의 신임을 받아 좌도(左徒. 간관諫官)로 있으면서 초나라에 기간이 될 수 있는 국법 제정의 명을 받고 국법 제정에 들어갔지요. 이때 굴원의 나이 겨우 25세였습니다."

"그랬지"

"그런데 이때 궁중에 굴원과 지위 서열이 같은 상관대부(上官大夫) 근상(靳尙)이란 자의 중상모략으로 굴원이 궁중을 쫓겨나 강수(江水. 양자강)에 이르러 있었는데 몰골이 초췌해 걸인 같았습니다."

"그때 초췌한 굴원의 행색을 보고 어느 한 어부가 배를 저어가다 굴원에게 그대는 삼려대부(초의 왕족 삼성)가 아니십니까? 하고 묻질 않았나?"

"그렇습니다. 이에 굴원은 그렇소이다. 대답하고 발길을 멈추었습니다."

"그때 그 어부가 헌데 어찌하여 삼려대부께서 그런 형상으로 이런 델 오셨습니까. 묻자 온 세상이 다 흐려있는데 나만이 홀로 맑고, 뭇 사람이 다 취해 있는데 나만이 홀로 깨어 있어 쫓겨났다 했잖았나?"

"그렇습니다."

"그 다음 어부가 한 말이 무엇이었지?"

"예, 성인은 한 가지 일에 엉겨 막히지 아니하여 능히 세상과 더불어 옮기나니 세인이 다 흐리면 같이 따라 흐리고, 세상이 다 취해 있으면 같이 따라 취하는 것이 성인이 세상사는 길이 아닙니까. 헌데 대부께서는 무엇 때문에 남다른 생각과 행동으로 내침을 당하셨습니까? 했지요."

"그래 굴원이 뭐라고 대답했나?"

"예, 이렇게 대답했지요. 내 들으니 새로 머리를 감는 자는 반드시 갓을 털고, 새로 몸을 씻는 자는 반드시 옷을 턴다 했습니다."

"그게 신목자필탄관(新沐者必彈冠)에 신욕자필진의(新浴者必振衣)인가?"

"그렇습니다. 그러니 더럽고 더러운 자들에게 깨끗한 내 몸을 어찌 더럽히겠소. 차라리 강수에 뛰어들어 강고기의 뱃속에 장사지낼지언정 능히 호호한 휨으로써 세속의 티끌을 뒤집어쓰겠소 했지요."

"어부가 굴원의 말을 듣고 빙그레 웃으며 삿대질을 해 가면서 한 말은 무엇이었지?"

"창랑의 물이 맑거든 가이 써 내 갓끈을 빨고, 창랑이 물이 흐리거든 가이 써 내 발을 씻으리로다 라고 말했지요"

"그게 원문으로 어떻게 되나? 하 오래 안 써먹었더니 다 잊어버렸어"

"창랑지수청혜 가이탁오영(滄浪之水清兮 可以濯吾纓) 창랑지수탁혜 가이탁오족(滄浪之水濁兮 可以濯吾足)입니다."

"오, 그래. 과시 자네로고……"

K의원은 마도로스파이프에 담배를 새로 쟁여 불을 붙여 물더니

"여보게 석 기자! 내 자네를 몰랐으면 몰라도 자네가 어떤 사람이라는 걸 안 이상 이대로 놓칠 수는 없네. 천리마는 있어도 그 천리마를 알아보는 백락(伯樂)이 없어 한낱 소금 수레나 끌고, 백아(伯牙)는 있으되 백아의 절륜한 거문고 소리를 알아주는 지음(知音)의 종자기(鍾子期)가 없어 백아절현(伯牙絶絃)을 한다면 이 얼마나 기막힌 일인가. 내 자네를 힘껏 도울 테니 제발 내 말을 듣게!"

K의원이 비장하게 말하며 지석의 손을 더욱 세게 그러잡았다.

"여보게 석 기자! 나는 자네보다 세상을 몇 배는 더 살았네. 나이는 그냥 먹는 게 아닐세. 다시 한 번 잘 생각해 보게. 자네 내 말 안 들으면 반드시 후회하네."

K의원은 간곡히 말하며 이제는 지석의 손을 잡아 흔들었다.

"고맙습니다. 의원님의 뜻만 받겠습니다. 죄송합니다."

지석은 한결같은 자세로 K의원을 대했다. 그런 지석의 표정은 한 치의 어긋남이 없었다.

"거듭 말하네만 현실을 직시하게. 자넨 내 말만 들으면 승승장구로 일취월장할 수 있어. 예부터 목장지패(木長之敗)에 인장지덕(人長之德)이라 했네. 나무는 큰 나무 덕을 못 봐도 사람은 큰 사람 덕을 본다고 했어. 그렇다고 내가 큰 사람이란 뜻은 아닐세. 석 기자, 자네 내 말대로 하면 일간지의 경무대출입기자가 될 수도 있고 대학교 졸업장을 구하든 정규대학에 입학해 공부하면 학자나 교수의 길로 나갈 수도 있어. 그리고 정치에 뜻이 있다면 정치를 배워 국회에 진출할 수도 있어. 내 적극 도와주지. 아닐세. 이것 저것 다 싫다면 내 딸 옥희와 미국 유학길에 오르게. 그런 다음 선진 미국에 가서 경영학을 공부하고 와 내 기업 삼호물산을 맡아주게. 그러려면 대학졸업장이 있던가 대학에 적을 두고 있어야 하네. 어떤가? 자네는 일간지 기자로 경무대를 출입, 입신양명할 텐가, 학자나 교수의 길로 나가 석학이 될 텐가. 아니면 정치를 배워 앞으로 국회에 입성할 것인가. 내 딸 옥희와 함께 미국에 가 공부해서 기업인이 되겠는가. 이는 전적으로 자네한테 달렸으니 어느 것이든 취사선택은 자네가 하게."

K의원은 자신만만한 어조로 말하고 소파에 내려 앉아 지석의 결정을 기다렸다. 그런 그의 표정은 이래도 네 놈이 내 말을 안 듣겠느냐 하는 그런 표정이었다. 그래 그런지 K의원의 얼굴이 벌겋게 상기돼 있었다.

"의원님"

지석이 무겁게 입을 열었다.

"오, 그래 석 기자 말해보게."

K의원이 반갑게 지석의 말을 받았다.

"육운(陸運)의 '한선부서(寒蟬賦序)'에 보면 '명선결기(鳴蟬潔飢)'란 말이 나오지요. 매미는 주림 속에서도 깨끗함을 지킨다는 뜻이지요. 이는 우선 매미의 오덕(五德)이라 할 수 있는 문(文) 청(淸) 염(廉) 검(儉) 신(信)을 보면 알 수 있습니다. 보십시오. 매미는 머리에 반문(班文)이 있으니 그것은 문(文)이고, 이슬만 먹고 사니 그것은 청(淸)이며, 곡식을 먹지 않으니 그것은 염(廉)이고, 집을 짓지 않고 사니 그것은 검(儉)이며, 계절을 지키고 사니 그것은 신(信)입니다. 매미는 고작 1주일을 살기 위해 땅속에서 굼벵이로 물경 5년을 견디다 나와도 이렇듯 초연한데 만물의 영장이라는 인간은 도대체 어떻습니까 의원님?"

지석이 무겁게 K의원을 불렀다.

"오 그래 석 기자!"

K의원이 반갑게 지석의 말을 받았다.

"의원님의 하해 같으신 사랑에 감읍합니다. 하지만 저는 의원님의 크신 사랑을 받아들일 수가 없습니다. 죄송합니다."

지석이 결연히 말하고 자리에서 벌떡 일어났다. 사품에 K의원이

"왠가? 또 그놈의 지조와 결기 때문인가? 자네의 그 완강하고 편벽된 아이덴티티를 신앙처럼 가지고 있는 한 자넨 늘 배고플 걸세.

아니 현실에서 도태돼 아웃사이더가 될 걸세"

K의원이 마도로스파이프를 신경질적으로 빨며 지석을 노려봤다.

"예, 의원님. 각오하는 바입니다. 그만한 각오 없이 어찌 함부로 말하겠습니까."

"허 참 하우불이(下愚不移)로구먼. 자네 바본가?"

"예, 바보로 살려고 합니다. 바보보다 더 좋은 인생이 있겠습니까? 그럼 의원님, 저 이만 가겠습니다. 안녕히 계십시오."

지석이 K의원에게 인사하고 몸을 돌렸다. 이때 K의원이 지석의 뒤통수에 대고 절규하듯

"내 육십 평생에 저놈 같이 멋진 놈은 처음 봤다. 저놈은 참 멋진 가난한 부자 놈이다!"

하고 소리쳤다. 그리고 토를 달았다.

"그렇지만 네 놈은 평생 고생할 놈이다. 어쩌면 굶어 죽을지도 모를... 바보, 천치, 숙맥, 멍텅구리 같은 놈!"

한데도 지석은 K의원의 이 말을 들었는지 못 들었는지 문을 열고 성큼성큼 밖으로 걸어 나갔다. 그런 지석의 어깨 위로 막 스러지는 저녁 잔양이 곱게 내려앉고 있었다.

# 이야기 다섯

미리 말해두지만 나는 어학자가 아니다. 나는 국어학자도 아니고 국문학자도 아니다. 그리고 민족주의자나 배외적 애국주의자도 아니다. 그렇다고 나는 또 흔히 말하는 제도권 속의 사회개량주의자도 아니다. 어느 편이냐 하면 나는 지극히 평범한 소시민이다. 그러므로 나는 세상을 구제할 만한 제세지재濟世之才도 아니요 세상을 바꿔 변혁시킬 만한 혁명가도 아니다. 이럼에도 나는 왜 남들이 오불관언 하고 수수방관 하는 문제들을 제기해 왈가왈부 용훼하는가.

나는 낡은 관념과 관습에 젖어 새로운 것은 막무가내로 받아들이지 않는 그런 고루한 관념의 소유자도 물론 아니다. 나는 아직 젊다면 젊은 40대 중반의 장년이지만 세상 돼 돌아가는 꼴이 하 기막혀 이렇게 나선 것이다. 세상 꼴 기막힌 게 한두 가지가 아니어서 수백 수천에 이르지만 나는 먼저 우리 말과 우리 글, 그리고 언어질서의 파괴에 대해 말하려 한다. 왜냐하면 이대로는 도저히 그냥 두고 볼 수가 없어서이다. 이대로 모르쇠로 방치해두다가는 우리 말과 우리 글은 물론 엄중한 언어질서까지 모두 망가져 어느 지경에 이를 지 모르기 때문이다. 그래서 말하거니와 내가 보는 눈이 맞다면, 그리고 내가 생각하는 사고가 옳다면 내 주장이 한낱 공소한 주장으로 끝나지 않을 것임을 나는 믿는다. 왜냐하면 옳은 것은 누가 봐도 옳고 그른 것은 누가 봐도 그른 것이니까. 이것이 만고불변의 진리가 아니겠는가.

## 이야기 하나

도대체 이 나라는 나라 글과 나라 말이 있는 나라인지 없는 나라인지 모르겠다. 더 부연하면 대한민국이라는 나라의 고유한 말과 고유한 글이 있기나 한 지 모르겠다는 말이다. 생각이 조금만 있는 사람이라면, 그래서 우리 글과 우리 말을 조금이라도 사랑하는 사람이라면 지금 당장 거리로 뛰쳐나가 옥호의 간판들을 한 번 보라. 무엇이 어떻게 돼 있는가를. 무엇이 어떻게 씌어져 있는가를. 피엘, 룩크, 리베, 하아니, 엔젤, 탐앤탐스, 카페베네, 지오디아, 클리오페럴, 스무디킹, 이니스프리, 유니클로, 마텔리, 로로코, 카니발, 애크미, 세레나, 몽블랑, 리스본, 에스쁘아. 이루 다 헤아릴 수 없는 혀

꼬부라진 간판들로 들어차 있어 여기가 미국인지 영국인지 혹은 그 밖의 다른 어느 나라인지 알 수가 없어 박언학博言學 학위 안 가진 사람은 범접할 수가 없다. 그래도 한글로 쓴 간판은 나은 편이다. 어떤 간판은 숫제 영어, 불어, 일어 등 원어로 씌어져 있어 자국 속의 타국 이방을 느끼게 하고 있다. 참 기가 찰 노릇이다. 여기가 미국이고 영국이고 프랑스고 일본인가? 영어 못 하는 사람은 어떡하라고. 불어 못 하고 일어 못 하는 사람은 어떡하라고. 우리나라 땅이면 우리 말을 써야지 왜 남의 글 남의 말을 쓰는가.

프랑스에서는 영어를 광고문에 쓰거나 공석에서 사용하면 우리 돈으로 자그마치 280만 원에 해당하는 벌금을 내도록 하는 법을 만들었고, 베트남 같은 나라에서도 영어로 된 간판을 못 걸게 해 자기 나라 국어 사랑이 돈독한데 어째서 우리는 우리말도 제대로 못하는 어린아이들에게까지 정부나 가정이 영어부터 가르치려고 안달들인가. 세상이 하도 영어를 신주단지 모시듯 해서인지 이제는 어디를 가도 우리 말 우리 글보다 영어가 판을 친다. 굴러 온 돌이 박힌 돌 빼는 격이다. 그래서 코딱지 만한 구멍가게 출입문에도 '열렸음' '닫혔음' 대신 open이 아니면 closed란 알림표가 달려 있다. 참 기가 찰 노릇이다. 아니 차마 눈 뜨고 볼 수 없는 목불인견이다. 이러니 이를 어찌해야 된단 말인가.

지난 한 때 이명박 대통령 당선인이 대통령으로 취임하기 전 인수위시절에 모든 수업을 국어만 빼고 전 과목을 영어로 한다고 발

표해 국민들을 분노케 한 일이 있었다. 이는 반대가 심해 취소됐지만 하마터면 큰일 날 뻔한, 아니 나라 망할 뻔한 일이었다. 도대체 한 나라의 대통령 당선인이 무슨 발상을 못해 나라 망칠 발상을 했는가. 영어 수업이 맹렬한 국민적 반대에 부딪쳐 무산됐으니 망정이지 만일 당초의 시안대로 강행됐더라면 어쩔 뻔했는가. 물론 요즘 세상이 세계화다 글로벌화다 해서 모든 게 그쪽으로 흐르다 보니 여기 맞춰 발 빠르게 대처하느라 그런 것 같은데, 아무리 그래도 그렇지 국어를 뺀 모든 수업을 영어로 하겠다는 발상은 큰일 날 뻔한 발상으로 모골이 송연한 일이었다. 이 지구상에 제 나라 말과 제 나라 글을 가진 나라로, 제 나라 말과 제 나라 글보다 남의 나라 말과 남의 나라 글을 더 좋아하는(예컨대 영어 같은) 나라는 얼마나 될까. 이는 내가 과문해서인지는 몰라도 별로 듣지 못한 것 같다. 강약부동으로 힘센 나라의 식민지가 돼 그 힘센 나라의 언어를 강제로 사용케 하는 경우를 빼고는…… 아니 힘센 나라의 언어를 강제로 쓰게 해도 같은 민족끼리 모이면 구메구메 제 나라 말과 제 나라 글을 사용하며 목숨 걸고 싸워 온 민족도 있지 않은가. 저 일제의 강점으로 질곡과 만행과 폭압의 학정에 몸부림치면서도 우리는 우리 말과 우리 글을 지켜 온 배달민족이 아니었던가. 그런데 어떻게 이런 민족이 우리 말 우리 글보다 남의 나라 말 남의 나라 글을 더 선호하는가.

제 나라 말과 제 나라 글을 가진 민족치고, 아니 제 나라 말과 제

나라 글을 지키는 민족치고 멸망한 민족은 일찍이 없었다. 이는 시의 고금 양의 동서를 막론하고 역사가 이를 증명한다.

다시 강조하거니와 세계가 글로벌시대이니 영어는 배워야 하고 사용도 해야 한다. 그러나 꼭 써야할 때와 써야할 데에 쓰자는 얘기다. 다시 말하면 적재적처에 쓰자는 얘기다. 영어가 안 들어가면 말이 안 되고, 영어가 안 들어가면 멋이 없고, 영어가 안 들어가면 촌스럽고, 영어가 안 들어가면 세련이 안 돼 무지렁이 취급을 받는다. 그러니 촌놈 소리를 안 듣기 위해서라도 영어를 안 쓸 수가 없다. 앞에서도 말했지만 영어는 배워야 한다. 그리고 써야 한다. 세계가 지금 한 울타리 속에 살다시피 하니 영어를 안 쓰고는 살 수가 없기 때문이다. 하지만 영어는 쓸 때 쓰고 쓸 데 써야지 아무 때나 아무 데서나 써서는 안 된다. 다시 말하면 때와 장소를 가려서 쓰자는 말이다. 영어 구사가 꼭 필요할 때, 영어 필기가 꼭 필수적일 때가 아니면 영어 아닌 우리 말 우리 글을 쓰자는 말이다.

영어를 즐겨 쓰는 것은 상점이나 옥호의 간판만이 아니다. 상점이나 옥호의 간판이야 장삿속이니 시류를 따를 수밖에 없다지만 (정신이 바로 박힌 국민이라면 아무리 장삿속이라도 안 될 일이다) 공직인이 근무하는 공공관서의 현관에 영어를 써 붙인다는 건 아무리 생각해도 얼빠진 짓이다. 그 좋은 예를 나는 소방서에서 발견했는데, 어느 날 나는 어느 소방서 앞을 지나다 그 소방서 현관 위에 'Safe Korea'라 씌어진 영문 표기를 보고 깜짝 놀랐다.

세이프 코리아? 세이프 코리아라니. 나는 하도 어이가 없어 소방서 안으로 들어가 '안전한 한국 또는 안전한 소방'이라면 될 것을 왜 굳이 영어로 세이프 코리아라 써 붙였느냐고 묻자 한 직원이 '저희는 소방방재청에서 하라는 대로 했을 뿐입니다'했다. 나는 이거 참 큰일 났구나 싶어 눈앞이 캄캄했다. 여기가 미국의 소방서인가? 여기가 영국의 소방서인가? 안전한 한국이나 안전한 소방이라면 얼마나 좋은가. 참으로 딱하고 한심하고 통탄할 일이다. 그러나 딱하고 한심하고 통탄할 일은 지방자치단체의 브랜드 슬로건도 마찬가지다. 아름다운 우리 글과 아름다운 우리 말로 해도 될 것을, 아니 반드시 그렇게 해야 할 것을 굳이 영어로 써서 주체성도 정체성도 잃고 말았다. 여기서 몇 가지 예를 들면 이 나라 대한민국의 수도 서울의 브랜드 슬로건은 'Hi Seoul'이다. 이것을 우리 말로 '야아, 서울!'이라 했다면 얼마나 근사할 것인가. 신라 고도 경주의 브랜드 슬로건은 'Beautiful Gyeongju'인데 '아름다운 경주'라 했으면 얼마나 좋았을 것이며, 익산의 'Amazing iksan'을 '굉장한 익산'이나 '놀라운 익산'으로 했으면 얼마나 좋았을 것인가. 대구광역시의 'Colorful daegu'도 '다채로운 대구'나 '그림 같은 대구'로 했으면 훨씬 더 돋보였을 것이다. 하지만 자치단체의 브랜드 슬로건이 아름다운 우리 말(글)로 된 데도 있어 그나마 위안이 좀 된다. 단양 팔경으로 유명한 아름다운 고을 단양의 브랜드 슬로건은 '대한민국 녹색 쉼표'요, 세종특별자치시의 브랜드 슬로건은 '세상을 이롭게 특별자치시'다.

창원의 브랜드 슬로건은 '빛나는 땅 창원'이고 성남시의 브랜드 슬로건은 '시민이 행복한 성남'이다.

우리는 주체를 가지고 살아야 한다. 다시 말하면 얼과 혼을 가지고 살아야 한다 이 말이다. 근세의 민족 지도자였던 위당爲堂 정인보鄭寅普 선생은 그의 저서 '조선의 얼'에서 주체를 '내가 네가 아니고 네가 내가 아닌 것을 아는 것이다'라고 했다. 이는 다시 말하면 '자아(自我)가 타아(他我)가 아니고 타아가 자아가 아닌 것을 아는 것'을 말함이다. 그러니까 주체를 심리학적 견해로 보면 심적 주관心的主觀과 지知 정情 의意의 작용으로 나타나는 의식적 능동적 통일을 말함이며, 철학적 개념으로 보면 객관에 대립하는 주관을 말함이다. 그러므로 주체란 의식하는 것으로써의 자아 곧 순수자아純粹自我가 주체인 것이다. 그런데 우리는 지금 이 순수자아 주체를 얼마나 지키고 있는가.

정신 차릴 일이다. 우리 말 우리 글을 지키는 것은 대단한 학자나 돈 많은 부자나 권력 가진 고관들이 아니다.

굽은 나무가 선산 지킨다고 힘없는 사람 못 가진 사람들이 우리 말 우리 글을 지킨다. 우리 말 우리 글로 간판을 쓴 집을 보면 어떤 집들인가. 보리밥집, 칼국숫집, 순댓국집 삼겹살집, 삼계탕집, 된장찌개와 김치찌개를 파는 식당들이다. 이 식당들은 거의 우리 말 우리 글로 간판을 쓰고 있다. 참 가상한 일이다.

외래어 쓰는데 둘째가라면 서러워하는 데는 아파트도 빼놓을 수 없다. 이 아파트가 초창기엔 '진달래' '목련' '사랑' 등 제법 아름다운 우리 말을 많이 붙이더니 해가 갈수록 아파트 이름이 바뀌어져 지금은 아파트를 짓는 족족 영어 일색이다. 그래 '힐스테이트'니 '아이파크'니 '더 월드 스테이트'니 '골든 팰리스 크레시티'니 하는 이름이 판을 친다. 듣자니 아파트 이름이 영어로 바뀐 것은 시댁의 '시'자 소리도 듣기 싫어 시금치나 시래기도 안 먹는다는 신세대 주부들이 무식한 시어머니 못 찾아오게 하느라 아파트 이름을 영어로 지었다는 말까지 나돌고 있는 것을 보면 이게 아무리 지어낸 말이라 해도 보통 일이 아니다. 시어머니가 얼마나 밉고 싫었으면 이런 따위 말도 안 되는 말을 지어내는가.

이런 중에도 다행히, 참으로 다행히 아파트 이름을 아름다운 우리 말로 '호수 마을'이니 '달빛 마을'이니 '정든 마을'이니 '햇빛 마을'이니 하고 지은 아파트가 있고 '별빛 고은'과 '살구꽃 마을'과 '꿈에 그린' 아파트도 있어 숨통을 트이게 한다. 이럼에도 간판이나 옥호는 우리 말 우리 글보다 영어가 훨씬 더 많아 압도적이다. 영어가 그렇게 좋으면, 아니 영어를 사용치 않아 촌놈 같고, 영어를 사용치 않아 무식하고, 영어를 사용치 않아 머저리 같고, 영어를 사용치 않아 덜 떨어져 보이고, 영어를 사용치 않아 세련되지 못하다 느낀다면 저 미국이라는 나라에 가 살 일이다. 아니다. 미국이라는 나라에 빌고 빌어 쉰 한 번째 주정부로 편입시켜 달라 매달려보라. 그러면 누가 또 아는가? 미국이 가상히 여겨 오케이 하고 유에스에이로 받아들여 줄는지. 그러면 돈 많은 부자 나라 미국이니 먹여 살릴 것 아닌가. 그렇게 되면 가만히 앉아서 미국인이 돼 얼마나 좋겠는가. 몽매에도 그리는 영어 속에 파묻혀 살 테니……

## 이야기 둘

내가 사는 도시 한 쪽 고즈넉한 곳엔 산정山井이라는 예쁜 호수가 하나 있다. 이 호수는 둘레가 4km쯤 돼 걸어서 한 시간 정도 걸리는데 풍광이 명미하고 수목이 울창해 시민들의 사랑을 받고 있다. 봄에는 호수 둘레에 반송을 비롯해 목련, 백합, 개나리, 꽃잔디, 진달래, 철쭉, 영산홍, 산벚꽃, 겹참나리, 산딸나무, 산조팝꽃, 초롱꽃, 벌개미취 등 헤아릴 수 없이 많은 야생화가 천자만홍千紫萬紅을 이루고, 가을에는 코스모스, 들국화, 단풍, 쑥부쟁이 등이 야트막한 산의 만산홍엽滿山紅葉과 함께 호수를 붉게 물들인다. 여기에 연인들이나 아베크족들의 보트놀이와 데이트 코스, 산책과 워킹, 호수 곳곳에 마련된 벤치와 운동기구까지 있어 시민들의 사랑을 톡톡히 받고 있다. 그런데다 또 분위기 있는 카페와 레스토랑, 커피전문점과 음악감상실까지 있어 더 한층 시민의 사랑을 받는다.

그런데 이렇듯 근사한 호수에 어느 한 때 몹시 부끄러운 표지판

이 세워져 이 도시의 품격과 무식을 드러낸 바 있었다. 그게 무엇인가 하면

**표지판**

1. 이곳에서는 수영을 금지함
1. 이곳에는 쓰레기를 버리지 못함
1. 이곳에서는 낚시질을 못함
1. 이곳에서는 빨래를 하지 못함
1. 이곳에서는 초크 사용을 금지함

1970년 월 일<br>C시 시장<br>C시 경찰서장

이런 표지판 때문이었다. 내가 놀란 것은 맨 마지막 줄의 '이곳에서는 초크 사용을 금지함'이었다.

초크 사용금지라니.

아니 이게 대체 무슨 말인가. 나는 곧 시청 공보실로 전화를 걸어 산정호수에 세워진 표지판 맨 마지막 줄에 '이곳에서는 초크 사용을 금지함'이라 씌어 있는데 초크가 대체 무슨 뜻이냐고 물었다. 그러자 공보실 직원 대답이 '우리도 그걸 모릅니다.'였다. 나는 하도 어이가 없어 모르면 그 뜻을 알아서 써야지 경고문을 해 세운 주무

관청에서 모르면 어떡하느냐, 그렇게 무책임해서야 어찌 국민의 공복이라 할 수 있느냐.

나는 좋은 말로 야단을 좀 치고 초크에 대해 설명했다. 초크란 촉고數罟를 잘못 알아서 쓴 것 같은데, 촉고란 그물을 말하는 것으로 눈을 잘게 떠서 코를 촘촘하게 만든 그물이 촉고다. 그러니까 초크 사용금지는 그물을 사용하지 말라는 뜻이다. 나는 덧붙여 설명했다. 촉고할 때의 촉數은 본시 셈수數자를 말함이지만 셈을 나타낼 때는 '수'가 되고 '잦다' '빈번하다'할 때는 삭數이 되며 그물을 말할 때는 촉數이 된다. 그러니 당장 초크 사용금지는 '그물 사용 금지'로 고쳐 써라 이르고 몇 가지를 더 설명했다. 초크는 자칫 영어의 분필 초크chalk를 떠올릴 수 있고 또 질식시키다, 숨 막히게 하다, 목 졸라 기절케 하다의 초오크choke도 연상시킬 수 있으니 이것도 알아야 할 것이라 했다. 그래, 국민과 시민을 위해 일하는 시장이, 국가의 안녕질서를 유지하고 국민의 재산 생명을 지킨다는 경찰(서장)이 국민과 무슨 철천지 원한이 졌기에 시민(국민)을 초우크(질식시키고, 숨 막히게 하고, 목 졸라 기절케 하고)시키겠는가. 경관이 수려한 명소 유원지에서 말이다. 당부하노니 국민의 공복이라는 국민의 수임자들은 무슨 일을 함에 있어 고식적 근시안적 단세포적 수박 겉핥기식으로 일을 하지 말고 사명감 공직감 책임감 성실감을 가지고 일해주기 바란다.

## 이야기 셋

이 이야기도 1970년대 어느 날의 이야기다. 가을이었다. 그날 나는 C시에 볼일이 있어 기차역으로 갔다. 오랜만에 버스 아닌 기차로 낭만여행을 하고 싶어서였다. 나는 좀은 설레는 마음으로 차표를 사 가지고 플랫폼으로 나갔다. 그리고 곧 알 수 없는 문제에 부딪혀 고민하기 시작했다. 그것은 플랫폼 중간쯤에 반으로 자른 드럼통이 세워져 있었고 그 세워진 드럼통에 모래가 한 가득 채워져 있었는데, 알 수 없는 것은 한글로 '가수방지용'이라 쓴 송판때기가 그 드럼통 모래 위에 세워져 있다는 점이었다.

'가수방지용이라, 가수방지용?'

나는 대체 이게 무슨 말인가 싶어 속으로 몇 번이나 되뇌었다. 그러나 아무리 되뇌어도 가수 방지용은 무슨 뜻인지 알 수가 없었다. 이때 나는 문득 혹시 가수 방지용은 가수 '방주연'을 잘못 쓴 게 아닌가 싶어 고개를 갸웃했다. 「바닷가 모래밭에 손가락으로, 그림을 그립니다. 당신을 그립니다.」라는 노래 '당신'을 불러 인기 절정에 있는 여가수 방주연을 말이다. 그러나 아니었다. 우선 방지용과 방주연은 서로 다르지 않은가. 만일 가수 방주연이 이곳에 와 그를 환영하기 위해 세운 표시라면 적어도 현수막에 커다랗게 써서 공연장 앞이거나 번화가 시가지에 달았을 것이다. 그런데 어찌 말도 안 되게 역 플랫폼에다 그것도 송판때기에 글씨를 써서 드럼통 모래 위에다 세웠겠는가.

나는 안 되겠다 싶어 열차에 올라 자리에 앉자마자 만년필을 꺼내 가수 방지용을 한자로 쓰기 시작했다. 얼마를 썼을까. '가'자부터 '용'자에 이르기까지 수십 자를 쓰자 '가수방지용(假睡防止用)이 나왔다.

옳거니! 나는 무릎을 쳤다. 가수방지용의 뜻은 거짓 가假 잠잘 수睡 막을 방防 그칠지止 쓸용用 자였기 때문이다. 그러니까 가수 방지용은 기관사들이 피곤에 지쳐 꾸벅꾸벅 졸면 이 졸음을 쫓기 위해 드럼통의 모래를 기관사에게 뿌려 잠을 쫓는다는 뜻이다. 참 답답하고 맹꽁이 같아 실소를 금할 수 없었다. 그냥 한글로 쉽게 '졸음 쫓는 모래'라 하든가 아니면 한문으로 쓰고 그 곁에 한글로 뜻풀이를 했으면 이런 어처구니없는 일은 없을 게 아닌가? 가수 방지용은 아무리 생각해도 코미디요 난센스다. 텔레비전에 심심찮게 나오는 각종 퀴즈 문제를 보면 다른 문제는 곧잘 풀다가도 한문이나 한자어, 그리고 우리 것의 국학이나 민속 문제만 나오면 전멸하다시피 한다. 왜 그런가? 한자를, 한문을 모르기 때문이다. 이러니 대학, 대학원을 나와 석 박사가 되어도 석사碩士와 박사博士를 제대로 못 쓰는 절름발이 반문맹자들이 건성드뭇하다. 참으로 한심한 이 나라의 어문(교육)정책이다.

## 이야기 넷

나는 텔레비전의 연속극이라는 것을 시청하다

"저런 저런 저런……"

하며 분통을 터뜨린 게 한두 번이 아니다. 그것은 아내가 남편한테 '오빠'라 부르는 것과, 남편이 몇 살 위의 아내한테 '누나'라 부르는 경우 같은 것이다. 그리고 젊은 여성의 과다 노출과 남녀의 진한 입맞춤도 화를 돋우는 요인이 된다. 하지만 이는 오빠나 누나 같은 호칭에 비하면 분통의 강도가 좀 약하다. 그러나 오빠나 누나의 호칭은 경우가 크게 다르다.

오빠라니. 남편이 어떻게 오빠인가?

누나라니. 아내가 어떻게 누나인가?

아내가 남편한테 오빠라 부르고, 남편이 아내한테 누나라 부르는 것은 큰일 날 일이어서(이미 큰일은 났지만) 천지 조판 이래 일찍이 없던 인간질서의 파괴행위다. 그러므로 이는 하루 빨리 고쳐야 할 절체절명의 위급상황이다.

생각해 보라!

사람이 금수만 못해 상피가 나고, 그래서 남매가 강상지변의 패륜행위로 천륜과 인륜을 어그러뜨렸다면 모를까 안 그렇다면 어찌 남편을 오빠라 하고 아내를 누나라 하는가.

생각할수록 기가 막혀 아, 이제야말로 요계지세澆季之世가 됐구나 싶다. 도대체 드라마 극본을 쓰는 사람들은 어떤 사람들이기에 남편을 오빠라 부르고 아내를 누나라 부르게 쓰는가. 아버지가 아들이 될 수 없고 아들이 아버지가 될 수 없듯 남편도 오빠가 될 수 없고 아내도 누나가 될 수 없다. 한데도 이 호칭은 아무렇지 않게, 아니 오히려 당연하다는 듯 쓰이고 있다. 그래도 누구 하나 이를 제지하거나 크게 문제 삼지 않는 듯하다. 사세가 이 지경이면 드라마를 감독한다는 연출자나 드라마에 출연하는 탤런트(배우)들이라도 이를 바르게 지적해 쓰지 말아야 하는데 아무리 봐도 그런 기미는 눈곱만큼도 보이지 않는다. 그렇다면 방송윤리위에 묻지 않을 수 없는데 도대체 방송윤리위는 무엇하는 곳이기에 이런 것 하나 바로잡지 못하는가. 방송윤리위는 이런 사실을 알고나 있는가. 아니면 알고도 모른 척 모르쇠 하는가. 참으로 어이가 없어 말도 잘 안 나온다. 여론과 풍속과 유행에 절대한 힘과 영향력을 가져 세상을 좌지우지 하는 공중파 방송이 이러니 젊은이들은 이게 무슨 금과옥조나 되듯 따라해 남편은 오빠요 나이가 위인 아내는 누나다. 이래도 이를 꾸짖거나 바르게 다잡아주는 어른들은 별로 없는 듯하다. 참 제기랄 놈의 세상이다. 아니 우라질 놈의 빌어먹을 세상이다.

남편이 몇 살 위의 아내한테 누나라 부르는 것도 땅을 칠 노릇인데 여기서 아내는 한 술 더 떠 남편한테 '얘, 쟤'는 보통이요 이름과 함께 '너'라는 말까지 서슴없이 쓴다. '너'는 듣는 이가 친구나 아랫사람일 때, 그 사람을 가리키는 이인칭 대명사로 쓰이는 말이지 남편한테 부르는 호칭은 절대 아니다. 그러므로 이는 만고에 본데없고 배우지 못한 자들의 호칭이라고밖에 달리 볼 수가 없다.

지난 날 상하 귀천의 신분 제도가 엄격했던 조선시대의 양반들은 부부간 호칭도 깍듯해 남편은 아내를 '부인'이라 불렀고 부인은 남편을 '나리' 또는 벼슬 이름을 따라 '영감'이나 '대감'으로 불렀다.

어찌 양반들뿐이겠는가. 신분이 미천해 사람 취급을 못 받던 최천민의 칠반천인七般賤人도 남편이 아내를 부를 때는 '이녁'이 아니면 '임자'라 했고 임자가 아니면 '아무개 어미'라 했다. 그런데 어찌 배울 만큼 배운 사람들의 입에서 남편을 오빠라 부르고 아내는 나이가 한두 살 많다고 누나라 부르는가. 이는 언어질서는 물론 인간질서를 송두리째 무너뜨리는 파괴행위다. 그런데 이 언어질서와 인간질서를 파괴하는 다른 부류도 있으니 이는 머리 허연 늙은이가 아내를 지칭할 때 '와이프'라 하는 것이다.

와이프? 와이프가 뭔가. 점잖게 '내자'라 하거나 '아내' 또는 '안사람'이라 하면 좀 좋은가. 여기에 부창부수로 가관인 것은 '와이프'라는 여자가 남편을 부르는 호칭인데 이는 남편과 함께 그 나물에 그 밥이다. 무슨 얘기냐 하면 아내가 남편을 '오빠 오빠'하기 때문이다. 망둥이가 뛰니까 빗자루도 뛴다더니 꼭 그 격이다.

내가 텔레비전에서 받는 울분은 한두 가지가 아니어서 연속극 등에서 오빠니 누나니 와이프니 하는 호칭으로부터 시작해 사극에서의 왕의 알현謁見, 어휘의 장단長短 등 헤아릴 수 없이 많다. 이를 하나하나 지적하려면 한도 끝도 없을 것 같아 만부득 몇 가지만 예를 들어 간략히 짚어볼까 한다.

먼저 사극에서 왕을 알현하는 장면을 보면 웃음이 절로 난다. 임금은 지존至尊이므로 그 지존께 정배正拜하는 사람은 단 두 사람뿐이고 나머지 사람은 모두 곡배曲拜를 한다. 정배란 임금을 마주 보고 하는 절을 말함이며 곡배란 임금을 마주 보지 못하고 동쪽이나 서쪽을 보고 하는 절을 말함이다. 그럼 임금께 정배할 수 있는 사람은 누구인가. 왕비와 국본國本인 왕세자 두 사람 뿐이다. 궁궐 법도가 이럼에도 연속 사극을 볼라치면 한낱 미관말직이 지존인 임금께 정배하고 탑전에 부복한 채 용안을 빤히 쳐다보는 장면이 심심찮게 나오는데 이는 결론부터 말해 천만부당한 일이다. 아니 도저히 있을 수 없는 일이다. 그런데 이 있을 수 없는 일이 사극에서 비일비재로 나오고 있다. 참으로 어처구니없는 일이다. 이 방송사들은 공부도 안 하는가? 고증도 안 받는가?

어휘의 장단長短만 해도 그렇다. 어찌 된 영문인지 모두가 단음短音으로만 발음한다. 임금이나 나라의 명을 받고 외국에 사절로 가는 신하를 사신使臣이라 하고 이 사신은 길게 '사:-신'으로 발음해야 한다. 그런데 이 사:-신을 모든 방송과 화자話者들이 한결같이 사신이라 짧게 발음하니 이게 사신私信인지 사신私臣인지 사신邪神인지 사신邪臣인지 알 수가 없다.

뿐만이 아니다. 의욕이나 자신감이 충만해 굽힐 줄 모르는 기세 즉 사기(士氣)도 길게 '사:-기'로 발음해야 하고, 노래나 춤 또는 풍류로 흥을 돋우는 것을 직업으로 하는 기생(妓生)도 길게 '기:-생'이라 해야 하는데 이도 모두 짧게 사기와 기생으로 발음한다. 그러니 사:-기가 나쁜 마음으로 남을 속이는 사기詐欺인지 사기그릇 사기沙器인지 사사로운 기록 사기私記인지 요사스럽고 나쁜 기운 사기邪氣인지 알 수가 없고 기생도 기:-생인지 스스로 생활하지 못하고 남에게 의지해 먹고 사는 기생寄生인지 알 수가 없다. 이 사:-신과 기:-생은 연속 사극에서 더 두드러지게 나타나는데 임금과 신하 학자 장졸할 것 없이 모든 사람이 짜기라도 한 듯 단음의 사신과 기생이다. 과인寡人만 해도 그렇다. 과인이란 덕이 적은 사람이란 뜻으로, 임금이 자신을 낮춰 이르는 일인칭 대명사로 길게 과:-인으로 발음해야 하고 이 과인은 짐朕과 같은 뜻을 가지고 있다. 그리고 발음도 길게 짐:-으로 해야 한다. 이럼에도 어찌 된 영문인지 모든 연속사극마다 '과:-인', '짐:-', '사:-기', '기:-생'의 장음 발음이 하나 같이 단음 발음이다. 이는 극본을 쓰는 이가 공부를 해 출연자들에게 알려주든가 연출 보는 이가 공부를 해 출연자들에게 알려주면 이런 오류는 없을 것이다.

아니다. 극본 쓰는 이, 연출 보는 이, 출연하는 이들 중에 단 한 사람만이라도 이 사실을 알거나 부끄럽게 여겨 언어의 고저 장단 강약 경중 바로하기 운동이라도 전개한다면 이런 창피 막심한 현상은 일어나지 않을 것이다. 그런데 누구 한 사람 여기 대해 관심을 가지지 않고 문제 제기도 하지 않으니 땅을 칠 노릇이다. 방송사가 제 구실을 하려면, 그리고 드라마를 제대로 만들려면 기본이 되는 말부터 제대로 구사해야 하는데 이 기본의 어휘조차 엉망이니 낯뜨거워 볼 수가 없다.

연기들이야 좀 잘하는가. 잘하는 연기만큼 어휘 구사도 잘하면 금상첨화일 텐데 임금을 비롯한 대신, 학자, 장졸 할 것 없이 모두가 사:-신을 사신으로, 사:-기를 사기로, 기:-생을 기생으로, 과:-인을 과인으로, 짐:-을 짐으로, 화:-재를 화재로, 화:-장을 화장으로 발음하니 한심하고 또 한심해 염병에 까마귀 소리만큼 듣기가 싫다. 이 중에서도 아나운서와 기자들은 어휘의 고저 장단과 강약 경중을 정확히 알아 구사해야 하는데 상당수의 아나운서와 기자가 이를 몰라 듣는 시청자가 역정이 난다. 여기서 비근한 예를 두 가지만 들면 불이 난 화재火災는 길게 '화:-재'라 해야 하고 이야기의 제목 화제話題는 짧게 화제라 해야 한다. 그리고 죽은 사람을 불살라 장사지내는 화장火葬은 길게 '화:-장'이라 해야 하고 화장품 따위로 얼굴을 곱게 꾸미는 화장化粧은 짧게 화장이라 발음해야 한다. 이런데도 길게 발음해야 할 화:-장을 짧게 발음해 얼굴을 찌푸리게 한 일이 있었는데 이게 바로 저 2010년 3월 26일에 일어난 끔찍한 천안함 폭침사건이다. 이 사건에 희생당한 꽃다운 젊은 간성 46위를 화:—장으로 장례치를 때 기자나 아나운서들이 어떻게 말했는가. 길게 장음으로 화:—장이라 해야 될 것을 거의가 단음으로 화장이라 했으니 이런 망발이 어디 있는가. 더욱이 장단음은 물론 언어의 고저 강약까지 정확해야 할 아나운서들이 아닌가.

참으로 한심하고 또 한심해 기막히다 할 수밖에 없다. 그런데 이 한심하고 기막힌 일은 2015년 11월 23일에도 일어나 대한민국 전역에 생중계 되었다. 시청자 몇 백만 명이 보고 듣는 가운데 말이다. 그날은 김영삼 전 대통령이 서거하신 다음 날로 조문을 받는 중이었고 전국에서 조문객이 몰려와 조문 혹은 조사弔詞를 했다. 그런데 이날 이 나라의 아나운서 중에서 내로라하는 원로 아나운서 모씨가 사회를 보면서 큰 오류를 범했다. 짧게 단음으로 발음하는 습관 때문인지 길게 발음해야 할 조:—사를 그만 짧게 조사로 발음하고 말았다. 그날 그의 멘트는 이러했다. "……다음은 황교안 국무총리께서 조사를 하겠습니다."였다. 조사를 하겠다니, 누가 무슨 잘못이라도 저질렀단 말인가? 그 아나운서는 조:—사를 조사로 읽어 조소거리가 됐지만 이는 한 나라의 대통령을 지낸 분의 장례식장이라는 점에서 부끄러운 일이 아닐 수 없다. 더욱이 언어의 정확성과 함께 고저 장단 강약 경중을 바로 사용해야 할 아나운서가 조:—사를 조사라 발음했으니 이를 어쩐단 말인가. 이날 전국 몇 백만 명의 시청자 중 이를 대번에 안 사람이 얼마나 될까.

아나운서들은 말과 어휘에 대한 공부를 많이 해야 한다. 아나운서들은 국어사전을 몇 번이고 읽어야 하고 중요한 어휘는 밑줄을 쳐 놓고 외다시피 해야 한다. 한자漢字를 많이 알고 고사와 사자성어를 많이 알면 어휘와 함께 언어의 고저, 장단, 강약, 경중은 저절로 알게 된다. 이는 마치 한문을 많이 알면 문리文理가 터져 웬만한 문장은 배우지 않아도 아는 것과 같은 이치다. 이는 우리 토박이말도 비슷해 열심히 공부하다 보면 자기도 모르는 사이에 많이 알게 된다.

어휘를 짧게 발음해서 생기는 폐단은 한두 가지가 아니어서 수백 수천에 이르지만 여기서는 몇 가지만 예를 들어 보겠다. 그것은 길게 장음으로 발음하는 화:-재火災 화:-장火葬, 짧게 단음으로 발음하는 화제話題와 화장化粧 같은 경우다. 그리고 서울의 무:-학여고舞鶴女高와 무:-용舞踊 같은 경우다. 무학여고는 길게 장음으로 무:-학여고라 발음해야 맞는데 이를 짧게 무학無學여고로 발음하니 낭패인 것이다. 춤출 무舞자는 길게 무로 발음해야 되고 없을 무無자는 짧게 무로 발음해야 된다. 그런데 춤출 무舞의 무학여고를 짧게 없을 무無자 배울 학學자의 무학여고로 발음하니 기가 찰 노릇이다.

생각해 보라. 무학無學은 '배운 것이 없다' 또는 '배운 게 없어 불학무식하다'는 뜻이니 어찌 기가 찰 노릇이 아니겠는가. 무용도 이에 크게 다르지 않아 무:-용이라 장음으로 발음해야 하는데 짧게 단음으로 무용無用이라 발음하니 뜻이 딴판 달라진다. 무용無用은 쓸데

가 없거나 쓸모가 없음을 말하는 것이니 어찌 뜻이 딴판 다르지 않을 수 있겠는가. 벌써 오래 전의 이야기지만 나는 서울의 무:–학여고 선생을 만난 일이 있었다. 그런데 이 선생님이 자기네 학교를 자꾸 무학여고 하며 짧게 단음으로 말했다. 듣다 못한 내가 "선생님! 무–학여고는 춤출 무舞자 학鶴학자여서 긴 장음의 무~학여고가 맞지 않습니까?" 하자 그가 얼굴이 벌개지며 "아, 예. 자꾸 습관이 돼서요."어쩌고 하며 견강부회 했다. 어느 힘 있는 방송의 여자 아나운서는 말(언어)에 대한 무슨 캠페인인가를 하는데 길게 장음으로 해야 할 말(언어)을 자꾸, 그리고 번번이 말이라고 짧게 발음해 눈살을 찌푸리게 했다. 사람이 하는 말, 즉 언어는 길게 말:–이라 해야 하고 짧게 단음으로 발음하는 말은 사람이 타고 다니는 말馬을 말한다. 그 여자 아나운서는 말에 대한 캠페인을 상당 기간 방송했고 방송할 때마다 말:–이 아니라 말이었다. 그래서 막강한 방송의 품위와 공신력을 떨어뜨렸다. 그 방송사라면 종사원만 수천 명은 될 것이고(서울과 지방) 그 수천 명의 종사원이 거의 최고학부를 나온 지식인(?)일 텐데 어찌 이 잘못된 방송 하나 바로 잡지 못하는가. 이러고도 세계 속이 방송이니 여러분의 방송이 무엇 무엇이니 할 수 있는가. 말로써 살고 말로써 평가 받는 아나운서가 이 지경이라면 여타의 사람들이야 일러 무엇하겠는가. 공부할지어다. 적어도 국어사전 한두 번쯤 정독하고 중요한 어휘는 밑줄 쳐 공부할 일이다.

자신의 이름조차 못 쓰고 못 읽어 80이 넘도록 일자무식의 눈 뜬 장님으로 평생을 살아온 무학의 촌로들도 화:-재와 화장의 장단음을 정확히 아는데 어찌 된 쪼간으로 최고 학부를 나와 지식인입네 하는 사람들이, 더욱이 정확한 언어 사용이 생명인 아나운서들이 장단음 하나 구별 못해 언어질서를 파괴시키는가. 이는 생각할수록 기가 막혀 복장 칠 노릇이다.

하지만 복장 칠 노릇이 어디 이뿐인가. 더 큰 문제는 각 방송들이 저속한 언어와 저질스런 행태를 아무 여과 없이 경쟁적으로 내보내는데 이는 시급히 고쳐야 할 중차대한 사회문제다.

조금만 지각이 있는 국민이라면, 조금만 생각이 있는 시청자라면 각 방송들이 사활을 걸다시피 내보내는 연속극이란 것을 한 번 보라. 무엇이 어떻게 돼 돌아가고 있나를. 연속극이 다 그런 건 아니어서 더러는 가슴 뭉클한 감동 드라마가 방영되긴 하지만 이는 십년일득十年一得으로 어쩌다 나오는 것이어서 대부분의 드라마는 인종지말자人種之末者들이나 할 수 있는 끝장 드라마를 여봐란 듯 내보내고 있다. 그래서 악을 쓰는 드라마가 아니면 남을 해치는(망치는) 드라마가 판을 치고 그것도 아니면 처절한 복수극에 사기 협잡 폭행 살인 같은 잔인한 드라마가 횡행한다. 아니 이러고도 모자라 남녀의 삼각관계, 가정 파괴, 모략 중상 등 못된 짓이란 못된 짓은 다 나온다. 여기에 패륜, 불효, 왕따, 문란한 성문제와 부도덕한

윤리 문제, 사람 목숨까지 파리 목숨 쯤으로 아는 인명 경시 풍조 등 인간으로는 도저히 할 수 없는 행위들이 드라마의 단골 소재가 되고 있다.

어쩌자는 것인가. 도대체 어쩌자는 것인가. 방송사들이 착하고 훌륭하고 아름다운 인간 드라마를 경쟁적으로 내보내 이를 보는 많은 시청자들을 감동시키고 심성을 순화시켜 가슴 있는 세상을 만드는데 향도 역할을 해야 하는데 반대로 인정 풍속 전통 호칭 미풍 심성 등을 앞장서서 망가뜨려 방송 본래의 임무와 책무와 의무와 사명을 저버리고 있다. 토크쇼를 비롯한 모든 방송이 다 중요하지만 특히 연속극은 많은 이들에게 지대한 영향을 끼치므로 인간애人間愛 넘치는 휴먼드라마가 방영되어야 한다. 그런데 문제는 휴먼드라마를 만들면 흥행을 못한다는 것이다. 드라마가 흥행을 못하면 망하는 것이고 망하면 방송사가 상당한 손해를 입어 만부득 시청자들의 신경을 곤두세우는 끝장드라마를 내보내지 않을 수 없다 한다. 자, 그렇다면 시청자가 이런 드라마를 요구한다는 이야기인데 정말 시청자들의 수준이 이것 밖에 안 될까? 깊이 한 번 생각해 볼 일이다.

## 이야기 다섯

모두에서도 말했지만 나는 언어학자나 국문학자가 아니다. 그리고 또한 민족주의자나 배외적 애국주의자도 아니다. 이럼에도 나는 우리 말 우리 글을 잘못 쓰거나 잘못 사용하는 사람들을 보면 분노를 넘어 한심한 생각이 든다.

그래 이 난에서는 아주 잘못 쓰고 있는 '뗑깡'이란 말을 한번 알아볼까 한다. 이 뗑깡을 많은 사람들이 '생떼'나 '억지 부림'쯤의 우리 말로 알고 걸핏하면 '손자 녀석이 어찌나 뗑깡을 부리는지' 혹은 '그 사람 뗑깡이 어찌나 심한지' 하며 아무렇지 않게 사용하고 있다. 그러나 천만의 말씀이다. 뗑깡은 '생떼'나 '억지 부림'의 우리 말이 아닌 일본어 'てんかん'에서 온 것으로 전간癲癎 또는 간질癎疾을 일컬음이다. 이를 우리 말로 풀이하면 '지랄병'이란 뜻이다. 그러니까 '귀엽고 사랑스러운 손자 녀석이 어찌나 뗑깡을 부리는지' 하면 '귀엽고 사랑스러운 손자 녀석이 어찌나 지랄병을 하는지'가 된다. 모골이 송연해지는 말이다. 한데 이런 뗑깡을 많은 사람들이 아무렇지 않게 사용하고 있고 이름만 대면 누구라는 걸 단박에 알 만한 이 나라의 내로라하는 명사가 TV에 나와 '뗑깡 뗑깡' 하는 것을 보면 이거 참 큰일 났구나 싶다. 그래 무식하면 용감하다는 세간의 말이 사뭇 허언이 아님을 알 수 있다.

정신 차릴 일이다. 정말 정신 차릴 일이다. 어쩌다 군자의 나라

근역에 불한당 같은 일어 '뗑깡'이 뿌리를 내려 떡하니 버티고 있는가. 문득 백암白巖 박은식朴殷植 선생의 '나라는 형(形), 역사는 신(神)'이라던 말과, 단재丹齋 신채호申采浩 선생의 '역사는 아(我)와 비아(非我)의 대립 투쟁'이라던 말이 생각난다. 그리고 단 한 마디 말로써 지자知者도 되고 지자가 안 될 수도 있어 언어는 매우 신중해야 한다는 논어 자장편의 '일언이위지(一言以爲知) 일언이부위지(一言以不爲知)도 생각난다. 아니 또 한 가지가 있다. 한시외전(漢詩外傳)에 나오는 '초지광자초언(楚之狂者楚言)'이 그것이다. 이는 초나라 사람은 광인까지도 초나라 말을 사용한다는 뜻인데, 한 나라의 말은 언제까지 변하지 않음을 말한 것이다.

그럼 이제부터 일본 말이 잘못 쓰여져 우리 말처럼 사용되고 있는 부끄러운 사례를 말해보겠는데 여기서 미리 밝혀야 할 것은 젊은이들이 이 일본 말을 딱하게도 우리 말로 알고 있다는 점이다. 이런 현상은 부지기수여서 일일이 열거할 수 없어 여기서는 많이 쓰이는 일본어 50여 개만 추려 보겠는데 이는 김창규 교수의 '일본 식민지 문화가 남긴 찌꺼기 말'에서 인용한 것임을 밝혀둔다.

가다마에 – 우리가 흔히 '가다마이'라 부르는 양복 윗도리로 이를 편전(片前)이라 하고 우리말로는 '외자락'이라 함.

가봉(假縫) –시침질

간죠 – 합계. 회계

고수부지(高水敷地) – 둔치

곤조(根性) – 근성

기마에(氣前) – 선심, 호기(好氣)

꼬붕(子分) – 부하

네바다이 – 사기, 야바위

노가다(土方) – 노동자

닭도리탕 – 닭 볶음탕

데꼬보꼬 – 요철, 울퉁불퉁

데모도(手元) – 버저. 조수

도기다시(硏出) – 갈닦이

료마에(兩前) – 우리가 흔히 '료마이'라 말하는 윗도리 양복. 겹자락

만땅(滿탱크) – 한가득

부전(附箋) – 찌지

분바이(分配) – 노느매기

사루마다(猿股) – 잠방이, 팬티

사시미(刺身) – 회(膾)

사부사부 – 살랑살랑

소데나시(袖無) – 맨팔 민소매

쇼부(勝負) – 흥정, 결판

시로우도(素人) – 풋내기

시마이(仕舞) – 끝내기

시보리(絞) – 물수건

신마에(新前) – 신참

쓰기다시(突出) – 쑥 내보임, 입매안주

아다리(當) – 적중
앗사리 – 산뜻이, 깨끗이
야메(闇) – 뒷거래
야지(野次) – 야유
에기스(津液) – 뽑아내다. 빼어내다. 캐내다.
오뎅 – 꼬치안주
오야붕 – 우두머리
와리깡(割勘) – 추렴
와리바시(割著) – 나무젓가락
와사비 – 고추냉이
와이로 – 뇌물
요꼬도리 – 새치기, 가로채기
하꼬비 – 잔심부름
호리 – 도굴꾼
후미끼리(踏切) – 건널목
히니꾸(皮肉) – 비꼼
히야가시 – 놀림

우리는 영어를 비롯해 함부로 쓰는 외래어와 잘못 쓰는 우리말의 고저 장단 강약 경중을 시급히 고쳐야 한다. 그리고 일상어처럼 쓰이는 부끄러운 일본어의 찌꺼기도 시급히 고쳐야 한다. 이는 우리가, 우리 국민이 반드시 해내야 할 시급하고도 온당한 정언적명령定言的命令이다.

# 산천은 무너지고

— 그 밤의 개력 —

하늘에는 예측할 수 없는 풍운조화가 항상 도사리고 있다.

–선대–

전래한 우리 민담 중에 이런 말이 있다. 꼴짐은 넘어가고, 논둑은 무너지고, 똥은 마렵고, 허리끈은 홀쳐 있고, 송아지는 내빼고, 집에 불은 붙었고, 아버지는 목매달러 가고, 마누라는 도망을 치고 하는…… 이는 사실 말도 안 되는 말로 무슨 일이 한꺼번에 동시다발적으로 일어나 무엇을 어떻게 해야 할지 알 수 없을 때 쓰이는 말일 터이다. 그러나 이런 일이 실제로 일어난다면 어떻게 될까. 우왕좌왕 동동거리다 아무 것도 못하고 말 것이다. 이럴 때는 가장 급하고 소중한 것부터 손을 써야하는데 상황이 이쯤 되면 이성이 마비돼

자각과 인지능력이 제 기능을 발휘할 수 없다.

그렇잖은가. 생각해 보라.

한꺼번에 여덟 개나 되는 위급한 일이 동시다발적으로 터지는데 어찌 이성이 제구실을 하고 자각과 인지능력이 제 역할을 할 수 있겠나를. 이럴 때는 가장 급하고 소중한 것부터 손을 써야 하는데 상황이 이 지경에 이르면 아무것도 할 수 없을 지도 모른다. 그래도 굳이 해야 한다면 우선 꼴짐부터 벗어던지고 똥은 바지에 싸면서라도 목매달러 가는 아버지부터 구하고 도망가는 마누라를 붙잡아야 한다. 그런 다음 집에 불을 꺼야할지 모른다.

위의 이야기는 말하기 좋아하는 호사가들이 지어낸 말이겠지만 되우 재수 없는 사람을 가리킬 때 쓰이는 극한상황으로, 기실 이쯤 되면 그 동시다발적 복잡성 때문에 아무 것도 못한 채 망연자실 발만 동동구를지도 모른다.

그럴 것이다. 내가 지금 쓰고자 하는 글도 바로 이런 상황에서 인간이 대자연의 위력 앞에 얼마나 무위 무능 무력해 하잘것없는 존재인가를 보여주려는 것이다.

그렇다. 인간은 대자연의 위력 앞에 아무 것도 아니다. 그러므로 아무 것도 할 수 없는 무력한 존재다. 때문에 무위 무능해 미물에 지나지 않는 인간들은 이를 알아야 한다.

나는 오늘 서울서 몸알리 박우진과 함께 달마을 완월재玩月齋로 도망치듯 내려왔다. 며칠 푹 쉬면서 민속에 대한 자료를 정리, 증보판 원고를 정리하기 위해서였다. 이 완월재는 내가 대학 강단에서 65세 정년을 맞던 작년에 손수 지은 황톳집 토옥이었다. 토옥은 그러나 나만 지은 게 아니어서 내 몸알리 박우진도 내 둥지 건너편 청미산靑美山 자락에다 토옥을 짓고 당호를 회월재懷月齋라 붙였다. 내가 당호를 구경할완, 달월, 집재를 붙여 완월재라 하자 우진도 이와 비슷하게 달을 품고 사는 집이라 하여 품을회, 달월, 집재의 회월재로 명명을 했다. 우리는 나이가 동갑이어서 작년에 정년을 같이 맞았고 정년을 맞은 몇 달 후 이곳에다 둥지를 틀었다. 그런 다음 한 달이면 반은 이곳으로 내려와 나는 민속에 대한 글을 쓰고 우진은 그림 그리기에 정열을 바쳤다. 우진의 회월재는 내 둥지 완월재에서 개울 하나를 사이하고 있었는데 직선거리로 치면 3백여 미터쯤 되었다.

우진은 내 어릴 적 불알친구로 한 마을 앞뒷집에서 자란 죽마고우였다. 그랬으므로 초등학교는 물론 중고등학교도 같은 읍내 같은 학교에 다녔고 대학은 학과가 달라 서울에서 각기 다른 대학을 다녔다. 나는 민속학을 전공했고 우진은 미대에서 동양화를 전공했다. 나는 대학을 나와 대학원에서 석 박사 학위를 받아 같은 대학 강단에 섰고 우진도 같은 대학의 미대에서 교수생활을 시작했다.

이런 우리는 나이가 동갑이었으므로 정년도 같은 해에 했고 천품이나 취미도 서로 비슷해 죽이 척척 맞았다. 그러니까 우리는 의

기가 투합돼 추임새가 절로 나왔고 추임새가 절로 나오니 정년을 하자마자 배낭 하나씩을 걸머메고 고삐 풀린 망아지처럼 이리 뛰고 저리 뛰다 이곳 달마을 월촌月村에서 발길을 멈췄다.

아, 이곳이다!

우리는 누가 먼저랄 것 없이 탄성을 발하며 달마을 뒤로 그림이듯 솟아 있는 월은산月隱山에 눈길을 보냈다. 우리가 장차 날개를 접어 안주할 수 있는 곳이 이 곳이구나 싶어서였다. 우리는 남들처럼 요란하게 등산이다 산악회다 하지 않고 단둘이 조용히 다녔는데 두 사람 중 누구 한 사람 사정이 생겨 못 가게 되면 다음 주말이나 공휴일로 연기해서까지 늘 메밀벌 마냥 붙어 다녔다. 어쩌다 부부동반으로 집을 나서긴 해도 원칙적으로 우리는 우진과 나 두 사람이었다.

우리가 이곳에다 안식처를 정한 것은 늙마에 서로 떨어지기 싫어서이기도 했지만 무엇보다 산자수명한 경관에 반해서였다. 뒤와 옆으로 마을을 품어 안 듯 에워싼 월은산과 청미산이 몹시 아름다워 연하고질煙霞痼疾을 느끼지 않을 수가 없는데다 월은산 계곡에서 흘러내리는 청계옥수淸溪玉水가 완전한 옥빛이어서 손을 담그기도 죄스러울 지경이었다. 그런데 이 옥빛 청계옥수는 완월재에서 마을 앞을 지나 계곡 저 멀리까지 굽이굽이 흘러가는 게 보였고 계곡 양쪽으로 고만고만한 산주름이 의좋게 뻗은 것도 보여 운치를 더했다. 그래 우리는 이같이 수려한 풍광에 '아, 좋다!' 했고 그 길로 이곳을 이상향의 도원경桃源境으로 삼았다. 그런 다음 우리는 현직에 있을 때 마련해둔 집터에다 정년을 하자마자 황톳집을 지었다. 그러고 보면 우리는 두 사람 다 환진갑을 넘어 늙마에 접어들었어도 산정야취山情野趣의 풍류가 있어 완월재와 회월재는 제법 멋스러운 집이 되었다. 두 사람 다 배울 만큼 배워 최고 지성의 대학 교수로 정년을 한데다 한 사람은 유명한 민속학자요 한 사람은 유명한 화가였으니 이 단조롭고 무료한 산촌의 완월재와 회월재는 금세 인구에 회자돼 유명해졌다.

터앝에서 키운 푸성귀를 따다 벼락치기 겉절이를 만들고 집에서 아내가 담근 집된장으로 청양고추와 호박잎 그리고 애호박을 썰어 넣고 끓인 된장찌개가 완성되자 나는 개울 건너 회월재로 전화를 걸었다. 우진을 불러 저녁을 함께 먹기 위해서였다. 완월재 앞 터앝엔 파 마늘을 비롯해 배추 상추 부추 고추 따위를 갈았는데 이 터앝이 스무남은 평은 돼 야채류는 실컷 먹고도 남았다. 내가 박우진과 이곳에 와 있는 동안 하루는 내가 점심이나 저녁을 준비했고 하루는 우진이 점심이나 저녁을 준비했다. 그리고 더러는 계곡 아래 식당으로 가 얼큰한 찌개류를 사 먹기도 했다.

“여어, 얼큰한 된장찌개 냄새에 회가 동하는 걸! 매운 청양고추를 넣고 끓인 모양이군.”

우진이 술 한 병을 들고 나타나며 싱글거렸다.

"소준가?"

나는 우진의 손에 들린 술병을 바라보며 눈을 찡긋했다.

"반주 한 잔 해야할 것 아닌가"

"반주? 거 조오치!"

나는 우진의 손을 이끌고 저녁상이 차려진 평상으로 올라갔다. 이때 월은산에서 내리 부는 시원한 재넘이가 완월재로 들이닥쳤다. 산내리바람이었다.

"어, 시원하다. 오늘도 참 어지간히 더웠지. 이 더위에 그림인들 제대로 그려지던가?"

나는 우선 술부터 한 잔 따라 우진에게 권했다.

"그림? 이 복더위에 그림이 제대로 그려질 리 있나. 내일이 일년 중 제일 덥다는 중복 아닌가. 대서이기도 하고. 자네도 글을 제대로 못 썼지? 오늘 같은 날 아스팔트와 콘크리트의 열을 받는 도시는 대단할 거야"

"가위 살인적이지. 어제 저 남도의 어디에선가는 기온이 40℃에 육박했다는군. 거기 비하면 우린 지금 신선놀음에 도끼자루 썩는 줄 모르는 거지"

"그렇지?"

"암!"

나는 우진과 주거니 받거니 소주 한 병을 반주로 저녁 식사를 마쳤다. 그런 다음 완월재와 회월재 중간에 있는 계곡의 너럭바위로 갔다. 이 너럭바위는 월은산 계곡에서 가장 빼어난 반석으로 넓고 편편할 뿐 아니라 너럭바위 앞이 하늘의 선녀가 옥황상제 몰래 내려와 목욕을 했다는 선녀탕이어서 우리는 여름밤이면 이 너럭바위에 나와 서쪽 하늘의 개밥바라기가 이울 때까지 팔베개를 하고 누워 하늘의 별을 쳐다보았다. 그러면 우리는 곧장 어린 시절의 동심으로 돌아가 고향 마을 앞 개울에 가 있었다.

"여기 이렇게 누워 있으니 고향 마을 앞 개울의 마당바위가 생각난다 그지?"

내가 쏟아질 듯 총총한 밤하늘의 별을 쳐다보며 이렇게 말하면 우진이는

"누가 아니래. 우리 참 그 마당바위에서 많이 놀았지. 여름이면 그 마당바위에서 살다시피 했잖아"

"그랬었지. 낮에 목욕하다 추우면 마당바위에 누워 몸을 달구고 밤엔 마당바위에 팔베개를 하고 누워 밤하늘의 별을 쳐다보았지"

"맞아. 그땐 밤하늘에 웬 별이 그리도 많았는지 땅으로 막 떨어지는 것 같았어"

"별똥별이 찌익 꽁무니에 불똥을 싸며 칠성봉 너머로 사라지면 우린 다음날 별똥별을 찾아 그 험한 칠성봉을 얼마나 헤집고 다녔는데."

"거의 초주검이 되도록 헤맸지"

그랬다. 우리는 밥먹는 시간과 잠자는 시간만 빼면 늘 붙어 다녔다.

그런 우리는 학교에서 돌아와 숙제를 하기 급하게 앞개울 무수천無愁川으로 나가 미역을 감았고 고기를 잡았고 물수제비를 떴다. 그러다 날이 저물어 밤이 되면 마당바위로 나가 누워 하늘 빼곡이 박힌 별을 올려다 보며 눈을 섬뻑였다. 왜 그런지 별이 자꾸 땅으로 줄줄 흘러내리는 것 같았다. 그리고 까닭 없이 자꾸 눈물이 났다.

"우진아! 너도 별을 쳐다보면 눈물이 나니?"

어느 날이던가 나는 마당바위에 누워 팔베개를 한 채 우진에게 물었다. 그러자 우진이 기다리고 있었다는 듯

"응. 눈물이 나. 왠지 자꾸 슬퍼지는 것 같기도 하고"

"너도 그렇구나. 근데 별을 쳐다보면 왜 자꾸 눈물이 나려하지?"

"글쎄……"

이러면 우리는 서로 싸우기라도 한 듯 말이 없었고 또 그러면 우리는 하염없이 밤하늘의 별을 쳐다보며 한숨만 포옥폭 내쉬었다. 지금 생각하면 참 잔망스런 일이었지만 그때는 심각한 문제였다. 왜 밤하늘의 별을 보면 눈물이 나려하는지 그게 못내 궁금해서였다.

우리가 밤이 이슥토록 마당바위에 누워 광대무변한 밤하늘의 별을 쳐다보다 누군가가 겁먹은 소리로

"우리 그만 집에 가자!"

할 때는 가까운 곳 어디선가 부엉이가 '부우엉 부우엉!' 울 때였다. 어른들은 말씀하셨다. 부엉이가 우는 곳 가까이에는 눈 큰 짐승이 있다고. 눈 큰 짐승이란 말 할 것도 없이 호랑이었다.

"서울에서는 별을 볼 수도 없고 본다 해도 모두 공해에 찌들어 빈사상태인데 이곳에서 보는 별은 아주 건강하고 싱싱해 활선어를 보는 것 같아. 어떤가. 기준이 자네도 그렇게 생각하나?"

먼 어젯날의 소년으로 돌아가 고향마을의 냇가 마당바위에 가 누워 있는데 우진이 헤살부리듯 말하며 내 팔을 툭 쳤다.

"응. 나도 자네와 같은 느낌이지. 이곳에서 쳐다보는 밤하늘의 별은 반짝이는 보석을 보는 것 같고 서울에서 보는 밤하늘의 별은 시궁창에서 건져올린 오물을 보는 것 같아. 아니 서울에서 보는 밤하늘의 별은 숫제 보이지도 않지. 이제 서울 하늘의 별은 다 죽었나 봐. 참 슬픈 일이야"

이때 또 월은산에서 아까처럼 재넘이가 솨아하고 불어 내렸다. 그러자 개울가 산기슭 풀숲에서 낭자하게 울어대던 풀벌레 소리가 일순 멎는가 하더니 곧 다시 풀숲에다 낭자한 소리를 쏟아냈다.

"어때, 참 좋지?"

내가 너럭바위에 팔베개를 하고 누워 반짝이는 별들을 쳐다보며 묻자 우진은

"좋다마다. 이런 여름날 밤, 산 좋고 물 좋고 공기 좋고 반석 좋은 곳에 누워 물소리 바람소리 풀벌레 소리 들으며 좋은 친구와 함께 있다는 것 자체가 축복이고 행복이지. 더욱이 오늘 밤엔 반딧불이까지 불을 밝히고 공중에서 군무를 추니 천국이 어디 따로 있고 극락이 어디 따로 있겠나. 그러니 이보게, 우리 남은 제2의 인생을

만끽하며 사세나. 이곳 이상향에서 말일세."

우진은 좀 비감한 어조로 말하며 내 손을 덥석 잡았다.

"물론이지. 자네와 난 수어지교(水魚之交)로 남들이 부러워하는 우의를 가지고 있잖나. 이것 하나만으로도 우린 성공한 인생이야. 보게. 지금 목적과 현실만 있는 부라퀴 같은 세상에 관포(管鮑)의 의(誼)를 가지고 사는 사람이 얼마나 되겠나를, 우린 서로 다감한 지기일세"

"그렇지. 우린 마음의 벗 심우(心友)지. 그래서 볼테르는 '우정이란 다감한 마음을 지닌 두 사람의 유덕(有德)한 인사가 서로 주고받는 암묵의 계약이다'라고 했겠지"

"저 에스키모들의 속담엔 이런 것도 있지. '얼음이 갈라지기 전까지는 누가 너의 친구인지 알지 못한다'는. 그러네. 단 한 사람의 진정한 친구면 그것으로 족하지. 그러기에 H.B 애덤스는 '헨리 애덤스의 교육'에서 '생애에 친구가 하나면 그것으로 족하다. 둘이면 과하고 셋은 불가능하다' 했을 것일세. 우린 성공한 인생이야. 적어도 친구에 관한 한 말일세."

밤이 얼마나 깊었을까. 그토록 낭자하게 울어대던 풀벌레 소리가 시나브로 사위어 들자 밤하늘의 별무리도 성기어 갔다. 그러자 만뢰도 잠자는지 적요해지기 시작했다. 다만 계곡의 물소리만이 적막을 깨뜨렸다. 나는 문득 무섬증이 일어 월은산을 쳐다봤다. 언젠가 계곡 아래 사는 촌로가 들려주던 말이 생각나서였다. 지금이야 그렇지 않지만 4~50년 전만해도 월은산엔 개호주를 비롯해 능소니가 많았고 호랑이를 뺀 사슴 곰 멧돼지 따위의 큰 짐승 느리가 많이 살았다 했다. 그런가 하면 천년 묵은 여우가 변하여 된다는 매구도 있다 했다. 지금이야 꿩 토끼 다람쥐 같은 작은 짐승 토록이 시글시글 해도 그때는 멧돼지는 물론 늑대와 여우같은 맹수도 시글시글 했다 한다. 그래 산속에 살면서 사냥과 산약 캐는 일을 업으로 하는 산돌이조차 산에 깊이 들길 꺼렸다 했다. 게다가 날이 저물거나 비라도 구죽죽이 오면 나무가 사람의 형상으로 보이는 몽다리와, 쳐다보면 쳐다볼수록 한없이 커지는 귀신 그슨대가 떡하니 나타나 혼을 뺐다 한다.

"여보게, 우진이. 밤이 깊었네. 우리 오늘은 이만 가서 자세"

내가 말하며 우진을 채근하자

"그렇게 하지. 밤이 벌써 자정이 넘었네"

우진이 핸드폰으로 시간을 확인하며 하늘에다 눈을 주었다. 나도 우진을 따라 하늘에 눈을 주며 자리에서 일어났다. 이때 하늘 한쪽 산머리에 요부의 눈썹 같은 싸느란 그믐달이 처염한 자세로 걸려 있었다. 그것은 모진 한을 토하듯 표독스레 보였다. 그러나 그 달은 아름다운 이름의 눈썹달이었다. 비록 비수처럼 새파란 한을 품었을지라도……

요란한 전화벨 소리에 눈을 뜨니 해가 중천에 떠 있었다. 전화는 우진으로부터 걸려왔다. 시계를 보니 벌써 여덟시 삼십 분이었다.

"어떻게, 아침 식사 하셨나?"

우진의 목소리는 아침 일찍 6시 쯤에 일어난 목소리 같았다.

"아닐세. 자네 전화 소리에 지금 잠에서 깼어."

"아 이 사람아, 지금이 몇 신데 내 전화 소리에 깨나. 새벽까지 글 썼군"

"아니야. 이것 저것 생각하다 늦잠이 들었어"

"나는 자네가 아침 식사했으면 차 한 잔 하러 건너오라고 전화했지"

"고맙네. 차는 점심에 하세. 이따가 보세"

나는 기지개를 켜며 밖으로 나왔다. 밖엔 상큼한 아침 공기가 기다렸다는 듯 온몸을 에워쌌다. 하늘은 구름 한 점 없이 맑고 햇살은 아침부터 눈이 부셨다. 나는 쌀을 씻어 아침을 지어 먹을까 하다가 냉장고에서 계란 하나를 꺼내 프라이를 하고 우유 한 컵에 토스트 몇 조각을 잼에 발라 초다짐을 했다. 이게 매나니밥을 먹거나 쥐코 밥상을 대하기 보다 훨씬 나을 것 같았다.

계란 프라이에 우유 한 컵, 그리고 토스트에 잼을 발라 아침을 때우자 커피 생각이 간절했지만 나는 참았다. 점심 식사 후 우진과 함께 커피를 마시기 위해서였다. 나는 우진에게 전화를 걸었다.

"어떤가. 점심은 계곡 아래 식당가로 내려가 펄펄 끓는 찌개류로 하는 게?"

"이열치열인가?"

"그게 좋지 않겠나?"

"아무려나. 자네가 좋으면 나도 좋지."

우리가 식당에서 만난 것은 열두 시 반 경이었고 점심을 마친 것은 한 시 반 경이었다. 그러니까 우리는 점심을 한 시간에 걸쳐 먹은 셈이었다.

점심을 마치자 우리는 산기슭 카페로 자리를 옮겨 차를 마셨다. 커피는 점심을 먹는 식당에서 무료로 제공했지만 카페에서 마시는 것만큼 분위기가 나질 않아 외식할 때의 끽다는 가능한 한 카페를 이용했다. 그런데 오늘은 여느날처럼 마음 놓고 차를 마실 계제가 아니어서 잠시 후 자리를 일어났다. 점심 먹기 조금 전부터 약하게 일기 시작한 바람이 점점 세어진다 싶더니 얼마 후엔 거센 바람으로 변하기 시작했다. 나는 안 되겠다 싶어 우진과 함께 황톳집으로 진둥걸음질을 했다. 강풍이라도 불면 여기저기 널려있는 집물과 허섭스레기가 날아갈지 몰라 미리 손을 써놓기 위해서였다. 바람은 시간이 갈수록 점점 더 거세어져 해거름녘이 되자 광풍처럼 사나워졌다. 나는 이게 혹시 전강풍全强風의 노대바람이 아닌가 싶어 겁이났다. 노대바람이 대체 어떤 바람인가. 풍력 10의 몹시 강한 바람으로 10분간의 평균 풍속이 초속 24.5미터 내지 28.4미터로 육지에서는 건물이 부서지고 나무가 쓰러지며 바다에서는 파도가 크게 일어 흰 거품으로 뒤덮인다지 않는가.

나는 제발 이 바람이 노대바람이 아니기를 간절히 바라며 좌불안석 바장이었다. 그러나 바람은 점점 더 사나워져 해거름녘이 지나자 비까지 동반해 난리를 쳤다. 하늘은 먹장구름으로 캄캄했고 빗줄기는 놋날드리듯 퍼부어댔다. 나는 무섭고 겁이나 아무 것도 못한 채 발만 동동굴렀다. 이렇게 비가 몇 시간만 퍼부으면 세상이 다 결단날 것 같았다. 거센 바람이 거센 비까지 동반한 채 난리를 쳐대니 아무래도 징조가 심상찮았다.

그랬다. 비바람은 시간이 지날수록 점점 광폭해져 여기 저기 널려 있는 허섭스레기를 공중으로 끌어올렸다. 그러자 어디선가 나무가 부러지는지 '우지끈 뚝딱'하는 소리가 들렸다. 노대바람이 싹쓸바람으로 바뀐 모양이었다. 싹쓸바람은 노대바람보다 더 강해 풍력 계급 12의 최강풍으로 10분간의 풍속이 32.7미터 이상이어서 육지에서는 나무가 뽑히고 집이 날아가는 등 엄청난 일이 생기고 바다에서는 산더미 같은 파도가 일며 지진 해일의 쓰나미도 일어난다지 않는가. 이때 번쩍하는 번개와 함께 하늘이 찢어지듯 요란한 천둥소리가 나더니 전기가 나갔다. 정전이 된 것이다. 나는 반사적으로 텔레비전을 켰지만 텔레비전은 켜지질 않았다. 하늘을 갈기갈기 찢어놓을 듯한 천둥번개의 뇌성벽력은 간단없이 이어졌고 강풍과 함께 세차게 퍼붓는 폭우는 하늘에서 강물이 그대로 쏟아지는 것 같았다. 사방은 칠칠흑야로 아무 것도 보이지 않고 들리는 것은 퍼붓는 비와 바람소리, 그리고 뇌성벽력이었다. 나는 겁나고 무섭고 두려워 거실 소파에 오도카니 앉아 비가 그치고 바람이 멎기만을 애타게 기다렸다. 그러다 문득 우진이 궁금해 전화를 걸었으나 불통이었다. 전기가 나갔으니 전화가 될 리 만무했다. 그래 나는 핸드폰으로 걸었으나 핸드폰마저 먹통이었다. 배터리가 다 된 모양이었다. 나는 책상 서랍에서 랜턴을 꺼내 켜봤지만 이도 역시 건전지가 다 돼 캄캄이었다. 낭패였다. 설상에 가상이었다. 사방은 요란한 빗소리와 바람소리 그리고 어디선가 들려오는 비명소리 뿐이었다. 그런데도 비는 점점 더 사납게 퍼부어댔다. 모르긴 해도 이렇게 퍼붓는 장대비라면 시간당 백 밀리미터는 넘을 것 같았다. 나는 똥마려운 강아지처럼 한 곳에 진득하니 부접못한 채 거실을 왔다 갔다 했다. 어찌 된 영문인지 초도 한 자루 없었다. 나는 평소 유념성 없음을 후회하며 앞으로는 이러지 말아야지 했다.

이런 피 마르는 시간이 얼마나 흘렀을까. 아마 좋이 서너 시간은 지났지 싶자 앞개울에서 돌 구르는 소리가 '쿵쿵쿵!' 들려왔다. 계곡의 물이 상류에서 급격히 늘어 홍수를 이루는 바람에 바위가 물살에 떠내려가는 모양이었다. 나는 몸이 달아 앉았다 섰다 하며 손목시계를 봤다. 손목시계는 다행히 살아 있어 열한 시 오십분을 가리키고 있었다. 약 기운이 아직 남아 있는 모양이었다. 살아 있는 물체는 나와 손목시계 뿐이었다. 나는 피를 말리며 어서 날이 밝기를 기다렸다. 날이 새려면 아직 다섯 시간 가까이 있어야 했으므로 역사처럼 긴 시간이었다. 그런데도 비는 한결같이 퍼부어댔다. 나는 개울 건너 우진이 걱정돼 가보고 싶었지만 강풍과 폭우 때문에 갈 수가 없었다. 우선 한 치 앞을 분간할 수가 없는데다 쏟아지는 폭우 때문에 꼼짝달싹 할 수가 없었다. 그리고 또 계곡이 홍수로 벌창을 해 건널 수가 없었다. 걱정은 우진이만이 아니었다. 서울의 집도 걱정이었다. 이 비가 국지성 호우인지 전국적으로 퍼붓는 폭우인지 알 수가 없었다. 사세가 이 지경에 전화와 함께 TV까지 안 켜지니 미칠 노릇이었다. 서울에서 아내가 전화를 여러 번 걸었을지도 모르는데 내가 전화를 걸 수 없으니 숨통이 막힐 지경이었다. 시집가는 날 등창난다고 하필 이럴 때 전화와 TV가 다 소통을 못하니 환장할 일이었다. 이때 어디선가 또 날카로운 비명이 폭풍우에 실려 들려왔다. 그리 멀지 않은 거리였다. 나는 이때 온갖 사사망념이 들기 시작했다. 산사태에 집이 쓸려 온 가족이 생매장 당한 처참한 곡두가 보이는가 하면 아름드리나무가 뿌리째 뽑혀 집을 덮치는 광경도 곡두로 보였다.

"아아아!"

나는 반벙어리처럼 아아거리며 캄캄한 거실을 돌아쳤다. 도무지 한 곳에 앉아 있을 수가 없었다. 전기가 나가지 않아 불이 밝던지, 휴대폰에 배터리가 있어 통화가 되던지, 하다 못해 랜턴에 건전지라도 있어 불을 밝힐 수 있다면 마당이라도 비춰보련만 철저하게 어느 것 하나 제 기능을 발휘 못하니 속수무책이었다. 이때 또 앞 계곡에서 '쿵쿵쿵!' 바위 구르는 소리가 들렸다. 나는 소스라치며 우진의 둥지 회월재를 향해

"여보게 우진이 무사한가? 여보게 우진이!"

하고 목청껏 소리쳤다. 그러나 내 목소리는 천지를 결딴내다시피 하는 폭풍우에 묻혀 가뭇없이 사라졌다.

아, 이럴 때 술이라도 한 잔 마셨으면 좋으련만. 담배라도 한 대 태웠으면 좋으련만…… 나는 애가 타고 피가 마르는 것 같아 미치광이처럼 거실을 뺑뺑 돌았다. 이렇게 또 얼마가 흘렀을까. 세상을 집어삼킬 듯 요동치던 폭풍과 천지를 결딴낼 듯 요란하던 뇌성벽력이 멎자 나는 후유하고 한숨부터 쉬었다. 하지만 아직도 장대비는 한결같이 쏟아지고 있었다. 대우방타大雨滂沱였다. 이때 또 앞 계곡에서 쿵쿵쿵 바위 구르는 소리가 났다. 나는 세 번째 듣는 바위 구르는 소리에 고향 마을의 앞개울이 떠올랐다.

몇 살 때였던가. 초등학교 4학년 때였으니 열한 살 때였을 것이다. 그 해도 오늘처럼 뇌성벽력과 함께 폭풍우가 쏟아졌다. 개울이 좁은 협곡이어서 비는 불과 반나절을 퍼부었는데도 개샘이 터지고 물마와 함께 시위가 생겨 사방이 물천지였다. 그러나 무엇보다 무서웠던 것은 시뻘건 황토물이었다. 시뻘건 황토물이 빼쭉 서서 쳐들어오듯 굴러왔다는 점이었다. 나는 그때 똑똑히 보았다. 폭우에 갑자기 불어난 산골 개울물이 빼쭉 서서 굴러오는 것을. 그것은 장관이었다. 아니 엄청난 홍수였다. 불과 몇 시간 사이에 일어난 일이었음에도 인근 마을 사람들은 이 홍수를 구경하기 위해 백차일 치듯 모였다. 그때 사람들은 연신 "야아 야아!"하며 "아이구 저것 봐.

소가 떠내려 오네 소가!"했고 어떤 사람은 "저어기 돼지도 떠내려 오고 있어 돼지도"했다. 그런가 하면 또 어떤 이는 둥실둥실 떠내려 오는 통나무를 갈고리로 찍어 물 밖으로 꺼내기도 했다. 그러나 홍수에 떠내려 오는 건 이것만이 아니었다. 집도 떠내려 왔고 개도 떠내려 왔고 뱀도 떠내려 왔다. 가재도구의 허섭스레기도 떠내려 왔다. 산골 개울물은 갑작스런 폭우로 삽시에 불어나기 때문에 물이 줄어드는 것도 빨랐다. 그렇지만 비가 오랫동안 내려 땅이 물을 잘 흡수하지 못하면 물이 빠지는 속도도 느려 오래 간다. 사람들은 이를 물이 늙어서라 했는데 긴 장마 끝에 내리는 비는 물이 늙어 줄어드는 속도도 그만큼 느렸다.

어제 오후 7시 경부터 퍼붓기 시작한 폭우가 그친 것은 오늘 아침 다섯 시 경이었다. 비는 그러니까 온전히 열 시간을 퍼부어댄 끝에야 그친 것이다. 확실한 것은 알 수 없으나 한 시간 당 백 밀리미터씩 따진다 해도 열 시간이면 천 밀리미터의 비가 내린 셈이었다. 그러나 장담컨대 하늘에서 강물이 쏟아지듯 퍼부어댔으니 시간당 백이십 밀리미터는 내렸을 것이다. 그렇다면 열 시간이면 도대체 얼마만한 비가 내린 것인가. 물경 천이백 밀리미터의 비가 내린 게 아닌가.

나는 우선 내 둥지 완월재부터 조심조심 살피기 시작했다. 가슴이 떨리고 다리가 후둘거려 몸을 제대로 가눌 수가 없었다. 나는 집 여기저기를 조심조심 살폈다. 뜰의 화초가 쓰러지고 터앝의 야채가 뽑히고 집 뒤 둔덕의 나뭇가지가 부러져 지붕에 날아와 앉은 것 외엔 이렇다 할 피해가 없어보였다. 나는 우선 후유 하고 안도의 숨을 내쉰 다음 개울 건너 회월재로 눈을 보냈다.

아, 그런데 이 어찌된 노릇인가. 분명히 보여야 할 회월재가 보이지 않았다. 나는 내 눈을 의심하지 않을 수가 없었다. 우진이가 아니 회월재가 반나마 흙더미에 묻혀 있어서였다. 뒷산 청미산에서 사태가 나 회월재를 덮친 모양이었다.

그렇다면, 그렇다면?

나는 문득 불길한 생각이 뇌리를 스쳤다. 그러나 나는 애써

아닐 거야. 아닐 거야

하며 도리질을 했다. 도리질을 하지 않을 수가 없었다. 그러나 사태는 회월재만이 아니었다. 동네 여기저기에 사태가 나 집들이 흙 속에 파묻혔고 돈들막과 언덕배기는 돌이 구르고 흙이 무너져 단애가 생겼다. 하지만 개력은 이것만이 아니었다. 아름드리나무가 뿌리째 뽑혀 여기 저기 누워 있고 물가의 논밭전지는 흔적 없이 사라져 자취를 감추었다. 이 외에도 지붕이 날아간 집, 흙벽담이 무너진 집, 어떤 집은 방안까지 빗물이 들이닥쳐 발을 동동구르기도 했다. 하룻밤 사이에 산천이 무너지고 집이 흙더미 속에 파묻히고 땅이 뒤집혀 나무가 쓰러지고 논밭전지가 가뭇없이 사라져 온데 간데 없고……

아, 이럴 수가 있단 말인가. 이럴 수도 있단 말인가. 산천을 이 지경으로 만들어 놓고도 하늘은 밤새 무슨 일이 있었냐는 듯 시치미 뚝 뗀 내전보살로 아침 해가 눈부셨다. 참으로 얄밉도록 능청스런 하늘이었다. 그러나 어쩌랴. 하늘이 하는 일과 아버지가 하는 일은 못 말린다지 않는가.

하지만 나는 지금 하늘 타령만 하고 있을 때가 아니다 싶어 신들메를 단단히 가든그리고 계곡 아랫마을로 달려갔다. 그곳에 청미산으로 가는 구름다리가 있어서였다. 우진의 회월재를 가려면 이 방법 외에 다른 방법이 없었다. 계곡의 물이 많지 않을 때는 집 앞에 놓인 징검다리로 건너다닐 수가 있었는데 오늘 같은 대홍수 때는 이 방법 밖에 없었다. 다행히 구름다리는 떠내려가지 않았으나 엄청난 홍수에 시달려 금세라도 떠내려 갈 듯 위태위태 했다. 나는 제 정신이 아닌 채로 구름다리를 건너 엎어지고 자빠지며 논틀밭틀을 뛰었다. 제발 우진이 무사하기만을 간절히 바라면서……

아 그러나 우진은 무사하지 않았다. 나는 미친 듯 울부짖으며 우진을 잡아 흔들었다. 우진은 하반신이 흙더미 속에 파묻혀 죽은 듯 누워 있었다. 회월재는 산사태로 반나마 묻혀 있었고 나머지는 기우뚱한 자세로 위태롭게 서 있었다. 나는 우선 흙더미 속에서 우진이부터 꺼내 맥을 짚어보고 코에다 귀를 대 호흡을 확인했다. 다행히 약하나마 맥은 뛰었고 숨도 약하나마 쉬었다. 이런 상황에서도 우진은 손에 핸드폰이 들려 있었다. 이는 추측컨대 상황이 급박하자 나한테 전화를 걸다 산사태의 흙더미에 깔려 변을 당한듯 했다. 나는 부랴부랴 우진의 핸드폰을 열어봤다. 아니나다를까, 우진의 핸드폰에는 내 전화번호가 또렷이 찍혀 있었다. 나는 119에 급히 SOS를 쳤다. 물론 우진의 핸드폰으로였다. 헬기가 빨리만 와준다면, 그래서 가까운 병원 응급실로 갈수만 있다면 우진은 살 수 있을 것이다. 나는 피가 마르는 심정으로 하늘을 쳐다보며 헬기가 빨리 나타나주기만을 목을 빼고 기다렸다.

이렇게 얼마를 기다렸을까. 아마 한 30여분 가까이 기다렸지 싶자 헬기가 청미산을 향해 날아오는 게 보였다. 나는 윗도리를 벗어 힘껏 흔들었다. 헬리콥터가 내쪽으로 와 공중에서 빙빙 몇 바퀴 선회하더니 수직으로 하강했다.

오, 제발, 제발 죽지만 말아다오!

나는 가슴을 졸이며 침만 꼴깍꼴깍 삼켰다. 헬기가 멎자 구조대원들이 재빠르게 우진에게 인공호흡 등 필요한 몇 가지 조치를 취하더니 헬기로 옮겼다. 나도 우진과 함께 헬기에 올랐다.

제발, 제발 죽지만 말아다오!

나는 또 가슴을 졸이며 침을 꼴깍 삼켰다. 그런 다음 두 눈을 꼭 감았다. 헬기는 이로부터 이십여 분 후 C시의 H병원에 도착했고 우진은 곧바로 응급실로 옮겨졌다.

이러고는 또 얼마나 피 마르는 시간이 흘렀을까. 나는 두 주먹을 부르쥐고 보호자 대기실에서 가슴을 쥐어뜯으며 바장이었다. 십

분 이십 분! 아아, 왜 이다지도 응급실에서는 아무 소식이 없을까. 혹시 잘못되기라도 한 건 아닐까? 혹시 식물인간이라도 되는 건 아닐까? 나는 별의별 사사망념이 다 들어 숨을 제대로 쉴 수가 없었다. 이때 간호사 아가씨가

"박 우진 씨 보호자 분, 박 우진 씨 보호자 분"

하며 보호자 대기실로 나왔다. 나는 손을 번쩍 들고 간호사 앞으로 좇아갔다.

"어떻게, 어떻게 됐습니까 환자는?"

나는 간호사의 손을 잡고 빠른 말로 물었다.

"예에, 환자는 조금 전 의식이 돌아왔습니다."

간호사는 이 말을 남기고 어딘가로 바삐 종종걸음질을 쳤다.

"예에?! 고맙습니다. 고맙습니다 간호사님."

나는 종종걸음질 치는 간호사를 향해 굽벅 절하고 중환자실로 뛰어들었다.

"살았구나 우진아! 고맙다 우진아!"

나는 우진의 손을 그러잡고 황소울음을 터뜨렸다. 우진이 이때

"울지 마 친구야. 나 이렇게 살았잖아."

하며 얼굴에 웃음꽃을 피웠다. 나는 몽니부리는 아이처럼 몸태질을 하며 더 큰소리로 엉엉 울기 시작했다.

# 서리 고금古今

## 서리 (1)

저녁나절부터 희끗희끗 날리던 눈발은 굴뚝에 저녁연기가 모락모락 피어오르면서 소담스런 함박눈으로 변하기 시작했다. 그러더니 사방에 어둑발이 내리면서부터 눈은 어디 한 번 해보자는 듯 하늘 빼곡이 쏟아져내렸다. 눈송이가 어찌나 큰 지 마치 다 여문 목화송이에서 목화를 발라내 흩뿌리는 것 같았다.

눈이 하늘 미어지게 내리자 누리는 금세 하얀 눈 세상으로 변했고 강아지들은 이때다 하고 고샅을 이리 뛰고 저리 뛰며 제 세상 만난 듯 좋아했다. 마당가 두엄 더미 곁에 매어둔 암소는 거친 숨을 식식 몰아쉬며 강아지와 함께 겅중겅중 뛰는 새끼가 걱정되는지 연신 큰 눈을 섬뻑이며 '음머어 음머어'하고 새끼를 불렀다. 그런데도 송아지는 강아지와 함께 고샅을 이리 뛰고 저리 달으며 노는데 정신이 팔려 어미의 부름은 아랑곳 하지 않았다.

눈이 하늘 가득 난분분 난분분 내리자 남정네는 싸리비를 찾아 들고 골목길을 쓰느라 분주했고 아낙들은 삼단 같은 머리를 얼레빗으로 빗어 참빗으로 다듬고 면빗으로 고른 다음 큰 눈이 내릴세라 지레 겁을 먹고 우물에 나와 물을 길어가느라 정신이 없었다. 하지만 분주하고 정신이 없는 건 이들만이 아니었다. 젊은이들은 뒤란에 쳐쟁여 둔 나뭇가리에서 솔가리를 낫으로 파 아람으로 안아다 부엌에 쌓았고 삭정이나 물거리 등 마른 나무 졸가리는 모탕에 놓고 때기 좋게 두어 뼘 나웃 잘라 부엌의 솔가리 곁에다 차곡차곡 쌓았다. 비 오면 비설거지 하듯 눈 오면 눈설거지 하는 게 일상이어서 모두가 손에 익은 난든집이었다.

“어허, 올 겨울 눈 오는 걸 보니 내년 보리농사는 풍년이겠어”

“그래야지. 눈이 많이 오면 보리는 풍년이잖어. 눈이 보리 안 얼어 죽게 이불 노릇을 해 주니까”

“그려. 우리네 농투성이야 그저 시화연풍(時和年豐)에 국태민안(國泰民安)하면 더 바랄 게 없지”

“누가 아니래. 우리 농사꾼은 배 부르고 등 따시면 젤이지. 닷새만큼 바람 조용히 부는 오풍십우(五風十雨)에 열흘 마다 비 조용히 내리는 우순풍조(雨順風調)면 이게 바로 태평성대요 강구연월(康衢煙月)이지"

저녁을 먹고 이웃 사랑으로 밤마을을 온 중늙은이들은 하늘 미어지게 내리는 눈이 보리 풍년의 전조이기나 하듯 좋아했다. 이들은 밤마을을 오면서도 빈손으로 오는 법이 없어 각기 일거리를 가지고 와 새끼를 꼬거나 짚신을 삼는가 하면 대나무나 고리버들을 가지고 와 동구미나 동고리를 만드는 이도 있었다. 그런가 하면 또 삼태기를 만들거나 도리깻장부에다 물푸레나뭇가지를 엮어 도리깨를 만들어 가을 타작 마당질에 대비하기도 했다.

그렇다면 이 시각 아낙들은 무엇을 하고 있을까. 아낙들은 저녁을 먹자마자 마실 갈 생각에 좀이 쑤셔 설거지 할 그릇을 자싯물(개숫물)에 담그기 급하게 월산댁네로 진둥걸음질을 쳤다. 월산댁이 읽어주는 고담책 재미에 홀랑 반해서였다. 동네 아낙 중 국문 해득자는 월산댁 한 사람 뿐이고 나머지 아낙들은 모두 낫 놓고 기역자를 모르고 똬리 놓고 이응자도 모르는 문맹자들이어서 월산댁이 읽어주는 고담책 인기는 대단해 농한기의 겨울밤이면 아낙들이 월산댁네로 모여 방이 골을 쳤다. 월산댁은 책만 잘 읽는 게 아니라 노래도 잘 하고 춤도 썩 잘 추는 강창사였다.

월산댁은 어린 예닐곱 살 적부터 아버지 무릎에 앉아 국문을 배웠고 전래 민요도 여러 곡 배워 일찌감치 풍류를 알았다. 이런 월산댁은 여남은 살 적부터 아버지가 장마당 난전에서 사다 준 고담책을 청승맞게 잘 읽었다. 고담책은 심청전으로부터 시작해 춘향전, 흥부전, 토끼전, 박씨전, 장끼전, 허생전, 유충렬전, 홍길동전, 옹고집전, 박문수전, 배비장전, 전우치전, 옥단춘전, 구운몽, 한중록, 인현왕후전, 임경업전, 사명당전 등이었는데 이는 갑오개혁 이후, 신소설이 나오기 전의 소설 형태여서 요행과 우연이 많은 기봉소설奇逢小說이 주류를 이루었다. 남녀 주인공은 하나 같이 곡절 많은 사연 속에 기이한 인연으로 만나는 비현실적 내용이 대부분이었다. 그리고 주인공은 반드시 결말에 복을 받거나 행복하게 되고 악한이나 악당은 반드시 벌을 받거나 불행해지는 권선징악이 필수였다. 그랬으므로 주인공은 당연히 해피엔드로 끝나고 악당은 당연히 불행하게 끝이 났다.

월산댁이 읽어주는 고담책은 요즘 아이들에게 들려주는 구연동화만큼이나 인기가 있어 이웃 마을 아낙들까지 몰려오게 했다.

월산댁은 이야기책을 참 잘 읽었다. 그녀는 이야기책을 어찌나 재미있게 잘 읽는지 조선시대 때 책을 전문적으로 읽던 계집종 책비册婢나 책을 돌아다니며 직업적으로 읽어 주던 전기수傳奇叟에 못지않았다. 그래 월산댁은 매일 밤 닭이 홰를 치고 울 때까지 동네 아낙들에게 책을 읽어줘야 했다. 월산댁은 목청이 좋은 데다 책을 읽을 때 효과와 연출의 감정처리까지 자유자재로 해 희로애락애오욕喜怒哀樂愛惡慾의 칠정七情을 근사하게 구사, 아낙들의 혼을 쏙 빼

놨다. 이런 월산댁은 기쁜 장면이 나오면 기쁜 목소리와 기쁜 표정을 지었고, 슬픈 장면이 나오면 슬픈 목소리와 슬픈 표정을 지었다. 월산댁은 동네가 가을걷이와 함께 마당질이 끝나고 새끼 꼬고 이엉 엮어 집을 해인 다음 김장을 해 담그면 밤마다 닭이 홰를 치고 울 때까지 책을 읽었다. 그러자 아낙들은 이런 월산댁이 고맙고 미안해 누가 먼저랄 것 없이 밤참들을 만들어 왔다. 어느 날 밤은 누가 묵을 쳐오고, 어느 날 밤은 누가 국수를 삶아 오고 했는데 가끔은 또 무시루떡에 마구설기를 해오는 집도 있었고 부침개에 수수부꾸미를 해오는 집도 있었다. 이런 날 밤이면 책 읽는 소리가 더 낭랑했고 통쾌한 장면을 읽을 때면 우레와 같은 박수가 쏟아져 나왔다. 그러다 안타까운 장면이나 가엾은 장면이 나오면 "아이구, 저를 어째! 아이구 딱두하지!" 하며 혀를 끌끌 찼고 슬픈 장면이나 억울한 대목이 나오면 "아이구 딱해라! 아이구 불쌍해라!"하며 치마를 뒤집어 눈자위를 훔치고 코를 팽 풀기도 했다. 그러다 못된 인간이나 인면수심人面獸心의 짐승 같은 인간 말자가 나오면 "어이구 저 육시를 할 놈"하며 저주를 퍼부어댔다.

월산댁이 읽는 고담책이 한창 클라이맥스에 이르거나 아슬아슬한 장면에 이르면 아낙들은 오줌이 마려워도 참아야 했고 똥이 마려워도 발뒤꿈치로 항문을 압박하며 참아야했다. 오줌이나 똥을 누러 간 사이 절정 장면이 지나갈까 저어돼서였다. 이는 가령 춘향전이나 옥단춘전을 읽을 때 암행어사 출두 장면이 나올 경우가 그랬고 심청전에서 심청이가 인당수에 빠지는 장면이나 원한이 골수 깊이 맺힌 불구대천지수를 만나 복수극을 펼칠 때는 똥 오줌이 아무리 마려워도 기를 쓰고 참아야했다. 정히 못 참을 지경이면 월산댁한테 잠시 책 읽기를 중단시키고 용변을 보고 온 후 다시 책을 읽게 했다. 그러나 책이 고담소설에서 신소설로 넘어와 이수일李守一과 심순애沈順愛가 주인공으로 나오는 '장한몽(長恨夢)'을 읽을 때는 아낙들은 바짝 긴장들을 한 채 무릎을 세우고 앉아 숨소리를 죽였다. 그도 그럴 것이 매양 구식의 진부한 고담책만 듣다가 새로운 패턴의 신소설 장한몽을 들으니 구식소설에서 맛볼 수 없는 재미가 있었기 때문이었다.

이 장한몽은 1913년에 일재一齋 조중환趙重桓이 일본 작가 오자키 고요尾崎紅葉의 원작 '금색야차(金色夜叉)'를 번안해 매일신문에 연재한 작품으로, 연재 당시 독자들로부터 폭발적인 인기를 얻은 작품이었다.

연재 당시 얼마나 인기가 대단했으면 속편 장한몽까지 나와 1915년에 다시 매일신문에 연재했겠는가.

이렇듯 신소설 장한몽은 미증유의 인기를 누려 지금까지도 심심찮게 인구에 회자되고 있다. 그것은 파천황이었다.

뿐만이 아니었다. 장한몽은 또 애정소설이나 신문 연재소설의 새 지평을 열었고 신문소설의 표본으로 정형화 돼 지대한 영향을 미친 바 있었다. 그리고 이는 또 연극의 대본으로도 꾸며져 무대에 많이 올랐고 신파극에도 단골 메뉴로 올라 전국의 면면촌촌이 해마다 정월 대보름 날 밤이면 동네마다 앞 다퉈 이수일과 심순애의 장한몽을 신파극으로 꾸몄다. 사람들은 심순애가 가난한 대학생 애인 이수일을 배신하고 돈 많은 은행 두취頭取 김중배의 다이아몬드 반지에 눈이 어두워 돌아서는 장면에서는 "아이구 저 죽일 년! 아이구 저 몹쓸 년!"하고 욕을 해댔다. 그런데 월산댁이 이 '장한몽'을 읽을 때는 반드시 먼저 이수일과 심순애의 노래와 함께 꼭 대사臺詞를 읊었다. 이는 한두 번 있는 일이 아니어서 '장한몽'을 읽을 때마다 되풀이 했다. 그랬다. 월산댁이 '장한몽'을 읽을 때는 꼭 이수일과 심순애의 노래 9절 전곡全曲을 다 불렀고 대사도 잊지 않고 읊었다. 오늘도 월산댁은 예외가 아니어서 노래 9절 전곡과 함께 대사를 읊조렸다.

'대동강변 부벽루에 산보하는
이수일과 심순애의 양인이로다
악수논정 하는 것도 오날 뿐이요
보보행진 산보함도 오날 뿐이다'

월산댁이 1절을 불러 제치면 방안의 아낙들은 2절을 불렀다.

'수일이가 학교를 마칠 때까지
어찌하여 순애야 못 참았더냐
낭군의 부족함이 생긴 연고냐
불연이면 금전에 탐이 났더냐'

아낙들이 2절을 부르면 3절은 월산댁과 아낙들이 합창을 하는데 이때는 월산댁이 지휘자처럼 앞에 나와 불렀다. 이때 아낙들 속에서

"요이요이 요요사또!"

하며 일본식 추임새로 후렴을 넣는 이도 있었다. 그러면 월산댁은 아낙들과 함께 구성지게 3절을 불러제쳤다.

'낭군의 부족함은 없지요마는
당신을 외국 유학 시키기 위해
부모님의 말씀대로 순종하여서
김중배의 가정으로 시집을 가요'

월산댁과 아낙들이 3절을 부르고 나면 판은 고조될 대로 고조돼 4절로 이어졌다.

'순애야 반 병신된 이수일이도
이 세상에 당당한 의기 남아다

이상적인 나의 처를 돈과 바꾸어
외국 유학 하려하는 내가 아니다'

노래가 4절까지 불려지면 이때부터는 월산댁이 또 독창으로 5절과 6절을 불렀다. 아낙들이 5절과 6절 이상은 몰랐던 것이다.

월산댁은 4절을 부르기 급하게 5절로 이어지는데 5절에서는 처량한 표정으로 울다시피 노래를 불렀다.

'순애와 작별한 이수일이는
옷깃 잡는 심순애를 탁 차 버리고
줄줄 흐르는 피눈물은 눈을 가리며
맥없이 걸어간다 부벽루 아래'

그러나 5절은 6절에 비해 젊잖은 편이었다. 하지만 6절은 절규요 몸부림이었다. 아니 피 토하는 울부짖음이었다.

'순애야 이수일을 사랑하느냐
불연이면 황금을 사랑하느냐
다이아몬드 반지에 눈이 어두워
반기어서 타지 마라 신식 자동차'

6절에서 월산댁은 가슴까지 치며 꺼이꺼이 울어대더니 7절과 8절에서는 노래 반 울음 반으로 범벅이 돼 끝을 맺었다.

'순애를 차버린 이수일이는
천천히 완보하여 모란봉으로
적막한 달빛 아래 우는 순애는
이수일이 가는 곳만 살필 뿐이다'

이렇게 7절이 끝나면 8절은 한 혼 빠진 사람처럼 맥없이 노래를 불렀다.

'모란봉이 변하여 대동강 된들
일평생에 순애 마음 변할 줄 몰라
나의 일신 일보 일보 나의 가는 길
가자하니 적막하여 어디로 가나!'

그러나 바로 이어지는 대사는 그렇지가 않아 결의에 찬 목소리였다.

"순애야, 김중배의 다이아몬드 반지가 그렇게도 탐이 나더냐? 에잇 이 악마! 이 매춘! 만일에 내년 이 밤 내 명년 이 밤에도 저 달이 오늘처럼 흐리거든 이 이수일이가 어디선가 심순애 너를 원망하며 오늘처럼 우는 줄이나 알아라!"

하며 비감한 목소리로 대사를 읊조렸다. 이때야말로 완전한 신파조요 비장감의 극치였다.

바둑이나 장기 따위의 놀이에 정신이 팔려 세월 가는 줄 모르는 것을 난가爛柯라 하고, 어떤 일에 정신이 팔려 자신을 잃어버리는 현상을 '신선놀음에 도끼자루 썩는 줄 모른다'한다. 이 말은 어느 나무꾼이 신선들의 바둑 두는 것을 넋을 잃고 바라보다 문득 정신이 들어 살펴보니 그 사이 세월이 얼마나 흘렀는지 알 수 없음에서 나온 말이다. 난가는 다른 말로는 휼중지락譎中之樂이라고도 하는데 이게 바로 바둑 두는 재미에 푹 빠진 것을 말하는 것이다.

동네 늙은이들이 저녁을 먹고 밤마을을 가 농사 이야기 세상이야기 하며 밤이 이슥할 때까지 새끼 꼬고 짚신 삼고 도리깨 만들고 동구미나 삼태기 틀고, 아낙들은 저녁 먹은 다음 설거지도 하지 않고 빈 그릇을 자싯물 그릇에 담가 놓기 급하게 월산댁네로 가 고담책 듣는 재미에 빠져 시간 가는 줄 모른 채 첫 닭이 홰를 치고 자처울 때까지 앉아 월산댁의 입만 쳐다보고 있을 때 동네 청년들은 대체 어디서 무엇을 하고 있을까. 해토머리가 시작되는 따지기 때부터 여름내 뼈가 휘도록 고된 농사일을 하고 가을걷이와 함께 마당질이 끝나면 농한기의 긴긴 겨울밤을 구들막농사나 지으며 안방에서 뭉기적거리는 안방샌님도 있고 밤마을과는 담을 쌓듯 문밖 출입을 하지 않는 암사내의 안동按棟답답이도 있지만 거개의 청년들은 저녁 먹기가 급하게 마을꾼들이 모이는 봉구네 사랑 마실방으로 모여 잡담과 함께 윷도 놀고 콩 내기(콩을 돈 대신 사용하며 돈을 잃고 딸 때마다 콩으로 계산하는 놀음) 화투도 하고 속칭 '쪼이' 라고 하는 짓고땡이도 하는데 그러나 이는 모두 연막작전의 설레발일 뿐 목적은 따로 있어 취적비취어取適非取魚였다. 이게 무슨 소리냐 하면 낚시질 하는 참뜻이 고기 잡는데에 있지 않고 세상 생각을 잊고자 하는 데에 있듯 어떤 행동이나 목적이 거기에 있지 않고 다른 데에 있다는 뜻이다. 그러니까 청년 몇 사람이 이미 되짜듯 말짜듯 다 짜놓고 내전보살로 시치미 뚝 뗀 채 연극을 하고 있는 것이다. 아까 저녁을 먹자마자 노마는 삼용이한테로 가 오늘 밤 용구네 사랑에 본방꾼(매일 밤 마을 오는 붙박이 친구)들이 놀러와 밤이 이슥해 배가 출출하면 닭서리를 하자 했다. 본방꾼들은 용구, 노마, 삼용이, 만복이, 칠성이, 덕식이 등 모두 여섯 사람이었는데, 이 여섯 사람 중 닭서리 모의를 모르는 사람은 만복이 한 사람 뿐이었다. 왜냐하면 만복이는 닭 주인이었으므로 만복이 몰래 일을 꾸몄기 때문이었다.

밤이 어느만큼 깊었을까, 반짝이던 개밥바라기가 사위어든 것을 보니 밤이 꽤 이슥한 모양이었다. 이때 노마가 삼용이에게 눈짓을 보내며 자리에서 일어났다. 그러자 삼용이가

"저녁에 조당수를 먹었더니 오줌이 자주 나오네"

어쩌고 하면서 바지춤을 잡은 채 방문을 열고 밖으로 나갔다(조당수는 좁쌀로 쑨 좁쌀죽을 말하는 것으로, 이 조당수를 먹으면 오

줌이 많이, 그리고 자주 마려워 거름이 귀하던 시절 밤마을 온 사람들에게 주인이 조당수 한 동이를 끓여 밤참으로 대접해 오줌을 받았다). 이와 때를 같이 해 노마도 삼용이의 뒤를 따랐다.

"아무도 눈치 못 챘지?"

밖으로 나온 노마가 앞장서며 말했다.

"물론! 아는 사람은 우리 둘 뿐이여!"

두 사람은 일로一路 만복이네 집을 향해 종종걸음을 했다.

"유황 가져왔어?"

만복이네 집 닭장 앞에 이르자 노마가 삼용이한테 물었다.

"응, 가져왔어"

삼용이가 기어드는 소리로 대답했다.

"성냥은?"

"성냥도 가져왔지. 바늘 가는데 실 안 따라가?"

"그럼 됐어."

노마가 크게 한 번 숨을 쉬더니 닭장 문을 열었다. 예기치 않은 침입자에 닭들이 놀랐는지 홰에 앉은 채 꼭꼭거리며 꼬르르꼬르르 소리를 냈다. 이때 삼용이가 난든집의 솜씨로 꼬챙이 끝에 묻혀온 유황에다 성냥을 그어 불을 붙였다. 그런 다음 유황의 연기를 살찐 암탉의 코에다 갖다 댔다. 그러자 암탉이 몇 번 고르르고르르 소리를 내는가 하더니 잠시 후 픽 쓰러지며 땅으로 떨어졌다.

"성공이다!"

삼용이가 노마의 귀에다 대고 쾌재를 불렀다.

"한 마리만 더해."

노마가 말하며 대장격인 장닭의 날갯죽지 밑에 손을 넣어 살살 간질였다. 그래도 장닭은 멍텅구리처럼 가만히 있었다. 노마는 한참을 더 장닭 날갯죽지를 간질이다

"그만 가자."

하며 장닭 날갯죽지를 틀어잡고 일어섰다.

"알았어!"

삼용이도 재빨리 양 손에 암탉 한 마리씩을 들고 일어났다. 실로 눈 깜짝할 탄지경彈指頃의 찰나요 수유였다. 닭은 멍청이 같아 유황에 불을 붙여 코에다 대면 연기를 들이마시다 그대로 꼬꾸라져 왕왕 서리꾼들의 목표물이 되곤 했다. 뿐만이 아니었다. 닭은 또 제 어깻죽지를 건드려도 가만히 있는 습성이 있어 밤쥐가 날개 속으로 파고들어 죽지를 파먹어도 반항 한 번 하지않아 더러 밤쥐의 야식으로 희생되기도 한다. 이러니 만물의 영장이라는 간악한 인간들의 간지奸智가 어찌 가만히 있겠는가.

암탉 두 마리와 장닭 한 마리를 삼용이네 집에서 잡고 요리해 세무서 몰래 담근 밀주密酒 한 동이를 짜서 용구네 사랑으로 온 것은 만뢰가 잠든 자정 무렵이었다.

"야아, 이거 만날 천날 푸성귀에 나물죽만 먹어 소증(素症)이 걸렸는데 이게 웬 닭고기냐 그래. 그것도 세 마리씩이나"

"누가 아니래. 게다가 술까지 한 동이니 살판났구먼!"

청년들은 아닌 밤중에 홍두깨 식으로, 한밤중에 생게망게하게 술과 고기가 나오자 이게 웬 떡이냐는 듯 눈들이 휘둥그레졌다.

"근데 이 닭 뉘 집 닭인데 이렇게 살이 토실토실 쪘어? 술은 또 어디서 났고?"

한참을 볼이 미어지게 고기와 술을 먹고 마시던 만복이가 누구에게랄 것 없이 물었다. 만복이는 닭이 자기네 것인 줄 꿈에도 모르는 모양이었다. 이때 여기 저기서 킥킥킥 웃는 소리가 났다. 눈치 빠른 친구들이 알아챈 모양이었다.

청년들은 고기와 술을 양껏 먹고 함포고복含哺鼓腹하자 마음들이 흐뭇한지 연방 너털웃음을 웃었다.

"어허허 어허허."

"야아 조오타. 세상천지 부러울 게 하나도 없구나!"

만일 이때 위정자가 이 광경을 보고 오라, 백성은 먹는 것으로써 하늘을 삼는구나 하는 민民은 이식以食이 위천爲天과 위정자는 백성을 하늘을 삼는다는 위정자爲政者 이민위천以民爲天을 좌우명으로 삼았다면 이 나라가 강구연월康衢煙月의 태평성대가 되었으련만……

다음 날 아침.

해가 삿갓봉 위로 불끈 솟자 노마와 삼용이는 풍년초豊年草…… 종이로 말아 태우거나 담뱃대에 재여 피우는 봉지담배) 두 봉을 구해 들고 만복이네 집으로 가 만복이 어른 김 생원 앞에 무릎을 꿇었다. 간밤 닭서리에 대한 벌을 청하기 위해서였다.

"만복이 어르신! 저희 죄가 아주 크옵니다. 저희를 크게 벌해주십시오."

노마와 삼용이가 만복이 어른 김 생원한테 큰 절을 하고 그 앞에 무릎 꿇음을 했다.

"뭣이라 죄가 아주 크다고?"

만복이 어른 김 생원이 장죽을 문 채 물었다.

"예, 어르신."

노마와 삼용이가 동시에 대답했다.

"그럼 무슨 벌을 받겠는가?"

김 생원이 장죽을 놋재떨이에 탁탁 털며 말했다.

"어떤 벌이든 주시는 대로 달게 받겠습니다"

"그래?"

"예!"

"예!"

"아, 이 사람들아. 아무리 장난으로 하는 서리기로니 씨암탉은 두고 가야지. 씨암탉을 홀랑 가져가면 어떡하나 그래."

김 생원이 부얼부얼한 수염을 쓸어내리며 꾸짖었다. 서슬에 노마와 삼용이가 움찔 놀라며 고개를 떨구었다.

"이담에 또 닭서리를 하려거든 그땐 씨암탉은 두고 가게. 알았나?"

김 생원이 장죽을 뻑뻑 소리나게 빨았다.

"예, 어르신 명심하겠습니다."

노마가 머리를 조아렸다.

"앞으론 닭서리 하지 않겠습니다 어르신."

삼용이도 머리를 조아렸다.

"그래? 앞으로 닭서리 안 하겠다면 뒤론 하겠다는 겐가? 말들은 언 송아지 똥 갈기듯 번지르르하게 잘 하는구먼. 그럼 가들 봐. 어째, 닭고긴 맛있던가?"

김 생원이 어흠 어흠 헛기침을 하며 이 상황에서도 농담을 했다. 노마와 삼용이는 황감해 허리를 굽힌 채 뒷걸음질로 방을 나왔다. 이때 방 안에서 김 생원이 "헛 그것 참! 헛 그것 참."하는 소리가 흘러나왔다.

위의 이야기들은 1960년대까지 있어왔던 아니 70년대까지 있어왔던, 그러나 지금은 가뭇없이 사라져 간 그립고 애젓한 농경사회 때의 삽화요 일화요 풍경이었다.

아. 그 때 그 시절 그리운 시절!

## 서리 (2)

“아이구 이놈의 땅개비(방아깨비)가 어디로 자꾸 달아나나 그래.”

태호란 놈이 원두막을 살피고 사방을 두릿거리더니 참외밭으로 들어섰다. 원두막엔 사람(주인)이 없고 참외밭에도 사람이 없음을 알고서였다. 참외밭으로 들어선 태호는 다시 한 번 사방을 두릿거리더니

“아이구 이놈의 땅개비가 자꾸 어디로 달아나나 그래”

어쩌고 하면서 엎드려 방아깨비 잡는 시늉을 했다. 그러며 얼른 참외 하나를 따 밭가 쪽으로 굴렸다. 밭엔 처음부터 방아깨비가 없었으므로 방아깨비 잡는 시늉은 참외를 따기 위한 모션이었다. 이때 밭 가 찔레나무 덤불 뒤에서

“참 이상하다 그지? 우째 원두막에도 차미(참외)밭에도 사람이 없으까”

“누가 아니래. 쥔이 혹시 어디 숨어서 우릴 지켜보는 건 아닐까?”

“설마. 지켜본다면 진작에 요노옴들 하고 쫓아왔겠지”

찔레나무 덤불 뒤에는 고만고만한 태호 동무 세 놈이 숨어 망을 보고 있었다. 동수 상호 태식이 서껀이었는데 한창 말썽부릴 여남은 살 동갑내기였다. 이때 참외밭 주인 영수 씨가 옷을 깨끗하게 차려 입고 걸어오는 게 보였다. 아마 면사무소에라도 다녀오는 모양

이었다. 영수 씨는 이 동네서 제일 유식한 이로 구장(요즘의 이장)을 보고 있어 가끔 면장이 찾아왔고 더러는 또 군청에서 과장들도 찾아오는 유지였다.

참외밭 가의 원두막에 다다른 영수 씨는 태호가 방아깨비 잡는 시늉을 하며 참외 하나씩을 따 밭가 쪽으로 굴리는 것을 보고

"햐아, 저놈 봐라!"

하며 원두막 뒤로 몸을 숨겼다. 놈이 대체 어떻게 하는지 귀추를 한 번 지켜볼 요량에서였다. 한데도 태호는 이를 까맣게 모른 채 방아깨비 잡는 시늉으로 참외 따는 데만 정신이 팔려 있었다. 이때 찔레나무 덤불 뒤에 숨어 있던 동수들이 태호 쪽을 향해 다급한 소리로

"야, 태호야 들켰어. 토껴라 토겨!"

"빨리 내빼. 빨리잇!"

"거기서 만나? 우리 거기로 갈게?"

찔레나무 덤불 뒤에 숨어 망을 보던 동수들은 이 말을 남기기 급하게 어딘가로 황급히 내달았다. 영수 씨는 이 광경을 멍하니 바라보다 태호가 저지레해 놓은 데로 가 참외를 한곳으로 모았다. 참외는 모두 일곱 개였다.

"원 녀석두 참. 아, 참외를 따려거든 익은 것으로 따야지 이리 안 익은 것을 따면 어쩌누 그래."

영수 씨는 혼자소리로 지껄이며 참외를 주섬거려 원두막으로 옮

겼다. 그리고는 집으로 가 큰 자루 하나를 찾아 들고 참외밭으로 와 잘 익은 참외 한 자루를 땄다.

'설마 이만하면 놈들이 실컷 먹겠지'

영수 씨는 참외 자루를 둘러메고 집으로 와 작은 자루 네 개에다 나눠 담았다.

'자, 그럼 이제 슬슬 돌려볼까?'

날이 저물어 사방에 어둠발이 내리자 영수 씨는 산타클로스 할아버지처럼 참외 자루를 어깨에 둘러메고 태호네 집을 시작으로 동수, 상호, 태식이네를 찾아가 몰래 참외자루를 놓고 왔다. 참외 자루 속엔

"애들아, 아무 걱정 말고 참외 먹어라. 그리고 앞으로 참외가 먹고 싶으면 언제라도 좋으니 원두막으로 오너라. 덜 익은 참외는 절대로 따서는 안 된다. 알았지?"

영수 씨는 어린 것들이 참외가 얼마나 먹고 싶었으면 망을 보면서까지 기상천외한 짓거리로 방아깨비 잡는 시늉을 했을까 싶자 놈들이 딱하고 측은하게 느껴졌다. 그래서 궁리해낸 게 이놈들에게 혼내거나 야단치지 말고 먼저 참외 한 자루씩 가져다 실컷 먹게 하자는 것이었다.

그래, 그렇게 하자!

영수 씨는 기분이 좋았다. 영수 씨는 쾌재를 불렀다.

위의 이야기도 1960년대까지, 아니 70년대까지 있어왔던 우리들의 아름답던 풍속도風俗圖요 잊지 못할 인정가화人情佳話였다.

아, 그 때 그 시절 그리운 시절!

## 서리 (3)

가풍可豊중학교 동쪽 약 2백미터 지점 양지바른 길섶에 풍미豊味란 이름의 꽤 큰 과수원이 하나 있다. 이 과수원은 정남향의 자좌오향子坐午向이어서 구름이 끼지 않는 한 햇살이 늘 재글재글 내려앉았다. 그래 그런지 이 풍미과수원에서 나는 과일은 여느 과수원의 과일에 비해 때깔이 좋고 모양도 탱글탱글할 뿐만 아니라 맛도 일품이어서 이 과수원을 지나다니는 이는 누구나 입맛을 다셨다. 사람들은 이게 다 과수원에 햇볕이 잘 드는 자좌오향의 정남향 덕이라 했다. 그럴 것이다. 그러기에 사람들은 사람이 사는 양택이나 죽은 뒤에 묻히는 음택(무덤)까지도 햇볕이 잘 드는 정남향의 자좌오향을 선호할 것이다. 때문에 정남향의 자좌오향은 삼대三代가 적선積善을 해야 차지할 수 있다는 속설까지 있다. 그렇다면 우리는 착한 일을 많이 하고 살 일이다. 이런 까닭에 선인先人들은 적선지가 필유여경積善之家 必有餘慶이라 하여 착한 일을 많이 한 집은 반드시 경사스러운 일이 생긴다 했을 터이다.

이 풍미과수원은 사과만 재배하는 단일과수원이 아니고 딸기, 복숭아, 자두, 배, 대추 등을 고루 재배하는 과원이어서 한겨울 삼동三冬을 제외하곤 과일이 거의 떨어지질 않았다. 그래서인지 서리꾼들은 이 풍미과수원을 서리 대상 1호로 삼았고 가풍중학교 학생들도 이 서리에서 자유로울 수 없어 교무실이 어느 한 날 조용할 날이 없었다. 풍미과수원에서 시도 때도 없이 쳐들어와 학생들이 과수원을 쑥대밭으로 만들어 한창 익는 사과밭을 초토화시켰으니 책임지라며 분탕질로 행짜를 부리기 때문이다. 가풍중학교는 남녀공학으로 학생 수는 일이삼학년 합쳐 6백여 명 쯤 되는데 이 6백여 명의 학생들이 한 울타리 속에서 바글거리다 보니 가지 많은 나무에 바람 잘날 없듯 학교가 어느 한 날 편할 날이 없었다. 남학생들은 저희 반 급우끼리 치고 받기 일쑤고 선배가 후배 기강 잡는다고 걸핏하면 기합주기 다반사였다. 그런가 하면 여학생들은 시샘이 많고 질투심이 많은 데다가 개살스럽기까지 해 아무 것도 아닌 일로 싸우고 토라지고 왕따 만들어 반성문 쓰는 경우가 건성드뭇했다. 그러나 이는 풍미과수원에서 학교 교무실로 시도 때도 없이 쳐들어와 학생들이 떼로 몰려와 과일 몇 자루를 서리해 갔으니 절도죄로 고발하겠다며 사법처리 운운하는 것에 비하면 아무것도 아니었다. 속담에 양잿물 가게나 비상전에 가서도 입맛을 다신다는데, 한창 먹성이 좋아 돌이라도 삭일 아이들이 과수원 앞을 지나다 탐스

렵게 익은 사과나 배 또는 복숭아를 보면 한두 개쯤 따먹을 수도 있고, 점심 시간이나 하굣길에 삼삼오오 지나가다 견물생심으로 과일 몇 개 따 먹을 수도 있는 일 아닌가. 그런데 이것을 문제 삼아 마치 무슨 큰 절도나 한 듯 교무실로 쳐들어와 으름장을 놓고 학생 부모로부터 배상이라는 명목으로 적지 않은 돈을 받아 가기도 하고 이게 여의치 않으면 아이들을 기어이 경찰서까지 끌고 가기도 했다. 그런데 과수원이 때론 엉뚱한 사람한테 서리 당한 분풀이를 만만한 학생한테 덤터기 씌워 한 번 상추 밭에 똥 싼 개는 다른 개가 똥을 싸도 처음 개가 똥 싼 것으로 오해하기 일쑤여서 가풍중학교 학생들은 걸핏하면 덤터기 쓰기 십상이었다. 이러면 학교 측은 당연히 비대발괄 용서를 구했고 학생측 부모는 죽을 죄를 지은 듯 저두굴신 비손질을 했다. 그렇다고 문제가 해결된다면 모르겠으나 과수원측에서 범강장달이 같은 들때밑 몇 사람까지 보내 사법처리를 하겠다느니, 콩밥을 먹이겠다느니 하면 이게 보통 심각한 문제가 아니어서 양쪽이 감정 대립으로 맞선다. 과수원측이 학생을 유치장에 처넣거나 소년원에 보내 콩밥을 먹이겠다니 어느 부모가 계속 저두굴신만 하겠는가. 과수원측이 원만한 사람들이라면 서리한 학생들을 목격해도

"데끼놈들! 익은 것으로 몇 개만 따 먹거라."

하던가 아니면 왈기거나 호달구지 말고 좋은 말로

"내 좀 따 줄 것이니 가져가 친구들이랑 맛있게 먹어라."

하며 한 소쿠리 따 준다면 작히나 좋으랴만 야차처럼 부라퀴처럼 모지락스러우니 이게 어디 사람이 할 짓인가. 자기들도 고만고만한 자식들을 기르면서……

지난날엔 길손이 길을 가다 노오랗게 익은 콩밭을 보고

"야, 그 콩 참 놀놀하게 자알 익었구나."

하며 걸음을 멈추면 저쪽 밭머리서 일을 하던 콩밭 주인이

"그래요? 허면 콩서리 좀 해 자시고 가시지요"

했다. 그런 다음 주인이 콩 몇 포기를 뽑아다 밭가에 놓고는 손수 산기슭에서 진대나무와 강대나무 등 마른 나뭇가지를 주워 와 콩서리를 했다. 그리고 통성명도 없는 초면의 길손과 함께 쪼그려 앉아 맛있게 콩서리를 먹었다. 생각하면 이 얼마나 살맛나는 세상일인가. 이 이야기도 1960년대까지 아니 70년대까지 있어왔던 그리운 풍속도요 아름답던 인정가화人情佳話였다. 그러던 것이 해마다 해마다 인심이 사나워져 두억시니처럼 되더니 급기야는 사람이 살지 못할 고약한 세상으로 변해버렸다. 그것이 1980년대 이후 지금까지 사납게 변한 세상 풍속도다.

아, 그 때 그 시절 그리운 시절!

## 서리 (4)

"너 이년! 이 나쁜 도둑년! 보아하니 학생 같은데, 학생이 공부는 안 하고 도둑질을 해?"

오십대 중반 쯤으로 보이는 사내가 여중 2학년 쯤으로 보이는 여학생의 머리채를 감아 쥐고 귀뺨을 사정없이 갈겨대며 소리쳤다. 그러자 여학생이

"아저씨, 잘못했어요. 아저씨, 용서해주세요. 다신 안 그럴게요. 정말이에요 아저씨!"

하며 두 손을 싹싹 비볐다.

"뭐 잘못했다고? 용서해달라고? 이년이 어디서 뻔뻔하게 용서해달래. 너, 상습범이지?"

사내가 여학생의 머리채를 좌우로 흔들어대며 부사리처럼 식식거렸다.

"아니에요 아저씨! 이번이 처음이에요 아저씨! 사흘 굶고 하도 배가 고파 그랬어요. 아저씨 용서해주세요. 앞으론 정말 안 그럴게요 아저씨."

여학생은 계속 손을 싹싹 비비며 통사정을 했다.

"뭐, 사흘을 굶어 하도 배가고파 그랬어? 이년이 어디서 언구럭을 쓰고 지랄이여. 너 오늘 잘 걸렸어."

사내가 여학생이 멘 책 배낭을 채뜨려 자신의 오른팔에 꿰더니 핸드폰으로 어딘가로 전화를 걸었다.

"거기 경찰서지요? 수고하십니다. 여긴 공설시장 동쪽 입구 국민은행 앞인데요. 지금 현행 절도범을 잡아 놓고 있습니다. 그러니 빨리 오세요. 저는 국민은행 바로 앞에서 리어카로 수박 행상을 하는 사람입니다."

사내는 여학생을 집어삼킬 듯 노려봤다. 여학생은 차라리 잘 됐다 싶었다. 넘어진 자리에 쉬어간다고, 이 참에 밥이라도 한 그릇 생길지도 모른다 싶었던 것이다. 사흘 굶어 도둑질 안 할 놈 없고 사흘 굶어 담 안 넘을 사람 없다는 속담이 맞다면 배고픈 호랑이가 어찌 원님을 알까보냐 싶었다.

그랬다. 이 여학생은 배가 너무 고팠다. 사흘을 온전히 굶은 채 냉수만 들이켠 속은 배가 고프다 못해 쓰렸고 눈은 허깨비와 함께 몹쓸 그슨대(캄캄한 밤에 갑자기 나타나 쳐다보면 쳐다볼수록 한없이 커지는 귀신)가 보여 정신이 흐리마리 했다. 그래 학교를 간다고 집을 나와 학교 아닌 시장통을 배회했다. 혹시 어디 빵조각이라도 하나 생기지 않을까 하는 기대에서였다. 그러나 저녁 때도 아닌 아침 댓바람부터 무슨 주저리 복에 빵조각이 생긴단 말인가. 여학생은 음식점 골목으로 한 발 한 발 걸어가며 폐부 깊이 심호흡을 했다. 길 양쪽으로 늘어선 음식점에서 국밥이며 해장국 등에서 나는 냄새가 코를 찔렀기 때문이었다.

아! 저 국밥 한 그릇 먹었으면. 아, 저 고깃국 한 그릇 먹었으면.....

여학생은 아무 음식점이나 들어가 불고염치 국밥 한 그릇을 먹고 싶었다. 하지만 이는 마음 뿐 실행에 옮겨지질 않았다. 여학생은 손으로 코를 막고 음식점 골목을 뛰어나갔다. 이때 여학생의 눈에 띈 것이 수박 수레였다.

"아, 수박!"

여학생은 저도 몰래 소리치며 수박이 실린 리어카 앞으로 갔다. 리아카엔 마침 주인이 없었다. 옳거니! 여학생은 불문곡직 리어카에 실린 수박 한 통을 집어 리어카 모서리에 꽂혀 있는 과도로 반을 잘라 걸신들린 듯 허발나게 먹어댔다.

이렇게 얼마를 정신없이 먹어댔을까. 머리통만 한 수박을 반나마 먹었지 싶은데 웬 사내가

"너 이녀언!"

하는 소리와 함께 공중화장실에서 나오며 여학생의 머리채를 우악스럽게 감아쥐었다.

"너 이년 가자! 화장실 간 사이에 도둑질을 해? 경찰서로 가자."

사내가 여학생의 머리채를 흔들어대며 따귀를 사정없이 올려붙였다.

"학생 이름은?"

"고은별이요"

"나이는"

"열다섯이요"

"학년은?"

"여중 2학년이요"

"학교는?"

"……"

취조관이 학교를 묻자 은별이는 입을 다물었다.

"학교는?"

취조관이 다시 학교를 물었다.

"아저씨!"

은별이가 간절한 눈으로 취조관을 쳐다봤다.

"괜찮아. 말해 봐. 어느 여중이지?"

"…… ○○여중이요"

"주소는?"

취조관이 주소를 묻자 은별이는 또 입을 다물었다.

"아저씨 잘못했어요. 용서해주세요. 다신 안 그럴게요."

은별이는 취조관이 주소를 묻자 얼굴빛이 사색이 된 채 머리를 조아렸다.

"그래 알았어. 그러니 사실대로 말을 해. 왜 남의 수박을 몰래 먹었지?"

"배가 고파서요"

"배가 고파서?"

"예!"

"아니 집에서 밥을 안 먹었어?"

"……예."

"왜?"

"쌀이 없어서요."

"쌀이 없어서?"

"예."

"집에 부모님이 안 계셔?"

"아빤 중풍으로 누워계시고 엄만 집을 나가셨어요. 그리고……"

"그리고 또?"

"오빠가 있었는데 지금은 소년원에 가 있어요. 남동생은 작년에 어디론가 가 버렸어요."

"그럼 아빠랑 둘이 살아?"

"예."

"음. 결손가정이구먼. 학생, 밥은 언제 먹었어?"

"……"

"몇 끼나 굶었지?"

"사, 사흘이요"

"사흘? 세 끼도 아니고 사흘씩이나 굶었어?"

자판을 두들기며 조서를 꾸미던 취조관이 어이가 없는지 은별이를 쳐다봤다.

"아저씨! 들으셨지요? 이 학생이 글쎄 세 끼도 아닌 사흘을 굶었답니다. 남의 수박을 돈 안 내고 무전취식한 건 잘못이지만 얼마나 배가 고팠으면 그랬겠어요 예? 사정이 이리 딱하니 없었던 일로 하십시다. 예? 아저씨."

취조관이 사정조로 말하자 사내가 히물히물 웃으며

"무슨 소립니까. 안 됩니다. 수박장사는 뭐 땅 팔아 합니까? 난 꼭 수박 값 받아야겠어요. 아시겠어요?"

사내는 막무가내로 나왔다. 취조관은 이런 사내를 한참이나 노려보더니

"그래요? 수박 값이 대체 얼만데요?"

"수박 값이요?"

"그래요, 수박 값."

"만 원이요"

"만 원? 자, 만 원 여깄어요!"

취조관이 지갑에서 만 원권 한 장을 꺼내 사내 앞에다 놓았다.

"이제 됐어요? 그 왜 사람이 그리 빡빡해요. 아저씬 자식 안 길러요?"

취조관이 사내를 곱지 않은 눈으로 보더니 어디론가 전화를 걸었다.

"여보세요, 여기 경찰서 수사꽈데요, 국밥 한 그릇 잘 말아 갖다 주세요. 고기 좀 많이 넣어서요. 알았지요?"

취조관이 두 팔을 위로 뻗어 기지개를 켰다. 꽤 피곤한 모양이었다. 이때 사내가

"그렇게는 못 합니다. 이 아이를 법대로 처벌해 주세요"

하며 취조관이 내놓은 만 원권을 취조관 앞으로 밀쳐놓았다.

"뭐요? 법대로 처벌해 달라구요?"

"그래요. 법대로 해 주세요"

"법? 이 양반 법 좋아하는구만. 도대체 무슨 법이요? 주인 몰래 수박 좀 먹었다고 유치장에라도 처넣겠다는 거요? 소년원에라도 보내겠다는 거요? 그래요?"

취조관이 컴퓨터 뚜껑을 닫았다.

"이보시오. 수박 값 만 원 줬으면 됐지 법대로 처벌해달라니. 무슨 법? 도대체 무슨 법 말이요?"

취조관이 의자에서 벌떡 일어나며 사내를 째려봤다. 이때 철가방을 든 사람이 수사과 문을 열고 들어왔다. 주문한 국밥을 가지고 온 모양이었다.

"아, 그 국밥 숙직실에다 좀 갖다놔 주세요. 국밥 값은 여기 있어요. 거스름 돈은 필요 없으니 그냥 가세요."

취조관이 만 원 짜리 지폐 한 장을 꺼내 배달꾼에게 주었다.

"아, 그리고 학생, 배고플 텐데 가서 국밥 먹지"

취조관이 숙직실을 향해 턱짓을 했다. 그러자 사내가 움찔 놀라며

"아니 이것보세요. 경찰 양반. 세상에 이런 법이 어디 있어요. 법대로 해 달라는데 왜 자꾸 도둑년 편을 드는겁니까 예? 민주경찰이 이렇게 편파 수사를 해도 되는 겁니까?"

했다. 장히 불만에 찬 볼멘 소리였다.

"뭐가 어쩌고 어째요? 법대로 해 달라구요? 대체 무슨 법이요. 당신 법 좋아하는 모양인데, 그럼 당신 좋아하는 법대로 한 번 해 보시든가"

취조관이 사내를 백안시 하곤 복도를 뚜벅뚜벅 걸어갔다. 그러며 이렇게 뇌까렸다.

"아, 옛날이 그립구나. 내 어릴 적 그 때가 그립구나. 세상이 어쩌다 이 지경으로 모지락스러워졌는지 정떨어지는구나. 세상이 어쩌다 이 지경으로 흉악해졌는지 몸서리쳐지는구나. 가슴으로 살던 때가 참으로 그립고 인정으로 살던 때가 너무도 그립구나."

그래 그렇다. 취조관의 독백이 아니라도 그 때 그 시절이 몹시도 그립다. 천구백육칠십년대까지 있어왔던 그 아름답던 인정가화. 초근목피로 명줄을 이어가던 그 참담무비의 보릿고개 때도 가슴과 인정으로 살았는데 쌀이 남아돌고 물자가 풍족해 흔전만전한 지금이 어째서 가난하던 그 때보다 더 살기 고약한 세상이 됐는가.

그렇다. 이제 배는 어지간히 채웠으니 가슴을 채우고 머리를 채워야 한다. 이것만이 우리가, 우리 인간이 인간으로 아름다이 살 수 있는 유일한 길이다.

아, 그 때 그 시절 그리운 시절!

# ‖ 평설 ‖

# 작가 강준희의 인간과 문학

이 명 재
(문학평론가. 중앙대 명예교수)

## 강고리끼, 새 서해曙海와의 만남

그러니까 내가 작가 강준희를 처음 대한 것은 1970년대 말이었다. 그때 나는 문예지에 소설 월평을 쓰던 중이어서 그가 발표한 중편 '신굿'을 읽고 깜짝 놀랐다. 그가 쓴 중편 '신굿'이 보기 드문 문제작으로 두드러졌기 때문이다.

나는 그때 '신굿'을 예의 주시하며 몇 번이고 거듭 읽었다. 아직 생면부지요 더욱이 신진이던 그의 중편 '신굿'은 가히 김동리의 '을화(乙火)'에 필적할 만큼 무게를 지니고 있다고 보아서였다.

그 후로 나는 가끔 문예지에서 그의 작품을 접했고 또 가끔 전화로 문학담을 나누곤 했다. 그리고 세월이 흘러 2003년 어느 날, 그가 문학전집을 내주겠다고 자청한 출판사가 생겼다면서 전집에 첨부할 작품 해설을 부탁해 왔다. 나는 바쁘기도 했지만 그 방대한 작품(32권 중 27권을 묶어 10권으로 펴내는 전집)을 통독하기도 어려워 선뜻 대답을 못했다. 그 대신 출판기념회에서 작품세계에 대한 평설을 하기로 응낙을 했다. 하지만 그 평설에 참고할 자료를 찾지 못해 애를 먹었다. 이미 문단활동 30년의 중진작가로 30여권의 작품집이 나왔고 '하느님 전 상서'를 비롯해 '신굿', '미구꾼', '아, 어머니', '그리운 보릿고개(상하)', '쌍놈열전', '절사열전(節死列傳)', '이카로스의 날개는 녹지 않았다(상, 중, 하)', '누가 하늘이 있다 하는가', '현대의 신화' 등 가장 한국적인 작품을 아름답고 감동적으로 써서 이 나라 문단에 크게 기여했는데도 어찌된 영문인지 두툼한 문예사전에서조차 강준희 항목은 빠져 있어 기가 막혔다. 그렇게 오래도록 시골을 지키며 올곧은 자세와 절의節義있는 선비정신으로 세상과 타협하지 않고 시류에 편승하지 않은 채 책 읽고 글 쓰며 작품을 빚어내는 산장(山長 – 벼슬을 하지 않고 산중에 묻혀 사는, 학식과 도력이 높은 선비) 일민(逸民 – 학문과 덕행이 있으면서도 세상에 묻혀 지내는 사람)을 소외시키다니. 예의 자기 PR이나 정실, 학연 인맥에 치우친 끼리끼리의 섹트주의 풍토와 안이한 출판사의 자료수집 및 선정 태도에 나는 적지 않은 혐오와 불만과 실망과 분노가 끓어올랐다.

내가 이런 작가 강준희를 찾아간 것은 그 얼마 후였다. 나는 어느 주말 혼자 승용차를 몰고 그가 살고 있는 충북 충주로 달려갔다. 연수동 앞길까지 마중 나온 그를 따라 그의 보금자리 세원아파트 103동 1010호로 갔다. 얼핏 봐도 이십사오 평쯤 됨직한 아파트는 들어서자마자 예사롭지 않은 분위기에 역시 작가의 집이구나 함을 느꼈다. 현관 위 바람벽엔 자연목에 양각한 당호 '어초재(漁樵齋)'의 편액이 멋스런 글씨로 걸려 있고 서재이자 집필실이며 침실이기도 한 출입문 위에는 또 자연목에 양각한 서재 이름 '몽함실(夢含室)'의 편액이 역시 멋스런 글씨로 걸려 있었다. 나는 어초재와 몽함실의 편액을 번갈아 보며 잠시 서 있었다.

"아, 어초재는 집 이름 당호(堂號)이고 몽함실은 서재 이름이자 집필실 이름이지요"

내가 두 편액을 번갈아 보며 서 있자 그가 친절하게 설명을 했다.

"어초재(漁樵齋)는 고기 잡을 어(漁)자에 나무할 초(樵)자 집재(齋)자인데 날씨 좋은 날은 고기 잡고 나무 하고, 날씨 궂은 날은 책 읽고 낮잠 잔다는 뜻입니다. 그러니까 청조우수(淸釣雨睡), 즉 날씨 맑은 날은 낚시질 하고 비오는 날은 낮잠 잔다는 집이라고나 할까요?"

"그 아주 한운야학(閑雲野學)의 유유자적(悠悠自適)한 도원경이군요. 허면 서재 이름 몽함실은요?"

나는 서재 이름 몽함실도 궁금해 물었다.

"아, 예. 몽함실은 꿈몽(夢)자 머금을 함(含)자 방실(室)자로 꿈을 먹고 사는 방이란 뜻이죠. 그러니까 이 방 주인 강준희는 꿈을 먹고 살고 있지요" 그는 서재를 한 바퀴 둘러보며 허허로히 웃었다.

서재는 사면이 책으로 빼곡해 한우충동汗牛充棟을 연상케 했다. 그런가 하면 밖(거실과 주방)에는 무슨 박물관이나 전시실을 방불케 하듯 시, 서, 화, 자기로 가득했는데 한학의 대가셨던 이가원 선생의 '구름 같은 병풍에 진귀한 과일, 신령스런 술에 아름다운 손님'이란 뜻의 운병雲屛, 진과珍果, 영주靈酒, 가빈佳賓의 족자로부터 소설의 대가 김동리 선생의 '마음과 말이 같은 사람은 그 냄새가 난초와 같다'는 <동심지언기취여란(同心之言其臭如蘭)>, 역시 소설의 대가 오영수 선생의 '산은 깊고 강은 고요하다'의 <산심 강정(山深江靜)>, 청록파 시인으로 유명한 박두진 선생의 '고요한 곳' <처정(處靜)>, 국선에 특선한 서예가 구봉산인의 '사람의 덕이 곧 하늘의 이치다'라는 <심덕즉시천리(心德卽是天理)>, 역시 서예로 일가를 이뤄 많은 서첩을 남기고 후학을 기른 현수근 선생의 '동호직필(董狐直筆)'과 '춘추필법(春秋筆法)', 붓글씨(서예)만 40여년 써서 난든집이 된 달인 정태익 선생의 '겨울소나무처럼 살과 뼈가 말라도 마음은 학과 같다'는 <한송기골학심정(寒松肌骨鶴心情)>과 <문자향 서권기(文字香書卷氣)>, 역시 서예와 함께 인생을 산 청파의 '글로써 사람을 모은다'는 <이문회우(以文會友)>, 작자 미상의 절륜한 시 '달은 발이 없어도 하늘을 걷고, 바람은 손이 없어도 나무를 흔든다'는 <月無足而步天(월무족이보천)에 풍무수이요수

(風無手而搖樹)>. 현대 산수 6대가의 한 분이셨던 심향 박승무 선생의 자제이자 동양화가인 소헌 박건서의 그림 <군주마(群走馬)>, 누드화의 일인자로 알려진 여류화가 소원 문은희 선생의 <나체화>, 한국 정서의 본향인 보리 그림의 일인자 송계 박영태의 보리 그림 <맥파(脈波)>, 해학과 풍자로 유명한 심운의 <해학풍자화>, 시골 풍경을 손에 잡힐 듯 그린 묵정의 산수화, 여기에 추사 김정희의 글씨 <부재(不在)>가 자연목에 음양각으로 판각이 돼 주방 앞에 걸려 있어 품격을 한껏 높였다. 그리고 작가 강준희의 좌우명이자 사훈(私訓)이 역시 자연목에 음각돼 소파 정면에 걸려 있었는데 좌우명은 '깨끗한 이름 <청명(淸名)>'이요, 사훈은 '하늘 무서운 줄 알자'였다.

나는 그의 긴 설명을 듣고 놀라지 않을 수 없었다. 게다가 나를 더욱 놀라게 한 것은 그의 엄청난 분량의 습작원고였다. 언제부터 모았는지 몰라도 원고는 한 줄의 높이가 170cm가량으로 새카맣게 그을은 채 여섯 줄로 쌓여 있었다. 나는 입이 딱 벌어져 할 말을 잃었다. 여기에 또 베란다 쪽 석상石床엔 빼어난 수석이 여남은 점 있었는데 모두가 일품逸品들이었다. 내가 경이로운 눈으로 수석을 보자 그가 "아, 지난 60년대 말부터 70년대 중반까지 수석을 채집했지요. 그때는 수석이 일반화되지 않아 초창기였는데 강에 나가면 일품들이 꽤 있었습니다. 더구나 충주에서 단양까지의 남한강은 수석의 보고였지요."

"그렇군요. 그럼 그때 수석은 명석으로만 골라 채집하셨겠군요."

"물론입니다. 지금도 눈을 감으면 충주에서 단양까지의 130여 리 강 길이 훤합니다. 이젠 충주댐이 생겨 다 물속에 파묻혔지만……" 그는 지난날을 추억하는지 눈을 지그시 감았다. 내가 "그럼 좋은 수석 많이 모으셨을 텐데 다 어떡하셨나요?"하자 "많이 모았지요. 한 3백여 점 가량. 그때 시인 박두진 선생과 역시 시인 전봉건 선생(모두 고인이 됨)과는 자주 만나 남한강을 누볐지요. 그러다 70년대 중반 수석 80여 점으로 개인 수석전을 연 다음 모든 수석을 평소 신세진 분들께 몇 점씩 선물하고 손을 뗐지요. 이곳에 수석의 붐이 일 때였습니다." "그럼 그 많은 3백여 점을 모두 희사하셨다 이 말씀이신가요?" "글쎄, 희사란 말이 맞을지 모르겠습니다만 선물했지요." "수석 값이 엄청 비싸다면서요?" "제가 이재에 밝아 경제수단으로 삼았다면 조그마한 아파트 몇 채는 장만했겠지요." 그는 마치 남의 말 하듯 하며 "지금 가지고 있는 이 여남은 점의 수석은 기념비적으로 가지고 있습니다. 그러나 이 또한 온전히 제 것이라 할 수 없지요. 물각유주(物各有主) 아닙니까? 모든 물건은 제 각기 임자가 따로 있으니까요"하더니 여담처럼 "수석 3백여 점을 가지고 2층에서 세 살 때는 집 무너진다며 주인이 이사가라는 바람에 그 무거운 돌 3백여 점과 서책, 그리고 가장집물을 리어카를 빌려 실어 나르느라 죽을 애를 먹었지요"하며 쓸쓸히 웃었다. 나는 이런 그에게 범접할 수 없는 그 무엇을 느꼈다. 아니 이 타락한 세상에 이렇듯 고고한 선비작가도 있구나 싶어 흐뭇했다. 그렇다면 누가 이런 강준희를 40여 년 동안 혼자 밥해먹고 설거지 하고 빨래하고 청소하며 몸이라도 아프면 쓸쓸히 천장 바라보며 끙끙 앓는 사람이라 하겠는가. 이럼에도 그는 궁기窮氣와 빈티 하나 없이 언제 어디서고 항상 깨끗하고 댄디해 홀아비 티가 전혀 안 난다. 그리고 항상 떳떳하고 당당하다. 참 대단한 사람이다. 아니 어느 경지를 넘어선 사람 같다. 그렇다고 어디 돈이라도 있는 사람인가? 아니면 하다못해 조그마한 권세의 끄나풀이라도 있는 사람인가. 그는 저 조선조 때의 학자 송익필의 시 '족부족(足不足)'의 주인공 같은 사람이다. 부족지족매유여(不足之足每有餘) 족이부족상부족(足而不足常不足)이라는 시 말이다. 부족하더라도 족하다고 생각하면 언제나 여유가 있고, 비록 족하더라도 부족하게 생각하면 늘 부족한 법이라는 '족부족'의 시 말이다. 한 번 깊이 음미해 볼 시다. 헌데 그는 무슨 연유에서인지 원고지에 달필로 <나는 超人인가 癡人인가 아니면 下愚不移인가>를 써서 벽에 붙여 놨는지 모르겠다. 아마 그는 자신도 자신을 잘 몰라 써 붙여 놓은 게 아닌가 싶다.

나는 내심 또 놀라지 않을 수 없었다. 그는 이곳에서 형벌 받듯 몇 십 년을 밥해 먹으며 글을 썼다지 않은가. 가끔 사회단체와 대학에서 특강을 하고 어쩌다 생기는 쥐꼬리만 한 원고료가 수입의 전부인데 이것으론 밥 빌어다 죽도 못 쑤어 먹을 형편이다. 왜냐하면 문예지의 대부분이 너무나 영세해 몇 몇 문예지를 제외하고 원고료라는 게 없어 발표된 문예지 한 권으로 원고료를 대신하고 몇 몇 문예지가 원고료를 주는데 심장의 피를 짜서 쓰다시피 한 작품의 고료가 몇 푼 되지 않아 생활 아닌 생존의 애옥살이를 면치 못한다. 그러므로 이 나라에서는, 문화국가를 표방한다는 이 대한민국에서는 유산이 있거나 가진 돈이 없는 사람은 좋은 작품을 쓰는 훌륭한 전업작가도 배 주리며 살 수밖에 없다. 언필칭 몇 몇 베스트셀러 작가를 제외하고는…… 그렇다고 책을 낼 때 인세라도 받는가. 책이 안 팔린다는 이유로 인세는 거의 없어 '저자와의 협약에 의해 인지(印紙)를 생략합니다.'어쩌고 하는 괴상한 문구를 책 끝에 일방적으로 적어 놓고 책을 찍는데, 이를 불평해 따지고 들면 "자비 출판이 아니면 책은 못 찍습니다."한다. 그러니 울며 겨자 먹기로 책을 찍을 수밖에 없다. 이런 사정을 미처 헤아리지 못한 나는 그와 탄금대 공원을 산책하고 저녁을 먹기 급하게 그가 붙잡는 것도 뿌리치고 상경하고 말았다. 하룻밤을 온전히 새우며 질탕히 술 마시면서 문학담을 나누려던 것은 백일몽으로 끝나 내 생각이 얼마나 철부지했던가를 곱씹었다. 그토록 모진 고생과 참담한 배고픔을 겪었으면 현실과 타협하고 세상과 악수도 하며 때로는 굴절도 하고 때로는 변절도 하면서 풍타낭타로 적당히 살 법도 하건만 어찌된 영문인지 그는 찬 서리 눈보라에도 변하지 않는 세한삼우歲寒三友 송죽매松竹梅처럼 변함이 없다. 이는 마치 선비정신이 시퍼렇던 저 조선조의 경개耿介하고 조대措大한 선비를 보는 것 같아 머리가 숙여진다.

## 2008년 11월 28일 오후 5시.

충주 그랜드 관광호텔 연회장에서 열린 소설가 강준희 문학전집 출판기념회. 충주문화원 주최로 행해진 출판기념회는 서울서는 좀처럼 볼 수 없을 만큼 시종 진지하고 엄중해 인상적이었다. 만찬 테이블에 앉은 삼백여 명의 하객들 모습이 엄숙했고 단상에서 축하와 덕담하는 분들 또한 진정성을 지니고 있어 깍듯했다. 자진해서 일을 돕는 주최측이나 행사장에 출장 온 출판사 직원들도 정성껏 돕고 있어 보기 좋았다. 따라서 문학도인 나는 여기서 소략하게나마 작가 강준희의 삶과 문학(작품세계)에 대한 평설을 써본다. 흔히 작가론은 신비평에서처럼 구체적인 작품 위주로 접근해야 한다지만 생뜨 뵈브처럼 전기적인 요소를 참고로 한 작품론 또한 바람직한 일이다. 물론 글은 곧 사람이라는 견해도 참고해서이다. 앞에서 꺼낸 나와 작가의 만남이야기 또한 그의 문학세계와 밀접한 상관성이 있기 때문이다. 먼저 작가 강준희의 전기적인 삶을 들고 나서 그의 문학적인 경향을 살피기로 한다.

## 남다른 삶의 역정과 개성

일찍이 작가 강준희는 충북 단양에서 부잣집의 귀한 외아들로 태어나 유년시절을 선망과 동경 속에서 유복하게 보냈다. 그랬는데 갑작스런 가세의 몰락과 부친의 별세로 숱한 시련을 겪었다. 이로 인해 가당찮게 초등학교만 간신히 졸업, 편모슬하에서 애면글면 주경야독을 했다. 그러다 고향을 떠나 객지를 떠돌면서 모진 시련을 다 겪어가며 풍진 세상과 맞섰다. 농사, 나무장수, 막노동, 엿장수, 경비원, 연탄배달부, 인분수거부, 스케이트날갈이, 풀빵장수, 포장마차, 자조근로작업, 필경사, 월부책장수 등.

그는 이런 극한상황 속에서도 굽히거나 꺾이지 않고 문학수업에 정진하여 마침내 형설의 금자탑을 쌓았다. 이십 수년의 습작기간 동안 치열한 글쓰기로 자기 구원의 길을 찾아 매진한 보람이다. 1950년대 말엽에 처음 <농토>라는 기관지에 습작소설 '인정'이 활자화 된 이후 글 실력을 인정받은 셈이지만, 천신만고 피나는 노력 끝에 수백 대 일의 경쟁을 뚫고 신문에 글이 당선되었다. 체험기인 논픽션 <나는 엿장수외다>가 신동아에 당선(1966)되고 다시 자전적 팩션소설인 <하 오랜 이 아픔을>이 서울신문 신춘문예에 당선(1974)되었다. 그리고 이어서 오영수 선생 추천으로 최고 권위의 <현대문학>지에 단편 <하느님 전상서>(1975)가 추천돼 어엿하게 작가로 데뷔해 30 수년 작가활동을 하고 있다. 이런 고난과 역경을 이기고 최종 학력 국졸로 작가가 돼서인지 그는 자신에 걸맞은 유명한 별칭도 갖고 있다. 강준희를 잘 아는 사람은, 특히 문단 일각에서는 강준희를 '최대의 고통'이라는 뜻의 러시아 작가 막심 고리끼와, 한국 빈궁문학의 대명사로 일컬어지는 서해曙海 최학송으로 지칭한다. "작가 강준희는 한국판 막심 고리끼요 현대판 최학송이다." 하지만 기실 강준희는 막심 고리끼나 최학송보다 더 많은 고생과 더 많은 배고픔을 겪었으면서도 그들보다 작품도 훨씬 더 많이 써 총 26권의 저서만 한데 묶어 강준희문학전집 전 10권을 내놓은 바 있다. 그래서 우리는 그의 성을 따서 합성한 "강고리끼"와 1920~30년대에 활동하다 간 최학송보다 새롭다는 의미에서 "새서해"라 명명해도 좋을 것이다. 왜냐하면 강준희는 상상을 뛰어넘는 역경 속에서 소설보다 더 소설 같은 삶을 산 입지전적 인물이어서이다. 이런 그는 또 창작 밖의 문화활동에도 나선 바 있는데 이는 그의 박람강기한 실력이 회자돼 고입과 대입학원에서 현대문, 고문, 한문을 강의했고 여러 대학에서 문학 특강을 하기도 했다. 그리고 각 사회단체의 특강은 지금도 계속하고 있다. 그런가 하면 그는 또 십수 년 동안 몇 개 신문에 논설위원으로 위촉돼 추상같은 비판과 추상열일의 통쾌한 필봉을 휘둘러 분통 터지고 억장 무너지는 민초들로부터 열화와 같은 박수갈채를 받았다.

강준희는 신언서판이 출중한 헌거로운 쾌남아로 꾀가 없고 약지도 못해 산골 소년 같은 사람이다. 성질이 곧은 그는 인내심 많고 인정 많아 약속은 칼처럼 지키는 사람이다. 순진한 그는 그렇게 배주리고 고생했으면서도 어찌 된 영문인지 돈에 대한 애착도, 돈을 벌 재주도 없는 사람으로 알려져 있다. 그러고 보면 그는 안 굶어죽은 게 참 용해 천생 선비로 어렵게 살 사람이다. 그는 또 올곧기가 대쪽 같아 지난날 어느 실력자가 그의 학력 없음을 애석하게 여겨 대학 졸업장을 공짜로 얻어 주겠다 하자 일언지하에 거절하고 그와 분연히 의절했다 한다. 뿐만 아니라 그는 언젠가 자신이 떳떳치 못하다 하여 문학상까지 거절했다고 전해진다. 참 보기 드문 절의문사節義文士다. 그는 어휘실력도 대단해 그가 살고 있는 곳에서는 걸어 다니는 국어사전 소리를 듣는 정도이다. 그는 토박이말은 물론 한자어와 고사, 사자성어까지 많이 알아 해박한 실력을 두루 갖춘 사람이다. 나도 그 자신으로부터 국어사전 서너 권을 헐어버릴 정도로 골똘히 읽었다는 말을 들은 바 있다. 근년에 펴낸 장편소설 <누가 하늘이 있다하는가>(2006, 2008)에는 모두 260개의 신선하고 낯선 어휘를 후주로 설명해 놓음을 볼 수 있는데 한 문장 속에 남색, 계간, 단수, 면수, 육허기, 자녀, 논다니, 계명워리, 상노, 요강담살이, 책비, 는실난실, 밴대질, 망문과부, 쨰마리, 요동시, 열쭝이, 부등깃, 자닝스러워, 백두한사, 중다버지, 가죽절구질, 설원지추, 염알이 등 아름다운 우리 토박이말이 이렇게 많이 나와 그의 해박한 어휘 실력을 미루어 짐작할 만하다.

이렇듯 고사성어와 함께 우리의 아름다운 토박이말을 많이, 그리고 자주 쓰는 것은 요즘 들어 우리 주위에서 안타깝게 사라져가는 모국어를 되살리려는 깊은 뜻과 충정이 담겨 있어 애국의 높은 뜻까지 엿볼 수 있다. 이는 외국어나 외래어에 혹한 나머지 우리의 토속 어휘가 만신창이로 왜곡되고 잊혀져 가는 안타까움을 지키려는 장함이어서 작가 이문구 못지않은 문화운동의 하나라 볼 수 있다.

여기에 또 작가 강준희는 우리의 것도 많이 알고 노래도 천여 곡이나 부르는 문화재인데 글씨까지 잘 쓰는 달필이요 말도 잘 하는 달변가다 . 그런데 이런 강준희를 몰라보니 어즈버 백락伯樂이 없어 천리마를 몰라보고 종자기鍾子期가 없어 백아伯牙의 거문고 소리를 못 알아듣는, 다시 말하면 지음知音이 없어 그를 몰라봄이 못내 안타깝다. 그러기에 옛글에도 성인지 능지성인聖人知 能知聖人이라 하여 성인이라야 성인을 알아본다 했을 터이다.

## 강준희 소설의 변모와 표정

그의 창작 소설은 대체로 세 가지 갈래로 구분해 볼 수 있을 것 같다. 문학 작품을 시대별로나 성향별로 일괄해서 재단하는 일은 모순된 접근이라 할지라도 그 경향을 가늠하는 데는 참고가 되고도 남는다. 더욱이 콩트나 단편은 단행본으로 묶을 경우, 그 집필의도를 헤아리기가 쉽지 않음도 감안해둘 사항이다. 워낙 많은 작품들을 주요 창작품 중심으로 대강이나마 질서 있게 파악하기 위한 방편임을 전제해 둔다.

첫째는 초기 내지 중기에 개인의 자전적인 체험류의 소설이 많았다는 점이다. 이미 <동아일보>나 <서울신문>에 당선된 논픽

션과 팩션적 작품들도 절실한 체험을 바탕으로 했음을 미루어 알 수 있다. 초인적인 단계의 작가에게 자전적인 체험이야기를 활용하는 일은 자연스런 현상이기도 하다. 중편 <신굿>, 장편 <아, 어머니>, 장편 <그리운 보릿고개>, 장편 <이카로스의 날개는 녹지 않았다>, 장편 <땔나무꾼이야기> 등이 여기에 속한다. 위에 열거한 일련의 작품들은 모두가 강준희의 이야기요 강준희의 절규다. 그러므로 하나 같이 아름답고 처절하고 흥미롭고 감동적이다. 이는 강준희가 아니고는 도저히 흉내조차 낼 수 없는 그만의 유니크한 세계다.

둘째는 중기의 사회에 대한 보다 객관적이고 비판적이며 풍자적이요 해학적인 고발 작품들로 단편 <베로니카의 수건>, 장편 사회비평 <지조여 절개여>, <사람 된 것이 부끄럽다>, <너무도 아름다워 눈물이 난다>, <껍데기>, 등이 그것이다. 꽁트집 <염라대왕 사표 쓰다>도 이에 뒷받침 된다.

그는 1985년에 출간된 사회비평서 <강준희 선비론, 지식인들이여 잠을 깨라>라는 책의 작가의 말에서 이렇게 쓴 바 있다.

"감히 붓을 들었다.

세상 돼 돌아가는 꼴이 하 역겹고 기막혀 붓을 들었다. 이 글 <지식인들이여 잠을 깨라>는 <선비론>이다. 되지 못한 세상에 대한 호통과 질타, 명령과 고발로 큰소리 치고 바른 말 한 직설 직필의 모음들이다.

하도 바름(正)이 그립고 하도 옳음(義)이 그립고 하도 참(眞)과 착함(善)과 아름다움(美)이 그리워 이 글을 누항 예토에 내놓는다. 위인이 못나빠져 그렇다 쳐도 딴으론 부끄럽지 않게 살았다고 자부하기에 붓을 들었다. 농사, 막노동, 엿장수를 하면서도 나를 지켰고, 연탄리어카 똥통리어카를 끌면서도 나를 잃지 않았다고 자신하기에 붓을 들었다. 스케이트날갈이, 풀빵장수, 포장마차, 자조근로작업으로 뒈질 고생을 하면서도 떳떳이 살았고, 대학졸업장 공짜로 얻어주겠노라는 사람에게 호통치며 소신껏 살았기에 붓을 들었다. 대학 강의에 학위(학벌) 없어 퇴짜를 맞으면서도 국졸을 고수했고, 배고파 허리 꺾이는 고통에도 훼절 않았기에 붓을 들었다. 그래, 이렇게 살아온 내가 불의 부정 비위 비행으로, 불법 탈법 범법 위법한 것들에게 왜 큰소리 한 번 못 치고 왜 바른 말 한 번 못하겠는가.

생각컨대 나도 출세할 기회 있었고 돈 벌 기회도 있었다. 약게 요령부리며 염량세태와 악수하고, 돈 벌어 세월아 네월아 여기가 어디메뇨 무릉도원 천국이로다 하면서 살 수 있었다……"

전두환 정권 때 판금되기도 했던 장편소설 '쌍놈열전'(1986)은 고발문학의 백미이다. 주인공인 하느님이 인간 세상의 비리와 부도덕 부패와 패륜을 보다 못해 꾸짖고 징벌하며 혹은 벼락으로 혹은 호통으로 혹은 다른 고통으로 징치하는 이야기인데 작가는 세상을 망치는 것들을 상놈(쌍놈)으로 매도해 1. 종교쌍놈 2. 재벌쌍놈 3. 교육쌍놈 4. 정치쌍놈으로 규정했다. 그는 이 책 '쌍놈열전'에서 마침내 사회에 대한 본격적인 분노를 터뜨리기 시작했다. 작가는 이 작품에서 풍자와 해학, 직설과 야유, 호통과 질타로써 준엄하게 논고하고 있다. 이 작품은 그가 사회에 대한 시각을 첨예하게 응축시킨 하나의 질문서인 동시에 고발장이다. 그는 마치 독일의 휘테가 된 심정으로, 어부사漁父辭로써 세상을 일갈했던 굴원屈原의 심정으로 세상을 앓고 있음에 분명하다. 셋째는 비교적 후기의 성향으로 한결 인생과 사회에 대한 관조적 시선으로 다룬 것들이다. 중편 '길' 단편 '아, 이제는 어쩔꼬?' 단편 '한고조(寒苦鳥)' 장편 '오늘의 신화–흙의 아들을 위하여' 장편 '누가 하늘이 있다하는가'가 이 부류에 든다. 그 가운데 단편 한고조(2007)는 새롭게 인도의 설화를 빌어서 상상적인 새를 통한 인간의 타성을 성찰해 보인 지적 사고의 산물이다.

앞으로 작가는 초기나 중기의 성향보다는 더욱 더 문학본연의 인간적인 감동을 주는 창작을 지향할 것으로 보인다. 중편 '가슴 있는 사람들'에서처럼 강준희는 앞으로 어느 작가보다도 가슴 따뜻한 글을 쓸 것으로 나는 확신한다.

## 독특한 작가와의 진지한 대화

이렇게 우리 문단에서는 독특한 성장과정과 개성 짙은 작가 강준희가 피로써 쓴 26권의 작품집을 한데 묶어 전집(전10권)을 내놓았다. 작품이 방대해 일일이 소개 못함이 유감이지만 그는 누구보다 풍부한 체험을 바탕으로 글을 쓰기 때문에 편편마다 리얼리티로 넘쳐난다. 그는 가장 한국적인 글을 많이 썼고 사라져가는 우리 것을 살리는데 크게 이바지하고 있다. 게다가 풍자, 해학, 기지, 역설까지 넘쳐 한 번 책을 펼치면 끝까지 읽지 않고는 못 배긴다. 그의 글에 일관되게 흐르는 것은 지조, 기개, 청렴, 강직 같은 선비정신이 큰 맥으로 관류하고 있다. 그런가 하면 목가적이며 동화 같은 글도 많아 친근하게 다가든다. 단편 '악동시절', '그해 여름', '가을길', '솔뫼마을 이야기', '별을 찾아서', '달밤이야기', '귀부인 엘리제', '순정기', '순이 누나', '고향역', '우정' 등이 그것이다.

독자나 문학도 여러분께서도 기회 있는 대로 그의 작품 마당에 찾아와 유익한 대화를 나눌 수 있다. 그러다 보면 작가 이전에 너무도 어려웠던 청소년시절에 숱하게 겪은 시련 속에서도 결코 꿈을 잃지 않고 이겨내 온 기막힌 이야기와 함께 할 수 있으리라 생각한다. 아울러 그야말로 한국의 고리끼로서 현대판 최학송으로서 그들을 뛰어넘을 만큼 특출한 현역 작가로서 의연하게 군림하고 있음을 확인하게 된다.

## 나는 이제 생활인이 되고 싶다.

맹자라는 책 고자 하(告子 下)에 보면 이런 대목이 있다. '하늘이 장차 어떤 사람에게 큰일을 맡기려고 할 때는 반드시 먼저 그 심신을 괴롭히고, 그 근골(筋骨)을 힘들게 하고, 그 몸과 살갖을 주리게 만들고, 그 몸을 궁핍하게 하여 하는 일마다 어렵게 교란시킨다'라는……

그렇다면 묻지 않을 수가 없는데, 작가 강준희는 그럼 하늘이 장차 큰일을 맡기기 위해 지금껏 그 많은 시련을 내렸는가?

글쎄다. 작가 강준희가 20대나 30대 또는 4~50대만 되어도 그렇게 생각할 수 있을지 모른다. 그래서 자기 위안이나 자기 최면의 견강부회로 삼을 수도 있다. 그러나 작가 강준희는 이제 설령 마루 휘어넘는 고갯길에 이르렀다. 그런데 그는 몇 년 전, 정확히는 2013년 12월 12일 한국에서 제일 권위 있다는 서울의 K안과에서 왼쪽 눈 녹내장 수술을 받은 게 실패해 그만 반맹(半盲)하고 말았다. 그래서 그는 말할 수 없는 고통 속에서 의지 하나로 버티고 있다. 누군들 눈이 중요하지 않을까만 특히 글을 쓰는 작가에게 있어 눈은 생명 바로 그것이다. 그는 이런 극한을 의지로 버티며 해마다 한 권의 작품집을 내놓았다. 2014년 3월엔 '이 작가를 한 번 보라'를 내놓았고 2015년 4월엔 '서당 개 풍월 읊다'를 내놓았다. 그리고 2016년 봄엔 또 '우리 할머니'란 아름답고도 감동적인 소설집을 내놓았다. 가히 초인적이다. 그는 글을 천 장이고 만 장이고 원고지에 육필로 쓰는데 눈 수술 실패 이후론 교과서 크기만 한 스탠드 확대경과 손으로 들고 보는 대형 확대경으로 집필하는데 한 십 분 쓰면 글씨가 안 보여 한참 동안 눈을 감고 쉬었다 쓰기를 수도 없이 되풀이 해 애는 애대로 먹고 능률은 능률대로 안 오른다. 그렇다고 어디 마음 놓고 글만 쓸 수 있나. 끼니 때가 되면 한 술 끓여 먹어야지 설거지에 청소에 빨래까지 해야 한다. 그래도 작가 강준희를 따르는 젊은이들이 상당해 점심은 나가서 먹는 날이 많다(그들이 차를 가지고 와 모셔가기 때문이다). 이는 젊은이들을 비롯한 중장년으로 의사, 교수, 목사, 변호사, 자영업자 등 다양하고 더러는 또 시장, 군수, 부시장, 교장, 교육장, 은행지점장 등 기관장 출신의 고위직도 있다.

어떤 날은 점심 먹자고 전화 오는 사람이 한꺼번에 서너 사람이 되기도 한다. 이 중에는 물론 여성 독자도 있다.

나는 작가 강준희가 반맹이 돼 초인적으로 글을 쓴다는 소리를 듣고 문득 17세기 영국의 시인 존 밀턴을 떠올렸다. 종교개혁, 정신의 부흥, 정치적 자유, 공화제 등을 지지하다 탄압을 받고 실명과 함께 아내까지 잃은 비운의 시인 존 밀턴. 그러나 그는 초인적인 의지로 대작 '실낙원(失樂園)' '복낙원(復樂園)' '투기사 삼손'을 썼다. 얼마나 기막힌 고통으로 죽음과 맞먹는 나날을 보냈을까.

나는 작가 강준희한테 전화를 걸어 장시간 통화를 했다. 작가 강준희도 밀턴에 버금가는 고통으로 글을 쓰겠지 싶어서였다. 그때 그는 간절히 말했다. 이젠 생존 아닌 생활을 하고 싶다고. 남들처럼 아들 딸 며느리 손자한테 효도도 받고 싶고, 용돈도 받고 싶고, 맛있는 것도 얻어먹고 싶고, 비익比翼이 해주는 밥과 된장찌개와 배추겉절이도 먹고 싶다고. 그렇게 한 5년만 살고 싶다고. 아니 한 1년만 살고 싶다고. 그런데 무슨 놈의 팔자가 이렇듯 기박해 남들 다 누리는 일상 한 번 누리지 못하는지 모르겠다며 쓸쓸히 웃었다. 그날 작가 강준희는 전화에다 "이 교수, 이젠 안 아픈 데가 없소."하며 좀 전과는 달리 껄껄 웃었다. 왜 안 그렇겠는가. 그만한 건강도 남다른 의지 때문이지. 남다른 정신력 때문이지. 그가 남들처럼 섭생을 잘하고 철철이 보약이라도 먹었다면 대단히 건강할 사람이다. 그는 전화상의 목소리 하나로는 아주 건강해 아프다는 게 믿기질 않는다. 그는 언제 들어도 목소리가 씩씩하고 우렁차다. 그는 아무리 아파도 죽어가는 소릴 안 하는 사람이다. 그래 누가 아프다는 말을 듣고 안부 전화라도 하면 환자의 목소리가 아닌 아주 건강한 목소리가 들려 꾀병(?)하는 사람으로 오해하는 이도 있다. 참 초극의 사람이다.

## 존 밀턴과 같은 고초

작가 강준희는 이 봄에 또 한 권의 작품집을 내놓았다. 소설집 '우리 할머니'가 그것이다. 이 작품집엔 중편 '우리 할머니', 중편

'저놈은 참 멋진 가난한 부자 놈이다', 단편 '이야기 다섯', 단편 '산천은 무너지고—그 밤의 개력', 단편 '서리 고금(古今)'등 다섯 편의 작품이 실려 있는데 '우리 할머니'는 참으로 아름답고 감동적인 소설이어서 눈물겹기까지 하다. 내 마음 같아서는 초, 중, 고등학교 교과서에 실어 소년 소녀들이 꼭 읽었으면 하는 마음이다. '저놈은 참 멋진 가난한 부자 놈이다'는 청렴 강직 지조 정의 신념 주체 정체가 무엇이며 어떤 것인가를 보여주는, 다시 말하면 아이덴티티가 무엇인가를 보여주는 작품이다. 자아를 잃어버리고 목낭청이가 된 채 서시빈목처럼, 한단지보처럼, 망석중이처럼, 부하뇌동으로 사는 요즘의 스노브족들은 반드시 읽어야 할 작품이다.

'이야기 다섯'은 우리 글과 우리 말을 원두한이 쓴 외 버리듯 내팽개친 채 남의 나라 글과 말을 숭상하며 살아가는 한심한 국민성을 고발한 작품이고 '산천은 무너지고—그 밤의 개력'은 우정이 무엇이며 얼마나 아름다운 것인가를 보여준 작품이다. 그리고 '서리 고금(古今)'은 배고파 허리 꺾이던 기막힌 보릿고개 때가 배부르고 물자 풍부해 그리운 것 없이 살고 있는 지금보다 훨씬 더 정겹고 아름답고 가슴 따뜻해 차라리 그때가 그립다는 이야기다.

끝으로 나는 오랜만에 감동적인 작품을 대해 뿌듯함을 느꼈고 이 뿌듯함이 모쪼록 오래 지속되기를 바란다. 그리고 이 평설은 2009년 1월호 '한국소설'에 이 작가 이 작품을 말한다'에서 '강고리끼와 새 서해와의 만남'이란 제목으로 쓴 '강준희 문학전집 출간에 부쳐'의 평설이며 이 평설은 또 2011년에 나온 내 평론집 '한국문학의 다원적 비평'에 전재했던 것을 좀 더 늘여 쓴 것임을 밝히며 붓을 놓는다.

# 작가 약력

## 강 준 희

충북 단양에서 태어남

신동아에 '나는 엿장수외다' 당선

서울신문에 '하 오랜 이 아픔을' 당선

현대문학에 '하느님 전 상서' 등 추천 받고 문단에 나옴

'중부매일', '충청매일', '충청일보' 논설위원 역임

한국선비정신계승회 회장(현)

한국문인협회 자문위원(현)

이 외의 숱한 참불가언이야 어찌 차마 적바림 하리.

## 작품집

<하느님 전 상서>, <신 굿>, <하늘이여 하늘이여>, <미구꾼>, <개개비들의 사계>, <강준희 선비론-지식인들이여 잠을 깨라>, <염라대왕 사표 쓰다>, <아, 어머니>, <쌍놈열전>, <바람이 분다, 이젠 떠나야지>, <베로니카의 수건>, <지조여 절개여>, <절사열전>, <그리운 보릿고개 (상, 하)>, <껍데기>, <이카로스의 날개는 녹지 않았다(상, 중, 하)>, <그리운 날의 삽화>, <사람 된 것이 부끄럽다>, <오늘의 신화 - 흙의 아들들을 위하여>, <길>, <너무도 아름다워 눈물이 난다>, <아! 이제는 어쩔꼬?>, <누가 하늘이 있다하는가>, <강준희 문학전집 전10권>, <땔나무꾼 이야기>, <선비를 찾아서>, <강준희 메시지 - 이 땅의 청소년에게>, <선비의 나라>, <희언만필戱言漫筆>, <이 작가를 한 번 보라>, <서당 개 풍월 읊다>, <우리 할머니> 등

## 수상 기타

충청북도 문화상 수상

제7회 농민문학 작가상 수상

강준희 문학전집 전 10권 미국 하버드대학 도서관 소장

제1회 전영택 문학상 수상

제10회 세계문학상 대상 수상

2015 명작선 '한국을 빛낸 문인'에 선정, 앤솔러지에 대상 수상작 '고향역' 수록

# 우리 할머니


초판 1쇄 인쇄일 | 2016년 4월 13일
초판 1쇄 발행일 | 2016년 4월 14일

지은이 | 강준희
펴낸이 | 정진이
편집장 | 김효은
편집/디자인 | 김진솔 우정민 김정주 박재원
마케팅 | 정찬용 정구형
영업관리 | 한선희 이선건 최재영
책임편집 | 우정민
인쇄처 | 으뜸사
펴낸곳 | 국학자료원 새미 (주)
등록일 2005 03 15 제25100-2005-000008호
서울특별시 강동구 성안로 13 (성내동, 현영빌딩 2층)
Tel 442-4623 Fax 6499-3082
www.kookhak.co.kr
kookhak2001@hanmail.net

ISBN | 979-11-86478-88-2 *03800
가격 | 14,000원